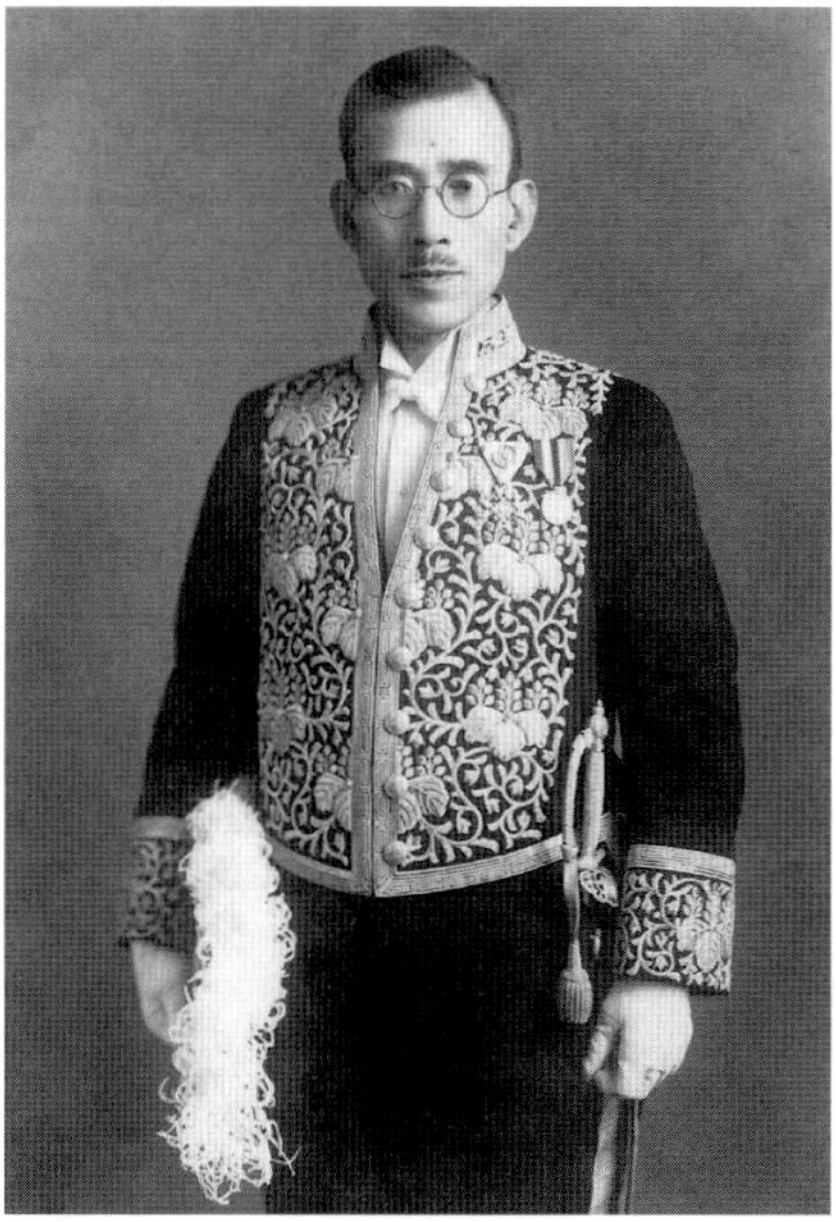

夫　苫米地英俊
（昭和 10（1935）年）

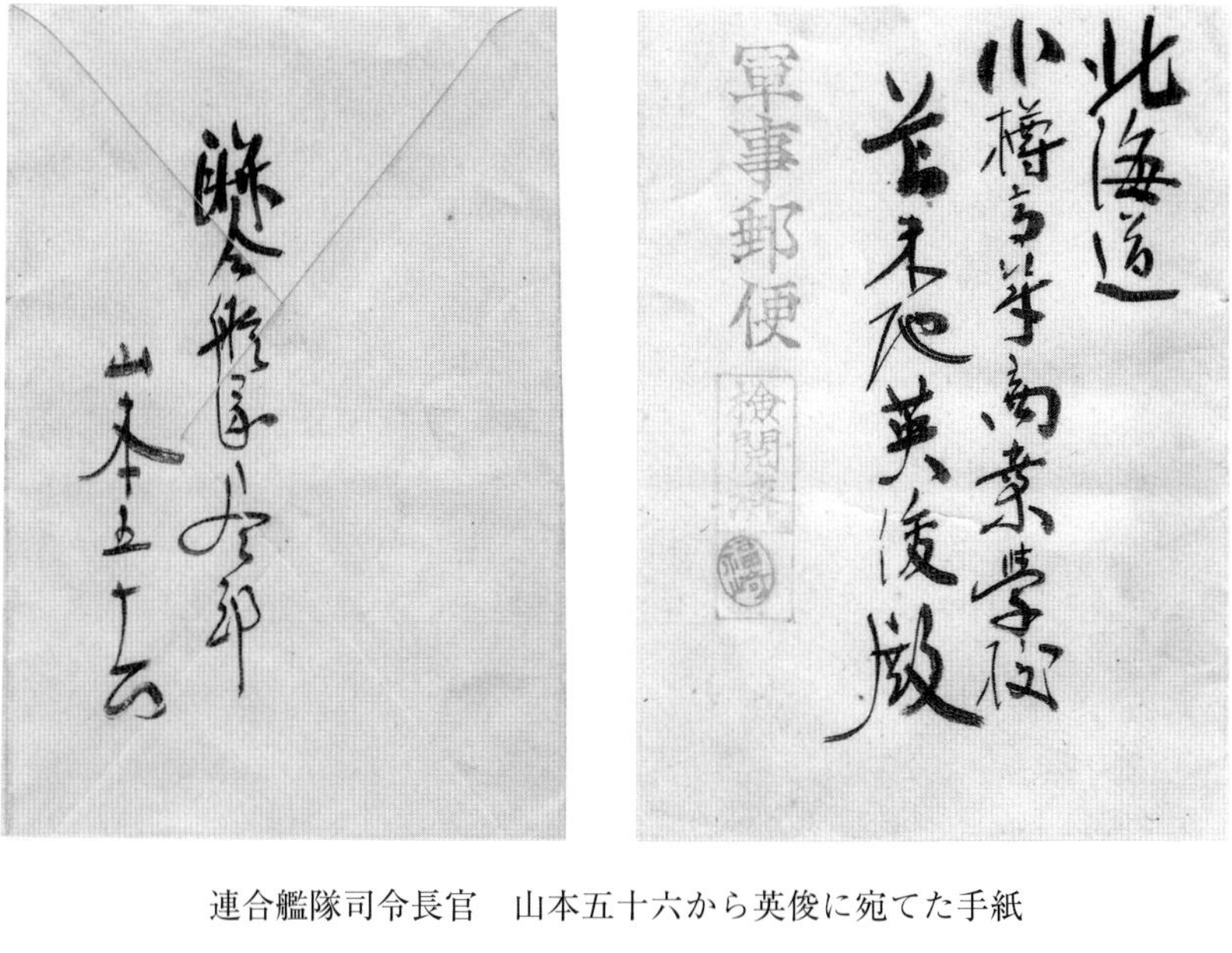

連合艦隊司令長官　山本五十六から英俊に宛てた手紙

後列左から、昭子（長女）、悌雄（昭子の夫）、もと子（妹）、俊博（長男）
前列左から、英彦（次男）、千代子、英俊（夫）、和夫（四男）、昌史（昭子の長男）、正昭（三男）
（昭和16（1941）年頃）

左から、もと子（妹)、千代子、文代（和夫の妻)、和夫(四男)。文代の前にいるのは、英人(和夫の長男)
(昭和 43 (1968) 年頃)

87 歳か 88 歳頃の千代子
(昭和 52 (1977) 年頃)

後列左二人目から順に、昌史（昭子の長男）、正昭（三男）、英彦（次男）、俊博（長男）、雅夫（和夫の次男）、和夫（四男）
前列中央に、千代子、英俊（夫）、右隣に昭子（長女）、右端に文代（和夫の妻）と英人（和夫の長男）
（昭和 37（1962）年頃、三菱電機高輪寮にて）

千代女覚え帖

苫米地千代子

開拓社

まえがき

　この本は私の祖母が当時八十九歳の昭和五十三年九月から翌年の七月にかけて、「潮音」の歌人としての短歌を織り込みつつ、明治、大正、昭和にわたる長い生涯の思い出を綴ったものですが、九十歳の年齢にもかかわらず、その記憶力と文才には誠に驚嘆すべきものがあります。

　当時この原稿を読んだ私の父が、長年の知人である「暮しの手帖」の大橋鎮子社長と相談し出版を検討したようですが、内容がかなり私事にわたっており、また当時父をはじめ父の上の兄たち三人すなわち私の叔父たちも皆現役で、それらの友人、例えば宮沢喜一氏ら著名な方々の記載もあることから、祖母や叔父の意見も聴取し私費出版としたようです。

　ただ父の話ではこの原稿を読んだ大橋鎮子氏が内容に大変感銘を受け、将来の出版を見込んでか、〝装丁は是非私にやらせて欲しい〟とのことで、ご本人の話では京都まで赴いてこの本の表紙の模様になっているきれじ（ジャワ更紗）を探しあてたとのことでした。

昨年一月に祖母の三十三回忌を済ませました。私費出版から三十数年経ち、この本を今あらためて読み返してみますと、内容の私事もさることながら、明治、大正、昭和の世相を彷彿させる責重な文章が随所に見られ、また列挙されている人々、小泉八雲、夏目漱石、嘉納治五郎、山本五十六、宮沢喜一氏らも歴史上の人物になりつつあり、公にしても良い時代になったと思いこの度の出版に踏み切った次第です。

なお、読者の皆様のご参考のため人物相関図と注記を随所に設けるなどの監修をいたしました。

平成二十九年八月

監修　苫米地　英人

はじめに

わたくしは今年かぞえ九十歳になりました。

去年《こぞ》より今年テレビに越へて朝明けてかぞへて卆の
　老の身じまひ

この元旦からまた生き延びまして、今日は九月十五日敬老の日を迎えました。わたくしは今ほんとうに恵まれた余生を送っております。

万事にいたらぬわたくしが、報いられることの余りに大きいこの仕合せに戸惑うばかりで、あれもこれも皆亡き夫のおかげと只々かたじけなく、朝々遺影に掌を合せております。

四人の男児は学業を卒え、社会に出てそれぞれ一家をかまえております。

根をおろす地よりの糧《かて》を喰《は》みて足らふ吾子等の上に
無限の空あり

われに四人の男児ありてわがひそけき誇り藍は藍なり
父の血なれば

母にいふ友は恋人激務の隙を一日千秋
相会ふはゴルフ（長男）

出張の宿は都心のホテルなれど心こまやかに
母を訪《と》め来る（次男）

この頃はカメラに凝りて遠くゆき母への土産は
母が郷愁の味（三男）

女夫《めおと》づれ月に二度ほど母へ来てただ何となく
くつろいでゆく（四男）

現在、ささやかながら庭のある家に超老の私、中老の妹、二人の老女が寄り添って、つつましく安らかに過しております。

春夏秋冬庭に花あり部屋にはテレビ読むに書《ふみ》あり
わが終《つひ》の日々

花を咲かせてくれますのは妹、その丹精の花をながめて愉しむのはわたくし、これも冥加にあまります。

この年齢になりましても、書物（好きな作家の新刊）を手にせぬ日は殆どなく、それにテレビのおかげで野球にも相撲にものめりこんでしまいました。

入魂の一投は果然ウィニングボール栄冠阪急に輝けり
日本シリーズピリオッド

沈着闘魂を秘めて熱球技あり正に燻《いぶ》し銀
阪急足立山田両投手（五十二年秋）

いのちありてまた球音の春に会ふテレビ桟敷に
見る空青し（五十三年春）

四ツに組んで熱闘清風を孕めり魁傑旭国秒を刻み分を
　重ねて譲らず

角界の新風蔵間佳い男勝ち名乗りにいささかの
　髷の乱れも（五十三年春場所）

わたくしのもう一つの楽しみは、心に触れるものを皆三十一文字に（時には字余りも）してしまうことで、今では生活の一部になってしまいました。昭和十七年に歌誌「潮音」社に入社、今は同人の端に連らなっています。和歌あってのわが命とも思っております。

歌づくり七十五年五七五七七指にて詠みし
　少女のわたくし

少女の頃はじめて、それこそ指で作りましたものの中で、今も記憶に残るのは、つぎの二首です。

絹糸のようにきれいな雨が降りぬれたる枝に
　紅梅の花

つくつく法師また啼きはじめ今やんだ雨のお庭に
　夕日が光る
この後女学校（お茶の水）の四年頃（明治三十九年）、「婦人画報」の歌壇で佐佐木信綱先生から天賞をいただきました。
　初島田おもはゆげにもかたむけてかるた詠みます
　灯影ななめに
姉の初島田がなつかしく浮んで来ます。
わたくしは娘の頃パラチフスに罹りましたのと、中年に痔の手術を受けたほかは、殆ど病知らずに過して来ましたが、昨年晩春、足の腫れと痛みのために病院の検診を受けることになりました。孫（亡娘の長男）の医師（東大第二内科）が、しぶるわたくしをなだめつすかしつ東大病院へ連れてゆき、専門の先生に診せました。関節炎とのことで入院を勧められましたが、特別の手当は必要ない症状なので、自宅療養のわがままを許してもらいました。
　病院検診しぶる祖母を宥めつすかしつ熱き眼光《まなざし》
　その亡母《はは》を招《よ》ぶ

仰臥の眼にデザイン一瞬流れ去るビル瞑《めつぶ》れば紛れなし
寝台車に吾

帰り来てさしぐむ涙わが家なり明日咲く花を
また見ん朝顔

世のために為すべき明日を多く持つ君に譲らん
入院個室の予約

長男夫婦の心尽し程良き高さの寝台を窓際に据えて
終日《ひねもす》の庭

見えつ隠れつ雲を縫ひゆく月光を玻璃越しに仰ぐ
深夜の寝台

妹の行き届いた看護、心温まるみんなの見舞、それに孫の昌史は、母校の東大病院のほか、他の病院にも出向の多忙な毎日の疲れも厭わず、毎夜見舞ってくれました。夏の休暇をとって昌史が小樽の父の許に帰省の留守に深夜高熱を出しまして、お隣りの沢野先生（虎の門病院にご勤務）御夫婦に大変ご迷惑をかけ、厚いご親切をいただきました。お隣りさんの有難さをしみじみ思い知ったことです。
桜の散る頃に痛みを覚えてから、ようやく痛みが去り、平熱になったのは秋の終りでした。
その間病苦を忘るる程の真情に浴し、そのためにも残る命をおろそかならず思い沁みております。

異常気象わが違和長き夏なりき澄み透る空は秋なり
吾は平熱

金木犀香にたつ庭の秋を愛づわが幾何《いくばく》を
延びし命か

今年の春九人目の曽孫が生れました。

われになほ抱く力残りゐき九人目の曽孫生後五十日の
温《ぬく》みが通ふ

病床でい寝がての夜は、しきりに昔の事が思い出され、壊しい面影が次から次へ浮んで来ました。物忘れの目だつこの頃、この思い出のフィルムもいつ消えてしまうかも知れぬと、いたたまれぬ気持ちになりました。

この長い一生にどれだけの方のご親切をいただいたことか。幼い頃から今も心に残る方々へのご恩報じのために、また親子夫婦、この世の絆の深い愛の証《あかし》のためにも、残る命の灯をかきたて記憶の糸をたぐり寄せて、遠い日からの思い出を綴れぬものかと思いはじめました。それには日記代りにもなっている拙い和歌を織りまぜていきたいと、おこがましくも思いたった次第です。

人生のドラマを綴る悲喜の章そのひとこまの

濃きと薄きと

昭和五十四年九月

目次

カバー・表紙　ジャワ更紗

千代女覚え帖

父のこと

私は明治二十二年十一月に京都市下京花屋町で生れました。

生れしは京の下京鴨川の水の痩せたる
霜月の頃

そして数え年三つの時に、当時京都の同志社で英語と数学を教えていた父が、熊本第五高等中学校に英語科の教授として赴任したのに伴われ、熊本に移りました。

ここで、父の事を父への思慕をこめて書きます。父は幕臣大久保主膳正忠恕《ただひろ》の次男として文久元年、江戸深川森下町に生れ、幼名を小次郎、長じて信恭《のぶやす》といいました。実父忠恕は長崎奉行、京都町奉行、陸軍奉行などを歴任、五千石の旗本でしたが、幼い小次郎を親友佐久間信久《のぶひさ》に養子として委ねました。

養父信久は、役高八千石を食《は》み、将軍家慶に信頼されて歩兵頭《のかみ》、歩兵奉行などに任ぜられましたが、慶応四年一月の鳥羽伏見の戦に、一隊を率いて奮戦、深傷《ふかで》を負うて戦死しました。いまわの際に老僕を呼び、養子信恭を西洋人につけて泰西の学術を勉学させるよう遺言しました。（山川健次郎「会津戊辰戦史」）（注1）

父は養父の遺言を守って、洋学をおさめることになり、生涯の進路が決定づけられました。横浜の野毛山小学校に学ぶかたわら、ブラウン塾で二年間語学を習得しました。明治八年、官立東京英語学校に入学、明治十年、大学予備門に転じましたが、ほどなく中退、同年七月に札幌農学校に入学、官費生となりました。三期生で、同級生には斎藤祥三郎等十七名、一級上に新渡戸稲造、内村鑑三の諸氏がいられました。（注2）

札幌農学校は、クラーク精神で世にきこえ、現在の北海道大学の前身です。父は札幌農学校を卒業、農学士となり、東京にもどり、十六年十二月（二三歳）内務省地理局に入り、気象台警報係となりましたが、半年あまりで辞して、十七年九月福島県立若松中学校教諭となりました。父の気象台勤務は短い間でしたが、終世天文学に興味を持ったのは気象台に務めた為と思われます。晴れた夜は天を仰ぐことが多く、幼いわたくしにも「お星さま」についていろいろ話してくれました。

父は若松在任中の明治十九年、私の母と結婚しました。ここで母のことに移ります。

母くまは、旧会津藩士佐治為秀の長女として、慶応四年に会津若松市馬場一ノ町に生れました。小学校へは行かず、読み書き裁縫などはお師匠さんの家に通って習い覚えたそうです。数え年十五の時に、その時代では珍らしい唐物《とうぶつ》（輸入品）を手広く商っていた叶沢家に嫁入りしました。

わたくしの口からいうのはおかしいですが、母は娘のころ馬場町小町と言われたそうで、わたくしが年頃になってから、どうして母のように美しい人にわたくしのようなぶきりょうな娘が生れたかとふしぎに思いました。しかし後年、東京の家に母を訪ねられた母の郷里の方が、門の前にいたわたくしを見て、すぐ母の娘だと気づかれたそうで、どこか感じが似ていたのだと思います。

さて母は十五歳で花嫁になり、翌年女児みさ（わたくしの父違いの姉）が生れましたが、間もなく夫を病で失ったのです。後年母が、わたくしにその時のことを話して「あんまり大事にして可愛がられていたので、夫が幽霊になって逢いに来はしないかと恐《こわ》かった」と言いました。その時五つだった小姑に意地悪されて悲しかったとも言っていました。ほんとうに幼な妻だったのです。

舅姑にはたいへん可愛がられ、いたわられていたそうですが、亡夫の弟が嫁をもらい家業を継いだので、母は三つのみさを舅姑にゆだね、実家の佐治に帰りました。その頃わたくしの父信恭は若松中学校に赴任して佐治の家の離れを借りていましたが、ひどい腸チフスにかかり重症だった時、わたくしの母くまが親切に看病したのが縁となり、父と母は結婚することになりました。父に結婚の決意をさせたのは、幕末維新の際に会津藩が最後まで徳川幕府のために戦ったことに恩義を感じていた故《せい》だとも思います。

父は明治十九年二月に結婚、三月には福岡県立福岡中学校に転任、新妻をともなって福岡に赴きました。それから一年足らずで招かれて京都へ行き、西本願寺大教校と同志社で、英語と数学を教えていました。その京都時代にわたくしが生れたのです。その頃父は、アービングの「スケッチブック」に註訳を附した本を刊行して英語英文学者としての存在を認められました。そして二十年に姉の恂子《のぶ》をもうけました。

明治二十四年三月（三一歳）第五高等中学校英語科の教授に任命され、家族と共に熊本市に赴任、六年あまり英語科主任として自分を生かす機会を持ちました。

熊本に着任の年に弟の信光《のぶみつ》誕生、初めての男児で父母は大満悦だったと思いますが、わたくしは生れて初めて涙の味をおぼえました。弟に母をうばわれたように悲しく、ねいやの背に負われて子守唄の「おろろんおろろんおろろんよう」と自分で唄いながら泣いたのと、父がわたくしを抱いて、長い椽側を「めんちくなっておんなちゃい」とくりかえして唄うように言いながら、行ったり来たりしたのを懐しく思い出します。「めんちく」というのは会津若松の方言めんこいをもじったのだと思います。

それから五つくらいの時に、幼稚園の友だちがその家の裏の川に溺れてなくなった時に、母に連れられてそのお通夜に行き、友だちのおかあさまがわたくしを見てほろほろ泣きながら、お皿にとってくださったのが、にんじんとこんにゃくの白あえでした。その時はなまえを知りませんでしたが、おかあさまの涙と、泣きながら食べた白あえの味はいつまでも心に残りました。後年わたくしの幼い娘が水に溺れてなくなった時、昔の白あえの味をせつなく思い出しました。

母は婚家に残したみさと別れて、若松を離れた時にどんなに悲しかったかと思います。これはわたくしが成長してから母にきいた話ですが、母は福岡にいた明治二十年に郷里の母の危篤の報を受けて、生れて間もない恂子を抱き、女中を連れてはるばる若松に急ぎました。

そのころ、郡山から若松までまだ鉄道が通じておらず、母は郡山から人力車で峠を越えて若松に着いたそうです。母は悲嘆の中にその母の死を見送りましたが、数日を滞在中、或る日、街で夢寐《むび》にも忘れぬみさに逢ったのです。五つになったみさは可愛い幼女になっていたそうですが、母は偶然の出会いと懐しさに立ちすくみながら、みさの方から飛びついて来るかと思っていたところ、みさは母に向っててていねいにお辞儀をして横町の角を曲って行ってしまったそうです。それで母は何とも言えぬむなしい思いと共に、すっかりあきらめがついたそうです。

熊本の父の同僚には小泉八雲、夏目漱石などきこえた方々がいられました。(注3)父は小泉八雲氏のハーンをヘルンと発音していましたので、わたくしたちもヘルンさんと言って親しみました。漱石氏についてわたくしは、夫人の方に記憶があります。年始に来られた時の紋付の裾模様の、色や模様が今でも目に浮びます。

母に伴われ、ボート競走やお芝居などにも、夫人とごいっしょしました。お芝居と言えばその頃熊本では東雲座《しののめ》というのが一番大きく、そこに東京から今紫という、もと吉原の花魁《おいらん》だった人が来て、自分の過去をお芝居にして見せたのを観ました。

その筋は子供にはわからず、その時に観た阿古屋琴責めの場が印象に残りました。それからおとくさんという女役者が座頭《ざがしら》の芝居で「肥後の駒下駄」「鶯塚」「小栗判官照手姫」などおほろげな記憶があります。

外人にはヘルンさんのほかにファーデルさんという方が居られ、可愛がっていただきました。そのおうちへ招かれて、広い苺畑から苺を摘んで籠にいっぱいいただいたこと、またクリスマスイブにおよばれして、ご馳走のあと、灯火《あかり》を消したお部屋のクリスマスツリーから手さぐりでとったのが青い眼のお人形で、ほんとうに嬉しかったことをおぼえています。

（注1）佐久間家は織田信長に追放された佐久間信盛の直系の家柄で、佐久間家では名前に必ず〝信〟を入れていました。

司馬遼太郎著『燃えよ剣』の「鳥羽伏見の戦い　その四」によれば、〝佐久間近江守信久は幕府の歩兵奉行で…骨柄といい容貌といい、幕臣の中で珍しく三河武士らしい豪宕さを持った男…、指揮官佐久間近江守信久…自ら先頭にたって斬りこんだため、戦死し、…〟とあるが、実は長州の間者が背後から銃で襲い戦死したのが事実。このことはこの間者が明治に入って遺族に告白したとの話を父が祖母から聞いています。

（注2）佐久間信恭が札幌農学校で新渡戸稲造、内村鑑三の諸氏と共に聖書講読会を結成したが、本人は早々に退会したとの逸話が残っています。

（注3）夏目漱石とは記述の通り佐久間信恭の同僚でしたが、ある時五高の生徒に〝僕の分からないところは佐久間先生に習って教えるから――〟と述べたとのことです。（「文芸春秋」昭和七年七月号）

また、小泉八雲とは特に親交があり、八雲の友人あての手紙で“Mr. Sakuma here, from Kyoto, who has very uncommon knowledge of literary English: he has read a great deal, has a good library, and has made a special study of Old English and Middle English. He teaches literature (English) and grammar, etc.”とあり佐久間信恭の英語力を評価しています。

なお、昭和五十九年三月にＮＨＫで放映された小泉八雲の伝記ドラマ「日本の面影」（ジョージ・チャキリスが小泉八雲に、伊丹十三が佐久間信恭に扮す）の劇中で佐久間信恭が小泉八雲に嫌味を言う場面がたびたび出てきたので、佐久間の一族がＮＨＫに〝小泉八雲とはそんな仲ではなかった〟と抗議したところＮＨＫから〝これはあくまでドラマを面白くするフィクションです〟との答えが返ってきたそうです。

事実、小泉八雲書簡集にある小泉八雲の佐久間信恭に宛てた病気見舞の手紙などを読むと二人はかなり親しかったと思われます。

熊本を立つ

日本の救癩の恩人ハンナリデル嬢は、父の所によく見えました。父は俸給の三分ノ一を書籍の購入にあてていたそうで、熊本の家の座敷には丈の高い本棚がずらりと並んでいました。

リデル嬢が来られると必ずその本棚の前に立たれるので、本棚とリデル嬢はわたしの記憶に重なっています。リデル嬢がとても背の高い方なのに、その秘書のノットさんはたいへん小柄で、そのとりあわせが子供のわたくしにも印象的でした。

天井に届くほどなる本棚が広き部屋の壁に
並びゐし記憶

救癩のハンナリデル嬢背丈《たけ》高く父の書棚の
記憶とならびて

愛称の長安寺町の大小さん記憶に残るリデル嬢と
秘書ノット嬢

ハンナリデル小泉八雲夏目漱石熊本にて父の友
われは幼く

わたくしの物心のついた頃の母は、歯をおはぐろで染めて、裾もひいていたようにおぼえますが、それは僅かの間で、母がキリリとした容《なり》で養蚕に励んでいた姿に代ります。母は桑畑を借り、家には蚕部屋も造り、まゆから糸をとって織機《はた》も自分で織りました。桑摘みにはお仲間の若い奥さん方や女中や大勢で、わたくしもときどき行き、桑の実の味もおぼえました。母が熊本にいた間の養蚕の収穫は、父の仙台平の袴と羽二重の紋服の生地一匹だったとあとに聞きました。

母は裁縫も得意で、あとの話になりますが、明治四十年に姉が嫁ぐ時の式服、ちりめんの三枚襲《がさね》も母が自分で縫いました。現在のようにへら台に載《の》せて、へらで印をつけて縫うのではなく、ものさし一本ではかりながら、すいすいと縫っていた様子が眼に残っています。

それから本もよく読みました。今の電話帳くらいの大きさの和紙の和綴じの本で、表紙に「女大学」と大きく書いたのと「女庭訓《ていきん》」と書いたのと二冊が、わたくしの初めて見た母の本です。中は彩色の絵入りで文字は変体がなでした。そのほか、馬琴の「八犬伝」「弓張月」「白縫物語」などあったのをおぼえています。わたくしは、変体がなはとうとう読めませんでしたが、熊本で母の読んだ本はみな変体がなでした。そして絵ときをしてわかるように荒筋を話してくれました。

わたくしが小学校の時から本の虫になったのも母の感化の故かと思っています。

明治二十七、八年の日清戦争の時は、子供心にも何となくおだやかならぬものを感じました。母は白い洋服を着て、襞のある高い帽子をかぶって、二日か三日置きくらいに出かけました。軍のお手伝いをするためで、同僚の奥さんたちはみな行かれたようです。

うちには女中がいつも三人いました。これも後で聞いたことですが、そのころ女中の給金は年にたった五十銭だったとか。もちろん給金が目的の奉公ではなく、行儀見習いや裁縫などをおぼえることが目的だったと思いますし、給金は親許へ届けるお金で二年とか三年とか前金だったようです。そのかわり着物や小遣いなどは当人に渡していたようです。

父の俸給は当時年俸千円くらいだったかと思いますが、子供心にも何となく余裕のある生活でした。父が沢山書物を買っても、その頃の母にはさして苦痛でなかったと思います。家も広々としていましたし、門構えで、門から玄関まで間があり、玄関には式台というのがありました。庭には築山やいろいろの樹があり、庭から一段下った所が梨畑で、その向うが川でした。わたくしの友達が溺れたのはその川の少し上流です。川ふちには絶対一人では行かされませんでした。

熊本の思い出の一つに、お正月の餅搗きがあります。臼と杵を車に積んで、餅を搗く男の人が三人か四人来ました。うちでは、母と女中と手伝いの女《ひと》と総出で、糯米を蒸《ふ》かした蒸籠《せいろう》と、餡のと黄粉のと二つの大きな鉢を囲んで、待ちうけます。わたくしたち子供は待ち遠しくて、お隣りのまたそのお隣りまで見に行ったものです。そして、搗きたてのお餅でお供え餅を作ったあと、餡や黄粉にくるんだ小さい丸いお餅を、お皿にとりわけてもらって食べた味は忘れられません。

父が同僚の中で一番親しくお交際《つきあい》していたのは、大《おお》幸《さか》勇吉さん（理学博士、化学の権威）でその頃はまだお若く、父に兄事していられましたが、うちの方こそ、それからずっとあとまで父母のみか、わたくしたち子供までどんなにお世話になったかわかりません。わたくしは「大幸のおじさま」と言って甘えていました。おばさまは京都の方で、まだ花嫁さんで幼いわたくしの眼にもなよなよと美しい方でした。京都からそのお母さまとお祖母《ばあ》さまも来ておられ、優しい京都弁で姉やわたくしを可愛がってくださいました。お二人がご丹精の見事な押絵細工を幾つもいただきました。香箱《こうばこ》などの小さいのもありましたが、大きいのは新聞ニツ折りくらいの大きさの台をお庭にして、其処《そこ》に可愛いお姫さまや侍女《こしもと》や鶏までみな縮緬、羽二重、金襴《きんらん》で作ってあり、色彩がきれいでした。そのお庭には築山や石や花の咲いた木もあって、初めて見せていただいた時は息を呑む思いでした。押絵は羽子板のように張ってあるのでなく、一つ一つさしこむように出来ていました。「源氏物語」の絵本からおとりになったことを母が教えてくれました。「源氏物語」と言う本の名を耳にしたのはこの時が初めてでした。

わたくしの五つくらいの時、大幸さんに女の赤ちゃんが生れ、瑞江と名づけられました。わたくしは嬉しく、お七夜が済むとすぐ連れて行ってもらいました。その後も母にせがんでは赤ちゃん通いをしていたのですが、残念にも瑞江ちゃんは半年も経たないのに脳膜炎であっけなく亡くなったのです。そればかりか、あとを追うように若いおばさまも死んでしまわれました。赤ちゃんの時もおばさまの時もわたくしは声をあげて泣きました。おじさまや二人のおばあさまのお悲しみはどんなだったかと、あとになるほど胸が痛みました。

声をあげて死を悲しみぬ幼くて泣くよりほかに
術《すべ》を知らなく

しばらくして大幸のおばあさまお二人は、さびしく京都へ帰られました。わたくしたちにはそれが永久のお別れになりました。あの温容と優しい京なまりは、いまもわたくしの心に深く彫《きざ》まれています。おばあさま方と入れ替りに信《しん》さんというお兄《にい》さまが来られました。亡くなられたおばさまの弟さんで、年はわたくしより七つくらい上だったと思います。痩せて背が高く陽気なお兄ちゃんでした。わたくしのことを「あばちい」とつけてからかったり、絵を書いてくださったり、大好きになりました。一年あまりしておじさまは新しい奥さまを迎えられました。眼の大きい美しい方でしたが、母は大変聰明な方だと言っていました。また一年くらい経って生れたのが百代《ももよ》ちゃんで、わたくしも少しおとなになっていました。

明治三十年、父は熊本の学校をやめて上京しました。校長と衝突したためと後にききました。父は天衣無縫、ずっと後でも「老いたる子供」(英語青年十二巻七号)と言われたほどで、あまりに純粋な性質が、上京後もいろいろ母を苦しめることになったようです。父が一家をあげて上京したのと前後して、大幸さんご夫婦、百代ちゃん、信さんもいっしょに上京されました。

熊本を去る一年くらい前に、わが家に一人のおばあさんが来ました。父は「博多のばあ」と言っていました。父の実弟松平康国(大久保家から出て松平家を継ぐ)の乳母でした。幕府瓦解(母はよくこの言葉を用いました)後、郷里の九州博多に帰り、息子夫婦が小料理屋を営み気楽になったので、父が招《よ》んで遊びに来たのでした。父のことを「殿」と呼び、姉とわたくしを「姫《ひい》さま」弟を「若さま」と言って母を困らせました。そして父の幼い頃のことを、懐しみをこめていろいろ話してくれました。

父は幼時色が白く愛くるしく紫ちりめんの振袖がよく似合ったこと、徳川家大奥へ上って将軍さまのお姫さま溶姫《ようひめ》さまに可愛がられ、甘えて「お姫さまとおとり膳（一つの膳にさし向い）でなければごぜんを食べない」と駄々をこねたりしたそうです。溶姫さまは加賀藩主前田家へ嫁《かたづ》かれ、現在《いま》本郷の赤門にその名残りを見ます。昔は将軍家から姫を迎えると赤い門をしつらえねばならなかったと聞きました。それから「ばあ」は、父の乳母と自分がめいめいの若さまびいきのためよく喧嘩をしたことなど、面白おかしく話してくれました。この「ばあ」はいったん博多へ帰りましたが、わたくしたちの上京の時、博多へ寄っていっしょに東京へ連れて行きました。

わたくしは数え八つで熊本市立碩台《せきだい》小学校に入学、二年生の夏までいましたが、この学校のことは不思議に記憶に残っていません。ただお出行《でゆき》（遠足）で水前寺公園に行ってお庭の美しかったのはおぼえています。

熊本を立ったのは明治三十年の九月でしたが、博多の柳町の「ばあ」の家に寄りました。小料理屋の店に続いて住居がありました。十日くらい逗留しました。その間に菜島《なじま》という海岸に行き、ぽちゃぽちゃ足を水に浸《つ》けて遊びました。とても景色のよい所でした。神功皇后のご乗船の帆柱が化石したという、赤みがかった石も見ました。
それから千代の松原という松原があまりに長く、歩きくたびれて泣顔《べそ》をかいたおぼえがあります。松原の中の料理屋で鰻の蒲焼をあきるほど食べました。あとで母から聞きましたが、「ばあ」の店で売っていた煮魚の鯛が一切れ五厘だったそうで、今からは夢のような話です。
博多を発って門司から汽船に乗り、神戸に着きました。神戸では、札幌農学校の父の同級生で、親友の高木のおじさまのお家に、みんなで泊めていただきました。（おじさまはその頃住友にお勧めで樟脳の研究に功績のあった方と、後に聞きました）
お家は山手の高い処だったと思います。あたたかいおもてなしを受けて、母は心から感謝していました。わたくしたちと同い年くらいの姉弟《きょうだい》がおられ、前に写真を送っていただいていたので、初対面のようではなく、すぐ仲良しになりました。この姉弟の写真を父が自慢してヘルンさん（小泉八雲）に見せた所、たいへん関心を持ち、父の仲介でその写真の複写が、ヘルンさんの著書の扉に挿入された由（日本の子供という題で）、そのくらい魅力のある少年少女だったのです。何年か後に、東京でしばらく近所に住まわれましたが、学校はちがいました。

神戸から汽車で東京に向いました。わたくしの九州の思い出が、幼いのにはっきりしているのは、後に母からいろいろ聞いたためと思われます。それから前田家へ輿入れされた溶姫さまというのは、父の甘えた姫より、もう少し前の方ではないかと、後に思うようになりました。また母の話では徳川家の姫と前田家の縁談には、その頃、日光東照宮の宮司をしていた川村という父の叔父（叔母の夫）が橋渡しをしたとも聞きました。

本郷西片町に住む

わたくしたち一家は、東京市本郷区西片町十番地ほの二十六号の家に落ちつきました。部屋数は、大小五間で、割に広い庭もありましたが、わたくしは熊本の家にくらべ、子供心にもわびしい気がしました。

門から二、三歩で玄関なのも気にいりませんでした。でも環境は非常に良く、西片町十番地は、その頃学者町と言われたくらいで、うちの近くにも上田敏さん、笹川臨風さん、戸張竹風さんなどいられました。お隣りは臨風さんのお母さまの隠宅で、移ってから直ぐご懇意になりました。

西片町は阿部伯爵の所有地で広大なものでした。伯爵のお屋敷はわたくしの家から半丁ほどの処で、大きな門の両側にご家老の家があり、その高橋さんも関さんもわたくしの同級生でした。また門の前に幹のまわりが幾かかえもある大きな椎の老樹があり、目印になっていました。

わたくしは東京市立誠之《せいし》小学校に入学しました。誠之小学校は由緒のある学校で、昭和五十年に開校百周年を迎えました。阿部家の藩校誠之館がその前身で、阿部家とはたいへん縁の深い学校のように入学早々から聞きました。わたくしは二年に編入されました。はじめは〈ばってん言葉〉を男の子にからかわれたりして、悲しい思いもしましたが、却って同情もされて、じきに仲良しの友達ができました。お光ちゃん、お愛さん、福富さん、甲藤さん、おはるさん、おときさんなどです。どうしてか相手によって苗字で呼んだり名前で呼んだりしました。わたくしはおちよさんと呼ばれました。

幼なじみのうち、生き残りは甲藤さん（現、長田章《あや》）だけで、現在西宮市甲子園に住まわれ、今でも文通しています。福富孝子さんは七十代で亡くなられるまで元気でときどき往復していました。小学校の頃、お兄ちゃんのことを「お兄ちゃんだけど、ほんとはわたしのお婿さんなのよ」と言った福富さんや、その他無邪気な顔々が懐しく浮びます。

父は東京に戻ってから東京専門学校（早稲田大学の前身）、陸軍砲工学校に講師として英語を教え、かたわら正則英語学校にも教鞭をとりましたが、程なく、正則の校長の斎藤秀三郎氏と学問上のことで意見が合わず辞職しました。

そのあと、専ら著述に専念しました。父は東京で蔵書を殆ど売却しました。その書籍は東京市中の古本屋の店頭を飾ったと言われましたが、売った本は父の頭の中に皆生きて残ったと思います。

父は辞典を始めから終りまで読む（英語青年二三巻一〇号）と言われるほど篤学丹念でした。

父の著書については、昭和女子大学の近代文学研究資料「評伝佐久間信恭」（昭和女子大学昭和三十二年卒業染谷昌子発表）に委しく書かれています。後にスタンダード・ウエブスター大辞典の誤植まで発見するようになりました。

十指に余る著書の中で一番わたくしの印象に残っているのは「英語おもちゃ箱」「数学おもちゃ箱」「会話作文英和中辞林」などです。「英語おもちゃ箱」は内容が真面目なので、学習参考書として表題を他に替えたいと書肆《しょし》から申し出がありましたが、父は承諾しませんでした。自分の趣味の本という意味だったのでしょう。それから「数学おもちゃ箱」はやはり内容は難しいものだったらしいのですが、それこそ自分で愉しみながら書いたと思います。父は本職の英語より数学や天文の方に興味があったらしく、その方にかかると夢中になり英語の原稿がおくれがちで、その言訳が借金とりより辛いとよく母が言っていました。（注1）

父は明治三十五年四月、東京高等師範学校英語科講師となり、国学院大学講師も兼任しました。

明治三十六年には、井上十吉、上田敏のお二人と父とで巴会という研究会を持ちました。

上田敏さん（注2）はすぐご近所で、いつも着流しの角帯に雪駄の音をちゃらちゃらさせて来られ、門の前から、「佐久間さん」と物柔らかな声で訪われたのを思い出します。

井上さんのお宅はその頃九段で、靖国神社の裏になっていたように思います。お招《よ》ばれしてご馳走になったり、また歌舞伎座に父も母もいっしょに招待にあずかったこともありました。父は井上十吉氏には心服していました。その頃、英文学者として脚光を浴びていられた錚々たる方たちの著書の誤りなど、正面から指摘して辛辣でしたが、実証があるため強気で「語学の誤りをそのままにしておくのは後進を害《そこな》うもの」というのが父の信念だったのです。

父の性質を理解して終始変らず公私にわたって応援して下さったのは、英語の専門誌「英語青年」の喜安さんでした。月に何回か来訪されましたが、その度に玄関で「喜安てえます」と独特の口調で言われたのを懐しく思い出します。父は四十代でもう頭髪は真っ白でした。それでよけいに特異な存在に見えたのでしょう。ご近所の戸張竹風さん（独逸語の権威）とは気が合ってお親しくしていました。父は学問上では強面《こわもて》でしたが子供好きで、わたくしたちの友達はいつも歓迎してくれ、父が机に向っている傍でいくら喧しく騒いでも叱りませんでした。神経が読書や執筆に集中していたのだと思います。一閑張《いっかんばり》と言った粗末な四角い机のまわりを書籍だらけにして、書籍の中に埋るようにして机に向っていた父が今も瞼に残っています。

うちにお風呂が無いので銭湯に行きましたが、其処で知りあいになった商家の人たちと懇意になったり、無邪気な面もありました。その中の酒屋さんの子供が重い病気にかかり助かりませんでしたが、お葬式がとても豪勢でした。その時に父は「葬式にかける金をどうして病気を癒してやる方にかけなかったか」と言って憤慨していたのを思い出します。

またわたくしの友だちのことに戻ります。うちに一番近かったのはお光ちゃんとお愛さんでした。お愛さんのお姉さんはお芙雄《ふゆ》さんと言ってわたくしたちより三つ上でした。お母さまは背の高い方で、そのお母さまのお母さま、つまりお愛さんのお祖母《ばあ》さまは白髪のたいへん厳格な方に思われました。お芙雄さんもお愛さんもその頃にしては珍らしく背が高く、後に西片町小町と言われたほどの美人になりました。お父さまは北海道小樽の銀行の頭取さんとかで、いつもお留守でした。「小樽」というのを遠い所とだけで、後にわたくしに縁の深い土地になることなど夢にも思わず聞き流していました。

お祖母さまの躾がきびしくあまり外に遊びに出られず、わたくしたちもお愛さんとこには二度か三度行っただけでした。反対にお光ちゃんとわたくしは行ったり来たり、どっちが自分の家かわからないほどになりました。これには一つの因縁もあったのです。前述のようにわたくしは京都下京の花屋町で生れましたが、奇しくもお光ちゃんが、その同じ家で生れたことが判ったのです。

わたくしは明治二十二年十一月生れ、お光ちゃんは二十三年一月生れ、三ケ月の差ですが、わたくしが生れて一ケ月ほどで他へ移り、その後に市原家が引っ越されて、間もなくお光ちゃんが生れたのです。何かの母の話からそれがわかり、お光ちゃんのお母さまにたしかめて間違いないことが解ってすっかりうれしくなってしまいました。

それからもう一つ、お光ちゃんのお父さまは京都の同志社のご出身で、わたくしの父は一時期、同志社で教鞭をとっていたことも、親しみを増す一因となりました。お光ちゃんのお姉さんの次恵《つぎえ》さん、お兄さんの宏《ひろ》さん、弟の盛次《せい》ちゃん、みんなと仲良しになりました。わたくしの姉は極くおとなしく引っ込み思案、弟も幼い頃は人見知りする方で、わたくしひとりお茶目が仕合せしたように思います。その頃、未来の運命を知る由もありませんでしたが、お光ちゃんは終世の親友、次恵さんはわたくしの一生の恩人になられたのです。

お父さまの市原盛宏氏は、日本銀行にお勤めでした。後に局長になられてから銀行に何か問題が起り、幾人かで連袂《れんべい》辞職されたことは新聞の記事にもなりました。日露戦争前に横浜市長になられ、戦勝の観艦式には次恵さんが花束贈呈の晴やかな一こまがあり、わたくしも式場のうしろで陪観しました。市原氏は明治四十年か四十一年に横浜市長を辞されて、第一銀行の朝鮮総支配人として京城に赴かれ、つづいて第一銀行の後身、朝鮮銀行の初代総裁になられました。

ご家族は日本に残られて、お宅も西片町から本郷弓町、横浜野毛山の公舎、神奈川青木町の公舎、東京四ッ谷大番町の自邸とつぎつぎに変りましたが、わたくしはその先々に週に一回か二回は行き、第二のわが家同様でした。わたくしの住居はずっと西片町でした。

お光ちゃんのお母さまはわたくしの母と同じくらいのお年齢《とし》で、それはそれは優しい方でした。ミッションスクールを出られ、英語の素養もあられる筈を、そんなけぶりは少しもなく、いつも黒繻子の襟のかかったお着物でした。お祖母さまはその頃からだいぶのお年寄に見えました。

今でも忘れられないのは、西片町の頃、或る夏にお父さまが次恵さん、お光ちゃん、わたくしの三人を、上野不忍池の蓮の花と入谷の朝顔の花を見に連れて行って下さったことです。蓮の花の開くのを見るため朝四時前に家を出ました。お父さまは、和服のお尻をはしょって下駄ばき、太いステッキをついていられました。不忍池で蓮の花の開くのを見てから、上野公園をぬけて入谷まで歩き、朝顔を見てまた上野に戻り、山下の「だるま」という、お寿司やお汁粉のある店でご馳走になったことです。くたびれたという記憶はなく只うれしかったのです。その後、母とお隣りの笹川のおばあさまに連れられて入谷に行った時は「笹の雪」で朝ご飯を食べ、お豆腐よりは熱い熱いご飯に焼海苔のおいしかったことをおぼえています。それから池の端の「揚げ出し」「丸万」おそばの「蓮玉庵」など懐しい名が浮びます。

博多の「ばあ」は東京へ着いてから直ぐ松平へ行きましたが、二ケ月ほど居て博多へ帰る前にまた一寸うちへ来ました。その時、西片町の阿部家が父の実祖母のお里（実家）であることを教えてくれました。今はご養子の代で父の血縁は一人もいられない由、その故か父は阿部家については何も話しませんでした。青山に広大な土地を持っていた高樹町の高木子爵は、その頃の当主が父の従弟だったので、年始など、ときどき行っていましたが、その当主が亡くなって、養子夫婦が跡を継がれてから、こちらも疎遠になりました。

父の実母も養母も早く世を去りましたが、叔母は二人いました。一人は実父の妹、一人は養父の妹です。この二人は明治の中頃には雲泥の差の境遇になっていました。このことは後に委しく書くつもりです。

父は旧主の徳川慶喜公には、稀にですがご機嫌伺いにあがっていました。ご令嗣の慶久氏に有栖川宮の姫宮がお輿入れになった時は、そのご披露にご招待を受け、記念品を頂いた上に、新婚記念のお写真はお二人のと父君とお三人のも頂戴しました。

後にわたくしの夫となった苫米地が、嘉納塾で慶久さんと同じ釜のご飯を食べた仲間だとは、その時知る由もありませんでした。わたくしたちが結婚してから夫に聞いたのですが、嘉納塾で慶久さんはみんなと同じに便所掃除もされたそうです。慶久さんの姉君のご夫君大河内子爵に、慶久さんのご縁から苫米地が知遇を得て、そのころ子爵が有為の青年育成のために私財を投じていられた、その受給生の人選を一任されました。これは、わたくしが嫁いでからもつづき、夫は小樽高商の教え子からも二人を推薦しました。給費は学資だけでなく、着物からお小遣いまでに及ぶ有難いものでした。わたくしは、父の父祖が旧幕臣だったことを思い、世の中の不思議なめぐり合せを深く感じました。

(注1) 佐久間信恭は数学も得意で、明治時代に円周率の下の桁数をもっとも長く計算したと言われています。

(注2) 上田敏の「海潮音」の原詩などの翻訳には佐久間信恭が協力したと言われています。

父母の不和

これから書くことは、少女のわたくしが、深い心の傷を負った事件ですが、長い年月の間には、夢ではなかったか、と思うほどになりました。けれどその事にペンをふれる今は、やはり夢ではないと、しみじみとした思いに打たれます。

博多の「ばあ」が帰郷して暫く経った頃です。父と母が不和になり、母が郷里の若松へ帰ったことがありました。何が原因だったか、本当のことは今もわかりません、父と母は子供の前では争いを見せませんでしたから。母は若松へ帰りましたが、置いて来た子供のことが気になりだして、矢も楯もたまらず、すぐ引き返して上京、父に詫びを入れましたが、父の怒りは解けず、父は母を許しませんでした。わたくしたち姉弟三人は、大幸のおじさまのお家に預けられました。夜中にフト眼が覚めて枕元に母が居るのを見ました。母はさめざめと泣いていました。あまり母が泣くので、わたくしは声がかけられず、悲しくて蒲団をかぶって泣きながら、そのまま泣き寝入りに眠ってしまったらしく、朝起きた時は、もう母は居りませんでした。

大幸のおじさまのお宅は阿部さまの近くなので、外へ出て、悲しい眼にいつまでも椎の木を仰いでいました。一週間ほどでわたくしたちはまた家に戻りました。家には東京へ来てからやとった「ねいや」がいました。姉や弟はおとなしかったのですが、わたくしは「あばちい」ですからよく「ねいや」と喧嘩をしました。市原さんではうすうす事情を知っていられたと見え、皆さん何かといたわって下さいました。

或る目、ご飯をいただきながら、お母さまの優しい言葉に急に悲しさがこみあげて、お茶碗とお箸を両手に持ったままワッと泣き出してしまいました。次恵さんもお光ちゃんも貰い泣きのうちに、お祖母さまがわたくしのお下髪《さげ》の頭を撫でながら「おお、よしよし、可哀相に」と言って下さったのを忘れません。わたくしは母の居た時は稚児輪という眼鏡を並べたような髪に結っていましたが、母が居なくなってから姉にとかしてもらってお下髪にしていました。

わたくしは誰にきいたか覚えていませんが、一度、母の身を寄せていた家を訪ねたことがあります。後できいたことですが、その時母は千駄木の根津神社に近い裏長屋に、もと実家の佐治に奉公していた、母とは幼な馴染みのおつるさんの世話になって、仕立物の賃仕事をしていました。おつるさんは、裁縫が得意でないので、ハンカチの縁縫いの内職をしていたそうですが、わたくしはやっとの思いでたどりついたので、そんなことは眼に入らず、母の顔を見たのがせいいっぱいでした。

根津神社は、わたくしの家から大人の足で十五分位の所ですが、子供の足で探しながら行ったので、三十分はかかったと思います。母はびっくりしたようですが、すぐわたくしを連れて根津神社の境内に行きました。そしてそこの掛茶屋でところてんを食べさせてくれました。ところてんを食べたのは後《あと》にも前《さき》にもこの時一度だけです。なんとも言えぬ悲しい味がしました。蜜がかかっていましたが、かすかに磯の匂いがしました。学校の帰りに行ったので、もう夕方になり、神社の森で鴉が啼いていたのを思い出します。

根津の社《やしろ》の森の夕べを啼くからすわれ等と同じ
母も子もゐん

ところてん磯の香りのほかになほ母の涙を
味はひにしか

群れて暗くやしろの森の夕鴉からすは啼くに
涙あらじを（回想）

帰りは母が送ってくれましたが、母は家へは入りませんでした。

悲しい日が続くうちに、若松から母の弟の五郎叔父が上京、松平の叔父ともども大幸のおじさまも相談に乗って下さって、とうとう父を納得させ、母は家に帰ることが出来ました。

母が戻った時の嬉しさはたとえようもありませんでした。母が家に居なかったのは大変長いように思いましたが三ケ月足らずだったのです。わが家にまた平和が戻りました。

母はいつも裁縫をしていました。その頃の子供は男の子も皆和服でしたから、めいめいのふだん着からよそゆきまで、四季に合せて着せるのは大変だったと思います。新しいのは縫うだけですが、ふだん着は解いて洗って張るのです。

わたくしも大正十一年に、夫が海外から帰った時の土産の服を子供に着せてから、洋服になじむまでは、母と同じことをしていました。わたくしは現在も殆ど和服ですから、張板はいまもわが家にあります。この頃は常着《つねぎ》はウール、また夏だけは降参して簡単服にしましたので、張板にはご無沙汰です。

昔は六月から単衣、十月から袷とほとんど定まっていました。そして冬は綿入れを着ました。母は季節の折り目を忠実に守っていました。お正月には、ふだん着の着物、羽織、帯、襦袢、足袋まで新しく揃えてくれました。元旦に眼を覚ますと、それ等がちゃんと枕元に揃えてありました。嬉しいのと一緒に、母のおそくまでの夜なべの姿が浮んで、すまない思いがしました。下駄はよそゆきは畳のついたぽっくり、ふだんは歯の低い日和《ひより》下駄です。大人《おとな》物の日和に畳のついたのをあずま下駄と言いました。

下駄を買う時は、台と鼻緒を別々に選んでその場ですげてもらうのです。母の贔負《ひいき》にしていた下駄屋は、その頃の帝大の向い側で森川町寄りの伊勢屋と言いました。主人のほかに店員が一人居て、時々お内儀《かみ》さんも手伝っていました。鼻緒をすげながら主人がのんびり母と世間話をするのを、わたくしはほのぼのとした思いできいていました。

新宿の中村屋の相馬愛蔵、黒光のお二人が本郷での創業のお店は、伊勢屋の四、五軒先だったと思います。書生パン屋という評判を聞いていました。黒光さんが未《ま》だ髪を島田に結って赤い襷がけのかいがいしい花嫁姿は、わたくしが七十五年余り前に眼にした実像です。

わたくしの子供の頃のふだん着はたいてい木綿の縞か絣で、よそゆきは秩父とか伊勢崎という銘仙でした。メリンスは初め唐ちりめんと言って相当高価だったようです。姉もわたくしも熊本では縮緬の友禅の晴着を持っていましたが、東京へ出てからはもう小さくなっていました。

姉が十五、わたくしが十三の春だったと思います、家中で向島へお花見に行きました。その頃は上野から新橋まで乗合の鉄道馬車があったと思います。上野から浅草までその時歩いたか、乗り物に乗ったか覚えていません。浅草から吾妻橋を渡って向島の土堤に出ました。その頃の向島のお花見はそれはそれは賑やかでした。隅田川の水も堤の桜の花もきれいでしたが、子供のわたくしは人と人とぶつかるような混雑にびっくりしました。

お花見の帰りはまた浅草へ寄って観音さまにお詣りをしてから、仲見世で花かんざしを買ってもらいました。そしてたしか「ご殿山」と言った仲見世の裏のお汁粉屋でお汁粉を食べました。父はお雑煮でした。現在でも仲見世の中ほどの「ご殿山」とは反対の側に、「梅園」というお汁粉屋が繁昌していますが、「ご殿山」の方はほかへ移ったか見えないようです。お汁粉の値段は安いところで二銭、普通は三銭か四銭でしたが、広小路の松坂屋の横の「ときわ」という店は、ひき茶のときわ汁粉が名代でそれは七銭でした。お汁粉屋には、豆どんと呼ばれたまだ六つか七つくらいの可愛い女の子が、髪をお煙草盆に結って着物を短く、赤い襷に赤い前だれで、客の註文を聞くと、可愛い声を張りあげて、「ご膳一丁」とか「小倉一丁」とか奥へ通すのです。

お汁粉の話はこれくらいにして浅草に戻ります。浅草はその頃東京随一の歓楽境でした。十二階の凌雲閣が雲まで届くようでした。奥山という処には色々の見世物がありました。花屋敷というのがあって、そこで山雀《やまがら》の芸当を見たのは、その時だったか、次の時だったか、よく覚えていません。

浅草の帰りに広小路の松坂屋で買物をしました。松坂屋の場所は現在と変らないと思いますが、純日本風で、広い畳敷に坐った大勢の番頭さんが一人一人お客の応対をして、小僧さんたちに何か符丁で指図をすると、小僧さんが「ハーイ」と語尾を長くひいた返事をして品物を運んで来ます。番頭さんも小僧さんも、皆和服に前だれ姿でした。その時松坂屋で姉とわたくしの縮緬の裾模様を誂えました。三枚がさねで、下着二枚は矢張り、ちりめんの紅い細かい柄の友禅でした。

その頃は、子供の振袖も模様は裾だけでした。姉もわたくしも嬉しくて有頂天になりました。店を出た時には店の前に並んだぼんぼりに灯が入っていました。誂えの品が店から届くと、母はすぐに仕立ててくれました。その振袖を着て、弟と三人で撮った写真が現在も残っています。弟は銘仙の絣の着物と羽織と対の筒袖で袴をはいています。これも松坂屋で買ったものです。その時は嬉しさで夢中でしたが、わたくしたちにとって豪華な買物は、きっと父が書籍の代を廻してくれたのでしょう、少し大人になってからすまないと思うようになりました。

この頃から姉とわたくしはお琴を習い初めました。お師匠さんは山田流の山勢松韻師の高弟で上野鈴勢さんという女のおっしょさんでした。学校から帰って直ぐ、一日置きに通いました。阿部邸の椎の木のすぐ傍のかどで、大幸さんの筋向いでした。わたくしたちと前後して次恵さん、お光ちゃん、お愛さん姉妹も福富さんも通い初めました。お稽古の順番を待つ間、別のお部屋でお手玉やおはじきやいろいろのことをして遊ぶのが楽しみでした。

内弟子さんは、盲目の男の方と、もう一人女で次恵さんと同い年の豊島清勢さんがいられました。清勢さんは出稽古もされて、うちや市原さんにも週に一回は見えました。じきに姉や次恵さんとも仲良しになり、ご飯もご一緒するようになりました。わたくしまでお清さんと呼ぶようになり、長い長いおつきあいが続きました。わたくしは、女学校へ入る前後から小説を読むのに夢中になり、お琴のほうは疎かになって初許しだけでやめましたが、姉は奥許しの後もずっと続けました。

お許しを頂く時は定まったお許し料を納めます。そのほかに納めるお赤飯料は、月に一回みんなでいただくお赤飯代になります。それも楽しみの一つでした。月々のお復習《さらい》のほかに大復習《おおざらい》があり、大ざらいは二年に一度か三年に一度だったかと思います。わたくしは初許しを頂いて間もなく、大ざらいで「八千代獅子」を弾きました。会場は池の端の、もと「雁鍋」と言った昔から有名な料亭の跡で、たしか「曙楼」と言ったと思います。

当日は皆家族づれで、それはそれは華やかでした。高座の緋もうせんの上に、お琴を並べて弾じた晴がましさは忘れません。わたくしはお琴を怠けたくせに聴くのは大好きで、姉がうちでおさらいをしていた色々の曲を懐しく思い出します。

ずっと後に昭和になってから求めた音盤から、さらに何十年の後の昨年、カセットテープに移した今井慶松・敬子お二人に依る「千鳥の曲」「小督の曲」、また宮城道雄師の「夕顔」などいまも時々きくことが出来、随喜の涙が浮びます。

長唄は、四世松永和風をいろいろ集めました。清元は五世千登勢太夫、歌舞伎は十五世羽左衛門、六代目菊五郎、初代吉右衛門等の「忠臣蔵」の大序、三段目、四段目、六段目、七段目を揃えました。また羽左の「お祭佐七」、「め組の喧嘩」、「切られ与三郎」の一幕、六代目の「弁天小僧」の一幕などの音盤を一枚（両面）三円位で買ったのは夢のような話ですが、カセットに移して音を調節し、難聴の耳にも愉しみが甦って、これも文化の賜物、わが長生のお蔭と感謝のほかはありません。

話がまた前に戻ります。お琴に通っていた時、土曜日など帰りの時間の早い時はお向いの大幸さんに寄り、百代さんのお相手をして遊びました。信さんは上野の美術学校に通っていられました。十一月三日の天長節に、団子坂の菊人形を観に連れて行って頂きました。昔から天長節は殆ど雨が降りませんでした。団子坂の菊人形は明治の頃有名でした。たいてい芝居の当り狂言を模した人形に、色とりどりの小さな菊の花をとり合せた着物は見事なものでした。団子坂を登った処に「やぶ」というおいしいので名代のお蕎麦屋がありました。そこへ寄ったのは信さんに連れて行っていただいた時ではなく、母や笹川のおばあさまとご一緒の時だったような気がします。

小説を読み始める

小説を読み始めたのは小学校の終り頃からですが、読むという事に興味を持ち始めたのは東京に出て二年生の頃、算術の九々を暗誦出来たご褒美に、父が巌谷小波《さざなみ》の「日本昔噺」十二冊、「日本お伽噺」十二冊を揃えて買ってくれた時からです。朝の枕許にその二十四冊が置いてあった嬉しさは天にも昇る思いでした。その二十四冊がわたくしの子供心にどれだけ深く刻まれたかわかりません。人の世の情（愛）を第一におぼえました。それから善悪、正邪の別、正しいことへの勇気、それらがなんの抵抗もなく心に溶けこみました。「桃太郎」「かちかち山」「花咲爺」など、胸が疼くように恋しく思い出します。

「日本お伽噺」の方は日本の歴史の一こまをわかり易く一つのお話にまとめてありました。後には「日本歴史譚」というのも出ました。その後に出た小波の「こがね丸」というのは、もう小説風で、文体は古文調で馬琴の「八犬伝」式でした。わたくしはこれを読んでいたので、後に「八犬伝」もすらすらと読めました。「八犬伝」は長い間に三、四回読んだと思います。その他子供の頃の読み物では、押川春浪の「空中飛行機」があります。

いま思うと、飛行機は明治三十年代から、少年少女の夢だったのです。冒険譚ではそのほか桜井鷗村の「不撓の少年」に惹かれたのをおぼえています。

大人の小説で一番初めに読んだのは、村井弦斎の「日の出島」です。何冊か続いた長い小説でした。母が読んだのを後から読んで、すっかりとりこになってしまいました。母は丸髷に結っていましたので、うちに来る髪結さんから「日の出島」が面白いと聞いて、近所の貸本屋から借りて読んだのです。うちから駒込の大通りまで歩いて五分足らずでしたが、大通りへ出てすぐ向い側に書籍店と貸本屋を兼ねた喜吉堂という店がありました。「日の出島」が縁でわたくしも喜吉堂のお得意になりました。筋の面白さのほかに惹かれるものがあって、黒岩涙香のものは殆ど借りて読みました。ずっとずっと後に涙香の全集を買いましたが、その中の何冊かは今も残っています。

女学校に入ってから、母の弟の秀叔父さん（後述）のお蔭で蘆花、紅葉、鏡花、鷗外、露伴などの作に親しみました。博文館の「帝国文庫」の中の「万葉集」「古今集」「平家物語」その他の古典、馬琴の「八犬伝」などは叔父のおゆずりや自分で買ったのやいろいろでした。樋口一葉には心酔して「たけくらべ」の初めの方の文章は暗記するくらいでした。

昭和の初めに円本と言われた「日本文学全集」「明治大正文学全集」、一冊五十銭の「大衆文学全集」まで買いました。「有朋堂文庫」を買ったのもその頃です。「有朋堂文庫」は、「帝国文庫」で読んだのもありますが、今では貴重な存在になりました。その後「河竹黙阿弥全集」「日本戯曲全集」も買いました。「日本文学全集」で川端康成はまだ新進作家として編入されてあり、ほんとうに隔世の感がします。

昭和三十九年に、夫とわたくしの第二の故郷とも思う小樽を引きあげる時に、「日本文学」「明治大正文学」「大衆文学」の三全集その他蔵書を寄贈したり処分したりしました。夫の蔵書の大部分は、小樽商大その他に寄贈、極く少数を東京の寓居に移しました。与謝野晶子氏の「源氏物語」は、長男の長女にゆずりました。

この家は小樽の家と違い夫の書斎もなく、多くの蔵書の置場がありません。今わが家の応接間に光っているのは、昭和十年ころ、夫の購った「オックスフォード」「センチュリー」の辞書の二組と「大言海」五冊を収めた特別誂えの本棚です。その隣りの本棚に「有朋堂文庫」の四十六冊、徳富蘇峰の「近世日本国民史」の五十冊、一番下段に矢田挿雲の「江戸から東京へ」の六冊があります。

わたくしは今でも好きな作家の新刊はつい買ってしまうので、わが家の三畳に並べた本棚には小樽からの「黙阿弥」「日本戯曲」の両全集その他に加えてその後に求めた書籍で溢れるようになりました。松本清張、水上勉両氏の作は殆どあるようです。井上靖氏の作品は新聞や単行本で読んで、また全集も揃えました。石川達三氏の「蒼氓」、吉川英治氏の「鳴門秘帖」、大仏次郎氏の「薩摩飛脚」など読んだのは遠い日になりました。吉屋信子氏の甘い小説も本箱の奥にあります。

明治大正昭和と続く世相の変遷を踏まえて、現代に息吹く貴重な労作、女流も交えてそれらの作品に接する度に、老いてなお読むことの出来る幸せをしみじみ感謝しています。

夫の生前の座右の書籍は、夫が考案の回転式の書架に遺影に添って謐《しず》まっています。わたくしの生のしるべ和歌に関係のそれは、太田水穂、四賀光子、小田観螢先生の「玉集」「万葉辞典」「百人一首の解説」「金槐和歌集」その他寄贈の歌集を秘蔵しています。わたくしの貧しい歌集は、昭和九年の「水泡集」、昭和三十五年の「籠る命」の二部で、いつの間にか残りが各数冊になりました。

夫《つま》のために書籍の代を惜しむなと嫁ぐ夜われに
諭《おし》へましぬ父は

わたくしはむろん父の諭えを守りました。夫の書籍の購入には喜びをさえ感じました。夫のそれは研究資料が主ですが、わたくしのは半ば道楽とも言えるのに、夫は暖かい眼にむしろ勧めてさえくれました。さだめし父は黄泉で、わたくし自身が本のとりこになったことに苦笑していることと思います。

姉はわたくしと違い、本を読むよりは、絵を書いたり、ひとりで琴のおさらいをするのが好きでした。姉は誠之小学校の高等科二年から跡見女学校に入りました。跡見女学校は小石川区ですが、わが家の裏から坂を降りると、すぐ小石川になり、姉の学校は遠くありませんでした。一葉の「にごりえ」の跡の街を通りぬけて行くのです。

校長の跡見花蹊女史は元女官をされた方の由で、校風も他の女学校と異っていました。袴は御所風の型で色は紫でした。姉の入った時は校長をお師匠さんと呼んでいました。科目も国語、習字、絵画、裁縫が主で、国語の中に和歌も特別に入っていました。わたくしがまだ女学校へ入る前に、姉から、姉の同級生が詠まれ、先生が推奨されたという和歌を二首見せられました。先生は服部躬治先生と聞きました。その二首は今も記憶しています。

飛び石に蟻の行列ながながと中のいづれが
　女王なるらん

欄《らん》によりてトラファルガルを語ります父のみ髭に
　海の風吹く

わたくしはすっかり感激してしまいました。わたくしの和歌への一生の機縁になりました。

姉の同級に森律子さんがいました。小学校の頃から姉の政子さんと二人、花蹊女史に預けられていたそうで、わたくしの姉はまあちゃん、りっちゃんと親しみをこめて呼んでいました。律子さんは後の帝劇女優森律子さんです。お父さまは明治の名物男森肇氏で、衆議院にも議席を持たれましたが、弁護士としても活躍されたように記憶します。律子さんが帝劇の女優に応募、第一期生になられた時は世評紛々、一時は窮地に立たれましたが、姉との交遊は卒業後も長く続きました。律子さんの女優実現には、一高に在学中の弟さんが自殺されるという傷ましい事件もありました。

これから幼な馴染のお春さんの話になります。お春さんの家は、前述の貸本屋喜吉堂の筋向いの角のお菓子屋さんの裏でした（このお菓子屋さんとお春さんの家は後に建て替って寄席の鈴本になりました）。お春さんの家は薄暗く陰気でした。いつも白髪のおばあさんがポツンと座っておられました。家族はそのおばあさんとお春さんと妹のまあちゃん（ます子）と三人でした。まあちゃんは妹でなく、従妹ということが、すぐにわかりました。二人ともお母さんはなく、ときどき、あご髭を生やして太いステッキをついたおじさんが見えました。ちょっと見には恐いおじさんでしたが、よく冗談を言って、笑い顔がとても優しいのです。当時の新聞二六新報の主筆で、政府攻撃で有名な福田和五郎氏だったのです。まあちゃんのお父さまです。

或る日、わたくしが遊びに行っている時、女のお客がありました。家の中がパッと明るくなったくらい、派手な美しい人でした。下谷池の端の「中川屋」の栄《さかえ》と言う芸妓さんだとお春さんが教えてくれました。その頃のはやりっ妓《こ》で、自転車芸者などと新聞でもてはやされ、わたくしの母も知っていました。月に二回くらいおばあちゃんのご機嫌伺いに来るのだそうです。おばあちゃんは和五郎氏のお母さまでした。この栄さんは後に二世市川左団次夫人になりました。

或るお正月にお春さんもまあちゃんも、流行の綸子の見事な紫地の被布を着てうちに遊びに来ました。被布は栄さんから貰ったと嬉しそうでした。でも被布だけがりっぱで着物はふだん着のままだったので、母があとで「おかあさんがなくて可哀想に」と言った言葉がわたくしの胸に沁みました。

それから長い年月が経ってお春さんたちの消息もわからなくなった頃、木村荘八氏の夫人が往年のまあちゃんと知りました。戦前わたくしが小樽に居た時です。懐しさに次々と昔の面影が浮びました。おとなしいまあちゃん、一葉の「たけくらべ」のみどり張りにきっぷの良いお春さん。お春さんはその後どんな人生を歩まれたか、今もその幸せを祈るばかりです。

もう一人の仲間のおときさんの話に移ります。おときさんもお春さんと同じに小学校だけでしたが、わたくしはずっと続けて仲良しでした。おときさんの家は、西片町と森川町を繋ぐ空橋《からはし》の際を降りて直ぐの所でした。通りから一寸引込んだ二階建てで、門の際に木蓮の樹がありました。お母さまは眉の美しいほんとにきれいな方でした。ですからおときさんも同級ではお愛さんと並ぶ美人でした。お母さまの郷里は越後と聞きました。本郷の大通りから帝大の反対側に一寸入った所に、喜福寺という大きなお寺があって、そのお寺の方丈さんの内妻さんでいられたのを後に知りました。

おときさんのお父さまは早くに亡くなられたそうで、小学校では歌代ときさんでしたが、卒業してから喜福寺の方丈さんの養女になり、月岡ときと姓が変りました。わたくしの女学校三年頃から母の弟の秀叔父さん（佐治秀寿）が帝大の文科に居て、おときさんのお家の二階のお部屋を借りていたので、よけいにおときさんと親しくなりました。そしておときさんの家に度々遊びに来られる尾竹紅吉さんを知りました。紅吉さんという名の通り男装ですが、お嬢さんなのにびっくりしました。髪を男の子のようにざんぎりにして、絣の着物に小倉の袴、当時の一高生の姿でした。でもなんとも言えず魅力があるのです。おときさんのお母さまの幼な馴染みの画伯のお嬢さんの由で、その親しさがうなずけました。さっぱりとした気性にすぐお互いの遠慮もなくなり、三人連れだって歩くようになりました。男装で高い足駄の紅吉さんと並んで歩くと、みんなが好奇の眼で見るので恥かしい思いをしました。

その後日露戦争が終ってから「新しい女」と新聞に書きたてられたグループがあり、「吉原の遊廓で五色の酒を飲んだ」とかいろいろ書きたてられて評判でした。紅吉さんもその一人で、また誠之小学校からお茶の水でも、次恵さんと同級だった平塚明子《はる》さん（後にらいてう）もその仲間と聞き、そんな行動をわたくしは信じられませんでした。矢張りマスコミの脚色に尾ひれがついたのだと思います。平塚さんには一度か二度、まだわたくしの少女の頃お逢いしましたが、おとなしく優しい方という印象でした。その後次恵さんの話をきいても、非常に真面目な聡明な方のようでした。漱石門下の森田草平さんと「死の道行」などと書きたてられても、冷静さを失わずにいられたのです。初め生涯を睦まじく添い遂げられたご主人との仲も、初めは「若い燕」などと騒がれ、「若い燕」という流行語まで出来ました。

さてわたくしの眼に残る尾竹紅吉さんの男装は、後の陶芸界の泰斗富本憲吉夫人一枝さんの青春のひとこまだったのです。明治の画壇に兄弟の大家として有名だった尾竹越堂、尾竹竹坡、尾竹国観、その三人の長兄越堂氏の令嬢の紅吉さんは、自分も豊かな芸術家の血をひいていられ、思い出にさわやかさを感じますが、どうして男装などされたのか、その真意は今でも不可解です。

おときさんの二階にいた秀叔父さんは、帝大の文科で夏目漱石さんのゼミナールにいました。先輩に小宮豊隆、森田草平氏がいました。叔父は卒業して、すぐ金沢の県立中学に赴任しましたが、一年余りたって夏休みにうちへ来ての話に「金沢中学の五年生の一人が、友達の恋文の代筆をして、それを女学校の生徒につけ文《ぶみ》をして問題になった事件を、夏目先生に話したところ、それが『わが輩は猫である』の中に面白くとり入れてある」ことを聞きました。夏目さんの事ではまだ話があります。父の弟の松平の叔父が、牛込の矢来の家から他へ引っ越した跡に夏目さんが移って来られ、叔父は嬉しくなって「わが輩の跡は猫である」と吹聴したものです。

この叔父は早くから早稲田で漢文を教えていましたが、大隈重信伯や頭山満《みつる》氏等とも親交があり、日露戦争後、清国の武昌に渡って、湖広総督張之洞の顧問を何年かしました。辞して帰国してからは、また古巣の早稲田に帰り、早稲田大学教授として一生を了えました。叔父は博学で専門は漢文ですが、欧米を視察したこともありました。叔父の部屋には父の本棚とは違って、日本風の桐の本箱がズラリと並んでいたのをおぼえています。父の忠実な弟というより援護者と言って良いほど父に尽してくれました。

お茶の水に入学

さて母方の秀叔父さん（わたくしたちは父方の叔父叔母はさまづけ、母方のはさんづけで、母が命令したのではないのですが、何となくそうなりました）は金沢から仙台の第二高等学校に転任、教授を長く務めていましたが、停年を迎えずに亡くなりました。この叔父は若い時から勉強家で静かな人でした。そして親切でした。私に「帝国文庫」の「八犬伝」やその頃珍らしい馬琴の全集も買ってくれました。母が義太夫が好きなので、寄席でよく語られる一段を百種集めた「義太夫百番」を買って来たこともあります。

叔父と同年で、母にも従弟にあたる常三郎さん（斎藤常三郎）が、矢張り帝大の、これは法科に居て始終遊びに来ていました。叔父と同じにわたくしの母を「おくま姉《あね》さ」と呼んで親しみ、母も何かと相談に乗っていました。たいへん陽気で明るく会津弁でいつも面白い話をしていました。

後に法学博士となり、破産法の権威として名をなしましたが、わたくしの次男が神戸商大で教えを受けた時もズーズー弁のままで、それがかえって学生に好感を持たれたそうです。兄弟は三人で、長兄が貢さん、次兄が常二郎さんです。常二郎さんは商才があり、実業の道を進みました。お酒は一滴も飲まず、品行方正なのに酒席では遊びの通人のように振舞って、一座の人を愉しませる名人とききました。長兄の貢さんは背が高く、恰幅も堂々として豪放磊落な快男子でした。その新宿の駅長時代に、わたくしは屢々遊びに行き、どれだけ世話になったかわかりません。母と初めて行った時は飯田橋から汽車で行ったと思います。わたくしが女学校に入って一人で行くようになってから、お茶の水駅から乗った頃は、電車になっていたと思います。

家族は、貢さん、そのお母さんのお里叔母さん、貢さんのお嫁さん、貢さんの妹のお福さんの四人で、家は新宿の線路際の社宅でした。駅からだらだら坂を降りて、その家に行く線路の両側に、草が生えていました。四人ともそれはそれは好い人ばかりで、春風駘蕩の見本のような家でした。わたくしが行く度に、お里叔母さんは箪笥の小引出しから財布を出して、それをぶらさげながら近所に買出しに行かれるのです。それから三人がかりのご馳走づくりで、その間も会津弁で話しながら、ちっとも退屈させず、お嫁さんはおとなしく相槌を打つという風でした。嫁と姑、嫁と小姑の仲がこれほど美しいと思ったのはその後もありません。

母と一緒の時でした。お嫁さんが一寸座を外された時、お里叔母さんはお嫁さんの縫いかけの着物を母に見せて「これ見なせ、まるで板のようだべ」と、それは襟つけが少しのたるみもなく、まるで板のように見事だという褒め言葉だったのです。少女のわたくしはほのぼのとした嬉しさを感じたことでした。わたくしの入った女学校がお茶の水駅の直ぐ上なので、土曜日にはつい新宿の方へ心が向いてしまい、どれほど通ったことでしょう。

日露戦争の最中は、ホームで出征兵士の見送りを何回も眼にしました。見送りの貢さんの眼に涙の光っていたのも見ました。わたくしの母が亡くなった翌年明治四十二年頃、静岡の駅長に転じて行かれた貢さんの処に招ばれ、一週間も世話になりました。傷心のわたくしを慰めようとみんなでどれほど気をつかって下さったことか、このご一家の厚情は今もわたくしの心に温く沁み通っています。

こんどは父の叔母（実父大久保忠恕の妹）の話になります。父の叔母は川村家に嫁ぎました。叔母の夫は矢張り幕臣で、維新前は日光東照宮の宮司でたいへん羽振りの良かった人とききました。父の実父の大久保忠恕と、養父の佐久間信久と、この川村の三人は盟友の仲だったそうです。わたくしたちが上京した時に、その叔父は他界していて叔母は健在でした。お君さんという一人娘に養子を迎え、その正治さんは開業医で小児科専門でした。患家は宮家、華族、富豪などが主だったようで、わたくしの眼にも豪勢な暮し向きに見えました。中央線の信濃町駅の筋向い、今の慶応病院の隣接地になります。敷地が三千坪ありました。後年、川村が手放したこの土地は柳原二位の局のお屋敷になりました。

当時わたくしたちは患者の出入りの表門から入らず、長い塀に添って歩いて横門から入り内玄関から上りました。大叔母が未だ昔の格式を崩さず、君臨していたとも言える様子でした。初めて出されたようかんの一切れが、大きい一棹の半分で、それが台付きの菓子器に奉書紙を二枚斜めに折った上に二つ載っていて度胆をぬかれました、ようかんは「虎屋」のようかんでした。ご飯を出されたのも、めいめい高足のついたお膳でした。幾度か行くうちに馴れてご馳走も食べましたが、なんとなく気づまりでした。

家族は大叔母、当主の正治さん、父の従妹のお君さん、長男の信さん（信一）、その妹のさあちゃん（貞子）、たかちゃん（孝子）、それに大叔母の実子の久さん（久助）の七人と書生や小間使、仲働き、ご飯炊きなど何人かいました。久さんは信さんの叔父に当るのですが、一歳下で、つまり、養子をして長男が生まれた翌年に大叔母の実子が生まれたという複雑な関係でした。

お君さんに初めて逢った時の印象はお雛様そっくりでした。現在では四十代で二十代に見える女《ひと》も珍らしくありませんが、明治のその頃では考えられない事でした。ほんとうにむき玉子に目鼻をつけたような感じの、色の白いきめの細かい美しい面《おも》だちは、まだ花嫁さんのようでした。そして丸髷の紅いてがらが良く似合っていました。信さんのお母さんなのでびっくりしました。箱入娘から箱入妻になって屋敷から一歩も出ない生活のようでした。

信さんは、わたくしが訪ねるようになってから間もなく、京都帝大へ入学のため京都へ行きました。その後、久さんは早稲田大学に入り、演劇部にいるのを知りました。坪内逍遥に続く島村抱月、小山内薫各氏の全盛時代だったと思います。自分の部屋に大勢友だちを連れて来て新劇の稽古をしているのをよく見かけました。後年この久さんは、新派の花柳章太郎、水谷八重子一座の脚本を書き、川村花菱と名のるようになりました。妹の貞ちゃんと孝ちゃんはわたくしがお茶の水に入る前に華族女学校（今の学習院女子部）に入っていました。わたくしたち姉妹と年頃が殆ど同じなので、直ぐ仲良しになりました。

母にとって父の叔母は姑とも言うべき人で、月に一回は必ずご機嫌伺いに行っていました。松平の叔母も同じだったようです。この叔母はわたくしの母より若く、その父上は、明治の初めに北海道開拓に名を残した堀基威氏とききました。川村にはその頃六助という古い猫がいました。少女のわたくしは化け猫の話など思い出し、一人で泊った夜などとても恐しかったのです。それに直ぐ近くの青山練兵場の消燈ラッパが何とも言えず寂しく聞えたのも忘れません。

貞ちゃんのお嫁入りも鮮かな思い出の一つです。明治三十八年の終りか三十九年の始めだったと思います。原さんという当時の陸軍中将の子息で、矢張り陸軍の中尉に嫁いだのですが、嫁入り前のお別れの宴が五晩も続いたのです。交際の向き向きに分け、その組によって芸者やお酌も来て、それはもう賑やかなものでした。嫁入り支度は十九荷で、それを担ぐ人も附添いの人も、みな川村の印を入れた紺の匂うような半纏を着て、威勢よく練って行きました。後に思うとそれが川村の全盛時代だったのです。

孝ちゃんはそれから二年ほど経って結婚しました。こんどはそう派手ではありませんでした。新郎はその時海軍の少尉だったと思います。後には中将に昇進、海軍にその人ありとまで言われた堀悌吉氏です。戦後は実業界に入られたように聞きました。孝ちゃんとの縁は短く、一年も添わずに薄命な孝ちゃんは逝ってしまいました。急性腸炎とか聞きましたが、医師の父を持ちながら、なんとかならなかったものかと、わたくしはただ口惜しく、新婚の写真の美しく幸せに輝いた孝ちゃんを見ては泣きました。悌吉さんの悲歎は眼もあてられないようだと父が話していました。肌身離さず孝ちゃんの写真を抱いていられたとか、悲しみは今も甦ります。

鴛鴦《えんおう》の契りはかなく落花の水に片羽のうらみ

想ひこそやれ

信さんの京都大学卒業を聞くと同時に、その信さんの急逝を知りびっくりしました。明治四十五年（大正元年）十二月、わたくしが嫁いで小樽へ行ってからは、川村の消息を耳にすることも遠くなりました。

大叔母も正治さんもお君さんも故人になってから、たしか代々木だったと思います、絶えて久しい久さんを訪ねたことがあります。

とても粋な造りの家でした。久さんは昔と余り変らぬ若々しい口調で、いろいろ演劇の話をしてくれました。水谷八重子を「八重ちゃん」と親しい呼びかたをしていました。それからまた長い年月が過ぎ、久さんに逢ったのはお葬式の祭壇の写真でした。四ッ谷舟町の佐久間の菩提寺全勝寺に近い自宅でした。華やかな芸能界の供花が却って悲しく映りました。今は信濃町の邸は跡形も無く、慶応病院の辺りを見ては無量の感に打たれます。

さてこんどは父のもう一人の叔母に移ります。わたくしたちが熊本から上京後間もなく、酉片町の家を訪ねたお婆さんがあり、それからは、月に一回か二回見えました。母はおあやさんと言っていました。年齢は六十位に見えましたが、もっと若かったかも知れません。顔が皺《しわ》だらけで片眼が白く濁っていて、少女の眼にも気味わるく映りました。話しかたも独特の癖があっていやでしたが、父の叔母（養父の妹）だったのです。来られる度に、父や母は幾何《いくばく》かのお金を渡していました。或る時、うちのねいやが「おあやさん」と呼びましたら、とたんに怒り出し、「わたしはお前らに『さん』呼ばわりされる身分では無いよ。これでも昔は千代田の大奥に自由に上っていた身分で、毎朝、蒔絵の盥で顔を洗い、傍にはいつも腰元が三人も四人もいたんだよ」と大変なけんまくでした。わたくしは恐ろしいよりおかしく、そして却って悲しくなりました。

この大叔母はほんとうに昔は贅沢を極めていた生活

だったのです。維新のどんでん返しの境遇の変化に自暴自棄になって、真面目な結婚もせず、相手の男《ひと》を幾人も替えたと母から聞いたのはずっと後の事です。うちへ見えた頃は、もう成人した息子と娘との三人暮しでした。兄は精さん（精三）、妹はおはまさんと言いました。その頃、医師の試験には前期と後期とあって、前期に通っても、後期に合格しなければ正規の医師の資格は取れなかった時代で、精さんは前期は早く通ったのですが、後期は何度受けても落第で気の毒でした。川村の正治さんと思い合せ、父母が呼んでいる同じ「せいさん」でもこんな大きな相違を物悲しく感じました。

妹のおはまさんは肥って背が低く、そして愛嬌があり、素直で、おあやさんの娘とは思えませんでした。年齢はわたくしより四つくらい上だったと思います。お光ちゃんのお父さまが横浜市長になられてから一年位経った頃、市長公舎が神奈川の青木町で、わたくしは休日には大方行っていましたが、或る日、その市原さんで、女中のおはまさんを見たのです。向うもびっくり、わたくしもびっくり、市原さんでも事情をきいて皆おどろかれましたが、おはまさんは少しも悪びれたところがなく相変らず朗らかなのです。

宏さんは東京高商を卒業、横浜の茂木商会に勤務された許りの時で（間もなく三井物産に入社）、次恵さんは、お茶の水を卒《お》えて横浜のフェリス女学院に、お光ちゃんは神奈川県立女学校でした。おはまさんは、西片町の家へあまり来なかったので、次恵さんもお光ちゃんもおはまさんを知らなかったのです。おはまさんは、宏さんを「若旦那さま」。次恵さん、お光ちゃんを「お嬢さま」と呼んでいましたが、わたくしに逢った後も、なんの抵抗もなくそのままでした。市原さんでは、うちの親戚とわかって、一層眼をかけて下さったようです。特に宏さんとはお互いに冗談を言い合い、宏さんが「太くして短き竹の立てるかな」など、俳句まがいにからかっても、却ってうれしがるという風でした。

お光ちゃんのお父さまが朝鮮の京城へ行かれ、ご家族が東京の四ッ谷大番町へ移られた時、おはまさんは暇をとって自分の家に帰り、派出婦のような仕事をしていました。

明治四十一年の秋、わたくしの母が、不治の病にたおれた時、手伝いに来てもらいましたが、それはそれは親身になって尽してくれて、母も感謝、わたくしもどれほど有難く思ったかわかりません。精さんの正規医師への努力はとうとう成功しませんでした。

市原さんとわたくしの家との因縁は、前に書いた、わたくしとお光ちゃんが生れた家が同じだったことに加えて、このおはまさんの事もありますが、そのずっと前に、市原さんが西片町から移られた本郷弓町の家が、父の姻戚にあたる市川という実業家の持家で、市川が他へ引越した後に、市原さんが入られたのです。これも偶然だったので、三度目のおはまさんの時、市原さんとわが家との何か眼に見えぬ縁《えにし》の糸を感じたことでした。

市川は裕福な家でしたが、行くと小間使が三ツ指をついて迎えるという風だったので、わたくしは敬遠気味でした。市原さんになってからは第二のわが家同様でした。裏庭のお蔵の傍の木蔭に、その頃流行って来たハンモックを二つ並べて昼寝をしたり、ブランコのように揺《ゆ》すって遊んだり、お光ちゃんとわたくしの愉しい少女時代の一こまをありありと思い出します。

今まで度々、わたくしの女学校が出ましたが、ここで改めて入学の時から始めます。

わたくしの小学校の頃は、男女べつべつに尋常科四年、高等科四年の制度でした。中学校や女学校に入るには高等科二年を卒えてからです。その頃は公立の高等女学校のうち官立（文部省）は女子高等師範学校附属高等女学校（お茶の水）だけで、東京府立は第一高等女学校が浅草に、第二高等女学校が小石川竹早町にあり、第三が麻布に開校されたばかりのように記憶します。わたくしの級からは竹早町の府立第二に入学試験を受けて十人位入りました。私立の跡見、三輪田などに行った人もあります。

殆どの女学校が一年生から募集しましたが、お茶の水だけは三年毎に三年生を試験で採りました。お茶の水は幼稚園から順に上る仕組で、学習院、慶応などと同じでした。お茶の水女学校に他の小学校から入るには、三年に一度の機会を待つよりほかなく、高等科四年を卒えてからでなくては入試は受けられません。わたくしは、次恵さんがお茶の水だったので、どうしてもお茶の水に入りたかったのです。運良くわたくしが高等四年を卒える年が募集の年に当るので、先に女学校一年に入った同級生を見送って少しさびしい思いをしましたが、三年に進み、やがて四年を卒えました。

　待望のお茶の水の入試を受けたのは明治三十七年三月でした。募集定員三十六名に対し、応募は八百名を越えたのです。試験の第一日が、算術、国語、第二日が理科、歴史だったと思います。第二次の翌々日の朝、第三次を受けられる資格の姓名が玄関の前に高く掲示されてありました。人数は三分ノ一に減っていました。胸がドキドキして初めは字がよく見えませんでした。やっと自分の名が眼に入った時の嬉しさは言葉にはならず足が震えて来ました。そして弟のことが心配になって来ました。弟は矢張りその年、誠之の高等二年から東京高師の附属中学一年の入試を受けたのです。高等師範の方は大塚へ移っていましたが、附属中学はまだお茶の水で、女学校と隣り同士の聖堂寄りでした。

　わたくしの第三次試験は裁縫と体格検査でした。体格の方は自信がありましたが、裁縫の方は難関でした。元禄袖を縫って綿を入れて袖口と振りをくけるので、いま思えば簡単なものでしたが、裁縫の苦《に》が手のわたくしは自分ながらぶざまな出来にがっかりしました。そして少し経つとどうしたことか、さばさばした気分になったのです。どうせ「ダメ」ならくよくよせず、さっぱり諦めようと思いました。結果のわかるのは一週間ほど後でしたが、わたくしはその三日前に、横浜のお光ちゃんの所へ行き、泊っていました。皆さん、わざと試験のことには触れず、わたくしも努めて忘れるようにして遊んでいました。

　今でも忘れません。父が合格の通知を持ってわざわざ横浜まで来てくれたのです。ふだん無関心のように見えた父を思うと有難さに眼もくらむようでした。市原さんでも一家をあげて喜んで下さいました。そして父も交えて、早速祝宴を開いて下さったのです。「次恵さんと同じ学校に入れた」わたくしの喜びは時が経つほど増すばかりでした。もっとも次恵さんはわたくしと入れ違いに卒業されたのですが、母校が同じということの嬉しさに違いはありません。

弟も附属中学に合格しました。わが家であらためてささやかな祝宴が開かれました。わたくしと弟が入学試験を受ける前から、母は小石川伝通院に近い「たくぞう稲荷さま」に祈願をかけてお詣りをしていたのです。念願が叶うと赤い旗を寄進することになっていて、わたくしと弟が合格すると、母は二人を連れてお礼詣りに行き、旗を寄進しました。その時初めて、母は祈願のことを打ち明けてくれました。

わたくしは後年、長男の盲腸の手術後の経過がはかばかしくなかった時、同じ病院の付添いの婦人から巣鴨の「とげぬき地蔵様」のあらたかなご利益《りやく》をきき、早速祈願のお詣りをしましたが、その時、往時の母の慈愛をしみじみと思いかえしたことです。その時の長男の恢復以来、夫や子供の病気や厄除けの祈願のために、巣鴨にお詣りの数を重ねました。

さてわたくしの女学校生活が始まります。校舎は、道路を隔ててお茶の水橋に少しずれて向っていました。二階の教室の窓からニコライ堂が斜めに見えました。門を入った処に桜の巨木があり、その傍のだらだら坂を登ると正面玄関になります。わたくしは通学の時は裏側の幼稚園の門から入りました。これは本郷三丁目の「かねやす」の前から神田の万世橋の方へ通じる道で、今も変ってないと思いますが、西片町のわが家から学校まで丁度三十分でした。髪は日本髪の桃割れ、袖の丈は「鯨尺」の一尺八寸、えび茶の袴に靴という恰好で、姿勢を正しく、颯爽と歩いた数え十六歳の乙女わが姿が、ほほ笑ましく甦ります。本郷小学校から入学の小谷六子《ふみ》さんは、お家が「一高」の裏の弥生町なので、毎日時間を定めて「一高」の前で逢うことにして、それから三年間の通学を殆どごいっしょしました。小谷さんとは縁も深く心も通じて、長いおつきあいとなりました。小谷さんの事では色々お話があります。

女学校の主事は篠田先生、受持は大羽久子先生でした。篠田先生は、その頃の新聞広告「大学目薬」の眼鏡の紳士そっくりで、衆目も同じと見え、入学すると直ぐ話題になりました。でも決して軽《かろ》んずるのではなく、一対一でお話したことは無いのに、親しみさえ感じたくらいでした。大羽先生は女ながら謹厳そのものに見え、わたくしには近より難い感じでした。校則は厳しく、あくまでも未来の良妻賢母の育成が目的だったのです。

校章が定まったのはわたくしたちが入学した年の秋だったと思います。徽章は合金で直径六センチ、八咫の鏡を象《かたど》った中に、菊の花とかんらんの葉を彫ってあります。紐は紫地の博多織で幅は六センチ弱、中央に一センチ幅の緑の筋を通し、お茶の実を白抜きに続けた図案です。

七十余年前、三年間身につけて、心の誇りでもあったその徽章が今ここにあります。古びてはいますが、損われてはいません。今の在校生もこの徽章をつけていられるのではないでしょうか、懐しさで胸がいっぱいです。

わたくしたち三年生は二組で、幼稚園からの組が甲組、新入の組は乙組といわれました。乙組というのに一寸抵抗を感じたのと対照的に、甲組には多少の優越感があったかも知れません。なにしろ甲組の方は、貴顕、華族、富豪の令嬢が目白押しで、二級下に、尾張の徳川侯爵の一粒種の、それこそお姫様がいられ、お附きの女中が二人、車を列《つら》ねてお供して来ていたのが印象に残っています。この方は虎狩の殿様で有名になった義親氏をご養子に迎えられた方です。玄関の横に掲示板のような板があって、其処にずらりと車札が何枚もかけてあります。それは、車で通学する人のためで、いつも裏がえしの札を、迎えが来ると名前を書いた表にするという仕組でした。

乙組の者には雨の日以外殆ど用が無く、毎日使っていられたのは尾高あや子さんでした（嫁して永田）。お母さまが渋沢栄一氏の令嬢で、その姉君が法学界の権威穂積陳重氏の夫人。その令息が重遠氏で、その頃鳩山秀夫氏と並んで、帝大に在学中から秀才の名の高かった方です。重遠さんとあや子さんはいとこ同士なのが直ぐにわかりました。あや子さんは奢ったところが少しも見えぬ、至って物静かな方でした。わたくしとは芝居のことから話が合って打ち解けた仲になりました。今クラスメートの生き残りの六人の中の一人です。

加藤やす子さん（三宅）は和歌の方の仲間で、一緒に「女学世界」や「婦人画報」に投稿しました。やす子さんが秀逸の時には、不思議にわたくしも秀逸でした。和歌の仲間ではもう一人、わたくしと同姓の佐久間静子さんがいました。クラスで同姓は加藤と佐久間の二組でした。

クラスではお互いに苗字で呼びあったのですが、同姓の者だけは名まえで呼びました。やす子さん、静子さんというように、わたくしは千代子さんと呼ばれました。静子さんは成績も抜群でしたが、利発で清らかな顔貌《かおだち》は、樋口一葉を想わせるほどでした。同姓なのでわたくしは、上級や甲組の方から静子さんと間違えられて困ったことも再三ありました。敬愛していた静子さんは、卒業の記念写真を名残りに、かき消すように消息を絶ってしまったのです。クラスの誰に訊いてもその後の事を知らないのです。

武士《もののふ》の勲《いさを》埋れし荒原に名乗りもあへぬ
かぶと虫かな

心に刻まれたこの和歌と共に、遠い面影が悲しく懐しく浮んで来ます。

卒業してからの各々の運命を思うにつけ、学びの窓に浮世の苦《にが》さを知らずに過した乙女の頃が懐しまれてなりません。

現し世の醜きことを隔てたる学びの窓は
安かりしかな

浮世ごと耳に触れなと閉されし学びの窓を
些《ち》とは恨みき

校庭に群るる笑顔の匂やかに春を謳歌す
山ざくら花

ひそひそと乙女の朱唇私語ありぬ盗み聞きしや
あの桜の木

あなかしこな告げそなど假初《かりそめ》のこと由々しげに
興がりし友

お茶の水その学び舎にはしきやし式部・納言を
夢見にし日よ

クラスメートの結婚

卒業前の結婚が二人、卒業式の翌日が一人、それは尾高さんでした。やす子さんは理学士の三宅恒方氏と結ばれ四番目でした。卒業して初めてのクラス会に、やす子さんは、赤いてがらの大丸髷の新夫人ぶりを見せてくれました。そしておのろけまじりに旦那さまの話ばかりなのです。「大変な癇癪持ち」と言いながら、それがあまり不平でもない様子なのです。それから一枚の電報を見せてくれました。

「ケサハユルセ　カエツテハナス」と読めました。

「昨日の朝、恒方さんが出勤前に『カンシャク』を起してそのまま飛び出してしまったので『ユーウツ』になっていたところへ、この電報が来たのよ」と溶けそうな笑顔なのです。みんな当てられてしまいました。

この電報の話は、吉屋信子さんが自作の小説にとり入れられました。たしか「夫の貞操」ではなかったかと思います。やがてやす子さんは、一男一女の母となり、恒方さんは理学博士の学位を得られたのですが、大正の半ばに惜しくも急逝されました。

苫米地が海外留学の留守の間、わたくしは幼い予供三人と横浜の本牧に居ましたが、大正九年の秋でしたか、やす子さんがひょっこり訪ねて見えました。ご主人を先だてられた傷ましい日からいく程も経っていませんでした。やす子さんと一緒に、子供たちも連れて海辺を歩いたり、三溪園に行ったり、心ゆくまで二人で話しました。寓居から海へは五分、三溪園には十分位の距離でした。やす子さんはその時「人間てつまらないものね、死んでしまえばそれっきり。新聞の黒棒の横に生前の功績が五、六行書かれてそれでおしまいですもの」

それから少し間を置いて、

「未亡人ていやな呼び方ね」といわれました。

ポツンと出た一言が今もわたくしの耳に残っています。作家生活が始まったのはその後です。昭和になってから作家として華々しかった頃に、北海道にも見え、共通の知人の医学博士大黒薫ご夫妻の案内で、月寒の牧場を見学、札幌の大黒さんのお宅で、やす子さんを主客にわたくしども夫婦も夕飯をご馳走になった事がありました。やす子さんはわが家にも一泊か二泊されたように憶います。大黒夫人のマチルドさんは、その後小樽高商の仏語の講師を長く続けられました。やす子さんとは、その帰りを小樽駅に見送ったのが永遠の別れになりました。(注)

九州小倉の俳人として有名になり、松本清張の「菊枕」のモデルと言われた杉田久子さん(旧姓赤堀)は、わたくしと同級で組も同じでした。学校では静かな目立たない方でした。結婚して杉田さんは九州、わたくしは北海道の生活が長く、再会せぬうちに杉田さんの訃を聞きました。

それからもう一人、浅草オペラ華やかなりし頃の踊子「沢モリノ」がクラスメートの深沢かずえさんだったのです。その事をわたくしは小樽で知りました。誠之もお茶の水も一緒だったお愛さんが知らせてくれたのです。その時、モリノさんはもう亡くなっていました。あの小さな丸っこい感じの深沢さんが、派手な踊子になったとは、ほんとうに思いがけぬ事でした。誰があの時期に数年後のその変貌を予想したでしょう。学窓を出てから各々のたどった運命の道を思うと、生き残りのわたくしには感慨無量のものがあります。

お愛さんの結婚は、わたくしよりずっと早く、明治生命にお勤めの安東氏と結婚されてからも、クラス会には良く出られたようです。わたくしは小樽が長く、随分空白がありました。あの美しく老いられたお愛さんが逝かれてからもう長い年月が流れました。

三年間を一緒に通学した小谷さんは、その縁で一番親しくなりました。頭の良いそして小柄ながら美しい人でした。どうしてかわたくしの親しい友だちには美人が多いのです。小谷さんを初めてわが家に伴った時母はあとで溜め息まじりに「千代はいつも引き立て役ね」と言いました。母はわたくしの気質がわかっているので、思わず出た言葉だと思いますが、ほんとうにわたくしは少しも気に障らず、むしろ友だちの美しいのが自慢でした。

小谷さんは養女だという事を自分で話しました。お父さまもお母さまも、わたくしの父母よりずっとお年を召しておられたようです。お父さまはもうお勤めはしておられませんでした。お家が帝大の近くなので、お部屋を帝大生二人に貸していられると聞きました。一人は茂木《もてき》さん、一人は佐々木さん、二人とも帝大の医科で揃って秀才の由、そして小谷さんは、妹のように可愛がってもらっていると、度々話に出てうれしそうでした。わたくしは、かるた会に招ばれた時、一度会っただけですが、茂木さんは目立って背が高く今の言葉でいうスマート、佐々木さんは、素朴な感じで笑顔の優しい人でした。

かるた会の話になりますが、わたくしたちの青春はかるたと共に在ったとも言えます。うちでも、お正月には必ずかるた会をしました。姉の友達、わたくしの友達またその友達という風に、ふだんあまり親しくなくても、同好の男女が集まりました。夜明かしになることもありました。うちでもたいてい十人くらい集まりました。母が詠み手になって必ず仲間にいました。もてなしは、おせんべいにみかん、手製のちらし寿司にきまっていました。準備は親しい仲間が手伝い、会の後片付けも済まして帰りました。母が上手にそう仕向けたのです。わたくしも他所の会に招ばれた時は、うちの通りに手伝いました。

「金色夜叉」の「宮」「貫一」に近い時代でしたが、かるたの競技に夢中でそんな雰囲気は少しも感じませんでした。わたくしは一生懸命、百人一首を暗誦しました。学校の遠足で新宿の十二社《じゅうにそう》に行った時、並んで歩いた石津ふじ子さんと、お茶の水から十二社まで、百人一首の下の句に上の句をつけることを、交互に隙間なく続けながら歩きました。

下の句に打てば響きて上の句出づ朱唇息吹けり
百人一首

ありし日の華やかなかるた会が眼に浮びます。

瓦斯の灯の青き流れにかるたの座友の振り袖
　姉の初島田

こういうおだやかな風情から時が経つと、勝負の気魄に空気がピーンと張りつめる感じになります。

下の句の余韻の沈黙《しじま》一瞬の阿吽を割きて
　かるたは舞ひぬ

秋の田の秋に閃く指や疾《と》しかるたは宙に
　舞いて落ちたり

もっともこれは、かるたの残りが、対手の前にも自分の前にも少なくなった時で、十枚以上だと上の句の三字くらいからでないと手が出ません。そこで息を調えて、次への緊張感はなんとも言えません。

下の句の余韻につづく静寂に息をつめたる
　一瞬は無我

かるた遊びもおろそかならず直向《ひたむき》のわれ等に
　宮も貫一もなく

わたくしは現在も、夜、眠りに入りにくい時などかるたの暗誦をはじめます。

乙女わが脳に刻みし百人一首七十余年を
　いまもそらんず

小谷さんのおうちのかるた会は、帝大生が主で、さすがに名手揃いでした。夜になっての帰りは、小谷さんと茂木さんか佐々木さんかどちらでしたか、一緒にうちまで送って下さいました。

わたくしたちが四年になった一学期頃、小谷さんと茂木さんと本郷の大通りを手を繋いで歩いているところを、上級生の誰かの眼にとまって、それが問題になり、先生にまでは話が行かなかったのですが、周囲の見る眼が冷やかになって、ほんとに気の毒でした。わたくしは、小谷さんと茂木さんは、兄妹のようなきれいな仲なのを良く知っていましたから、よしやそれが恋であっても、祝福こそすれ嫉妬などはみじんも感じませんでした。茂木さんは後年、慶応病院の耳鼻科の部長として、その方の権威になられました。

また因縁話になりますが、お光ちゃんが慶応病院で鼻の手術をした時、その執刀が、同科のホープ、若き日の茂木さんだったのです。佐々木さんもりっぱになられたのを聞きました。わたくしたちが卒業間もなく、小谷さんと佐々木さんとは結婚のお話も出たようですが、養女の一人娘ということで実りませんでした。わたくしは、小谷さんが、茂木さんか佐々木さんのどちらかと結婚しておられたら、小谷さんの運命は異ったものになっていたのではないかと、密かな思いがいまもするのです。

小谷さんのご両親の思い出に、荒川堤のお花見があります。卒業の年の四月、わたくしも一緒に連れて行って下さいました。堤の桜を観てから、堤の傍のお蕎麦屋で、てんぷらそばをご馳走になりました。それから浮間ケ原に出て、その時見た桜草の見事な野面は、息を呑むばかりでした。ほんとうに、ころがってみたいほどでした。

少女わが夢ならず見ぬ浮間ケ原に目路の限りの
　花のしとねを
摘み草の荒川堤今如何ならん春風の尾久《おぐ》の渡しも
　目つぶれば見ゆ

小谷さんは、卒業後直ぐ、日本橋「三越」の女店員第一号に合格。わたくしはびっくりしました。応募されたのを少しも知りませんでした。「三越」の小谷さんは、髪は島田、帯は高くお太鼓に結んで、白足袋というういでたちでした。まだお客も下足を預けた時代です。職業婦人が珍らしく、卑しんでさえ見られた頃ですから、忽ち物議をかもしました。

わたくしは、お家の事情でご両親の手助けをされた事を知っていましたから、むしろ偉いとさえ思いました。ほんとうに勇気の要ることですもの。始めは立ち通しで疲れが酷かったようですが、じきに馴れて、板についた朗らかな小谷さんを見た時、心から喜びました。弥生町から日本橋に移られてから、一度訪ねたことがあります。銀行に隣接したお家で、お父さまはその銀行の宿直のお仕事をしていられたようでした。華やかな花柳界に近い処で、その時ご馳走になった「みつ豆」は、わたくしには初めてで、前から食べたいと思っていたので嬉しく、いっそうおいしく思いました。

わたくしの結婚後、小谷さんにもお逢いしない何年かが過ぎましたが、大正七年の春でしたか、小樽に遊びに来ていただきました。たしか一週間ほど、泊ってゆかれたと思います。長男の愛称「ペピちゃん」も覚えてもらいました。俊博を、夫とわたくしが「トッピ」と呼んだのを、長女の昭子が「ペピちゃん」にしてしまったのです。昭子は五ツ、俊博は三ツ、「デデちゃん」と呼ばれた次男はまだお腹に居ました。小谷さんが帰られる時には、折良く東京へ出張の夫がお送りしました。

小谷さんが迎えられたご養子は、木材のお仕事で台湾に行かれるので、お留守が多いように聞きました。お二人の間に子宝が恵まれず、ご両親を見送られてから、幼いお嬢さんを養い子にされた事を知りました。それからまた幾年か過ぎ、小谷さんは信州、東京と長い間教職に専念されました。高等女学校の家事の先生を勤められたのです。そして養女の信子さんと結婚された婿君が、一粒種のお嬢さんを残して惜しくも他界されたのです。思いがけないご不幸に、蔭ながらわたくしも心の痛む思いでした。

小谷さんのご主人のご逝去は、わたくしの夫より後でした。現在は信子さんが健気に教鞭をとられていて、小谷さんは今茅ケ崎で信子さんとお孫さんに温くかしずかれていられます。この一年ほど、めっきり弱られた由で、今は電話の声も聞けず、さびしい限りです。

昭和三十二年に、東京で、卒業五十年のクラス会が催された時は、小谷さんも茅ケ崎から出て来られました。もっと遠い地方からの出席もあり、積る話に泣いたり笑ったり、年齢も忘れて愉しい愉しい会合でした。それからの二十余年にクラスメートの幾人を失ったことでしょう。

小谷さんとわたくしにはまだ人生行路が続いていま す。現在、クラスの生き残りは六人になりました。

話は明治三十七、八年の日露戦争に戻ります。あの悲惨な思い出も近い、無謀な昭和の大戦と違い、日露の時は、むしろ国民の方が積極的だったような気がします。わたくしたちは、少女の頃から「三国干渉」「臥薪嘗胆」と合言葉のように聞いていました、国民は当局から命令される前に、義捐も献金も進んでしまました。


うちでも母は、それまでの丸髷を、自分の手で束髪につかねて、零細な髪結賃も献金に加えました。うちの毛布は全部献納しました。学校では、裁縫の時間のほか、時には図画、習字、体操の時間も繰り替えて奉仕の仕事に励みました。シャツの裁断、仕立、ボタンの穴かがり、ボタンつけ、級によって色々でした。国民は戦況に、一喜一憂、旅順陥落の時はどんなに気を揉んだかしれません。そして日本海の大勝利に、国民の喜びと興奮は日本中が湧きたつようでした。「本日天気清朗なれども波高し」は忽ち広がって、口誦《ず》さまれました。

勝利の終戦も、軟弱外交と言って桂首相や小村外相を攻撃する輩《やから》が出たり、一騒ぎありましたが、一方では東郷元帥への讃仰は大変なものでした。戦勝の観艦式は横浜で行われました。市長令嬢の次恵さんに、司令長官へ花束贈呈の大役があてられました。お光ちゃんやわたくしたちは、丘を登って海の式場を丘から陪観しましたので、式の様子は判りませんでしたが、沖の壮観はたとえようもありませんでした。満艦飾の軍艦が、威容整然と海を埋めて、翩翻《へんぽん》と飜る日章旗と軍艦旗、美観とも壮観とも、正に絶後のものでした。お召艦浅間を迎えて、全艦からの皇礼砲の轟き、国歌君ケ代の吹奏に続く万歳、万歳は幾重にも重なって汐騒のように押し寄せました。

その夜、旗艦満洲丸の祝宴には、次恵さん、お光ちゃんに伴われ、わたくしまでも晴がましい席につきました。眩しいシャンデリアの下に、艦内は和気藹々、談笑の渦でした。着いた席の、右も左も向う側も皆、旅順口閉塞の勇士なので、わたくしはあがってしまって、水兵さんの手で、次から次へと運ばれるご馳走を頂くのも夢見心地でした。向側の将校が鳥崎と名のられたのだけが耳に残りました。それは、大尉さんでした。帰りに艀《はしけ》に乗って、きらびやかな軍艦を離れ、暗い海を渡った時は、お互いに無言でした。わたくしたちは歓楽の後の哀愁に襲われたのです。

翌日の新聞に「花のような市長令嬢」云々と出て、みんなで次恵さんをからかいましたが、実際に次恵さんは聡明な美人なのです。

満洲丸が横浜沖に碇泊中、市長公舎には、折々海軍のボートが寄せられました。公舎の裏側の部屋に続いて設けられた床の脚は、海の中にあります。

眉若き海軍士官ボートを寄せぬ海へ設けの
床のたそがれ

海軍士官と次恵さんの間にロマンスが生れるかと、一寸思ったこともありましたが、次恵さんの心の恋人はゆるぎませんでした。

わたくしは明治四十年三月に、女子高等師範学校附属高等女学校を卒業しました。当日は母と相乗り（二人乗り）の人力車で行きました。右左、毎日見慣れた懐しい店を見て、名残りが惜しまれました。

厳《おごそ》かな卒業式は、晴れがましく心がひきしまりました。嬉しい感じと共に、師へ、友へ、学び舎への愛着で胸がいっぱいになりました。

担任の先生は、三年間、大羽先生でした。裁縫の先生は、先生というよりはお母様と呼びたい感じの優しい方でした。不器用なわたくしは、一入ご厄介をかけました。五年生の最後の教材は、銘仙の女物の綿入れでしたが、どうにか仕立て上げた時、「嗚呼これで卒業出来るな」と思いました。

お習字の岡田起作先生は、いつも無造作な筒袖に袴をつけていられました。その頃から大家であられました。胡麻塩のあご髭の温顔と、懇切なご指導は今も心に残っています。図画の先生は、その頃、未だ三十代の荒木十畝画伯でした。お父様の寛畝画伯は、当時既に、日本画壇の重鎮であられましたが、十畝先生も後年名を成され、クラス会の話題になって蔭ながらお慶びしたことでした。

　女学校の体操に、ダンスが採用されたのは、わたくしの在学時代で、井口あぐり先生が、女高師から、スエーデンに体操の研修に行かれて、団体向のダンスを会得し、持ち帰られたのを、女学校で教えられたのです。四人一組のがコチロン、二人並んで列になって歩くのがメニュエット、緩慢なピアノの曲に合せて、ゆるやかに手足を動かす、なんとも長閑《のどか》なものでした。往時杳々《ようよう》、七十余年が過ぎました。

（注）大黒マチルドさんは、小樽市の近隣の余市町にあるニッカウヰスキー創立者の竹鶴政孝氏夫人リタさんと親交があり、戦時中、当時としては珍しい外国人女性の二人連れで、小樽の町で買い物をされているのを町の人がよく見かけたとのことです。
　因みに叔母の昭子の義父毛利孝氏（後記）は竹鶴氏の主治医で、囲碁仲間としても親交がありました。

その頃の寄席と芝居

　わたくしが女学校を卒業した明治四十年には、いろいろな事がありました。まず東京で、勧業博覧会が開催されました。上野公園の一帯から不忍池の周囲にも及んだ広大なものでした。イルミネーションの眩しさに驚嘆したものです。

　森永が、「マシマロ」で知られるようになったのも、この時からだと思います。博覧会には全国から人が集まりました。会津若松からわたくしの今まで逢うことのなかった姉も、その夫と一緒に上京しました。母が二十余年前に、前の婚家叶沢家に残して来た「みさ」です。この姉は、母に別れて後は、祖父母に掌中の珠と愛されて育ちました。若松の女学校を卒えた時は、怜悧で美しいと評判の娘になっていたようです。いろいろ縁談があったようですが、その中に若松市の素封家の一人息子に想われて、恋女房として迎えられてから、もう三児の母になっていました。上の二人が年子の故もあって、姉はまだ二十六歳でした。この姉のことはずっと前に母から聞き、写真も見ていて「おみさ姉さん」と蔭ながら慕っていましたし、父も前から、姉を招ぶことを勧めていたのです。博覧会見物には、姉の舅上《ちちうえ》姑上《ははうえ》が先に上京、入れ替りに姉夫婦が上京したのです。

　姉の嫁ぎ先は、若松に土地を多く所有、なお、茶、糸、綿などを手広く商う老舗で屋号を愈米沢屋と言い、義兄は斎藤長蔵と言いましたが、家督を継いでから代々の相続名斎藤惣三郎となりました。

　初対面の義兄は、聰明で感受性の豊かな人柄がすぐわかり、父も母も大満足でした。また姉はとても田舎者には見えず、垢ぬけて見えました。身についた素養の故と思います。義兄と姉の睦じいことは、傍で見ていてもほほえましいほどで、殊に義兄は「おみさ」「おみさ」の連発でした。姉は若松では冠婚葬祭のほかは晴着を着て出る機会など殆どなく、結婚の時に新調した、夥しい晴着が簞笥の中に眠っていたのを、この機会にと毎日取り替え引き替え装って出ました。もっともこれは、義兄の方が押して勧めたようです。指にダイヤも光っていました。

姉夫婦は滞在中、神田に宿をとっていましたが、見物の案内役はわたくしたち姉弟でした。お蔭でわたくしたちは、東京のうまい物屋の味を知りました。その頃はまだ珍らしかった洋食もご馳走になりました。洋食でよく行ったのは、帝大の竜岡町側の門に近い「豊国」という牛鍋でも聞えた店でした。牛鍋では、湯島の天神様に近い「越知勝」にも行きました。「豊国」も「越知勝」も常連は帝大生でした。

義兄と姉は、十日ほど滞在して若松へ帰りました。そして母に是非一度若松へ来て、自分たちの店や家庭を見てくれるよう懇願して、とうとうその秋の若松行きを母に約束させました。父がすすめたのです。若松行きのことは後に譲ります。

さて博覧会には、その時まだ元気だった信濃町の叔母を招待し、父にしては珍らしく自ら一日がかりで見物の案内やら、食事のサービスをして叔母を喜ばせました。それから、松平の叔父の次男の次ちゃん（次光）がその頃六つくらいでしたが、わたくしがお守りを仰せつかり、不忍池のウォーターシュートに何回も同乗させられてまいった覚えがあります。松平は二男一女で、長男は有光と言い、わたくしの弟と同年ですが、東京と熊本とに離れていて、偶然、有光、信光と同じ光のつく名をつけました。有ちゃんの次が女で愛子ちゃん、末が次ちゃんでした。わたくしはその後、不忍池に行くと次ちゃんの幼な顔とウォーターシュートを思い出しました。

この博覧会に、わたくしの思い出は、数々の珍らしいまた豪華な出品よりは、演芸などの催し物が印象に残っています。何故か新潟の芸妓連中の手踊りの中で、目立って美しく振りも鮮やかに見えた妓《ひと》の「もと」という名まで覚えているのです。

此処で話を変えて、寄席と芝居のことに移ります。

わたくしが女学校に通学の途中に「若竹」という寄席がありました。「かねやす」と学校の裏門のちょうど中程でした。寄席としては上格だったらしく、構えもりっぱに見えました。その頃の寄席は一ケ月を十五日ずつ上席《かみ》と下席《しも》に分けて、色物と娘義太夫が交互にかかりました。色物というのは講談、落語を主にして、常磐津、清元、新内などの浄瑠璃、音曲などを配したものでした。色物の方は、今考えると勿体ないような名人揃いでした。講談、落語界で円朝はもう亡くなっていましたが、円喬、円右、円遊、小さんなど、常磐津は文字大夫、林中、清元は延寿大夫、新内は紫朝、加賀大夫など今は昔の人となりました。

　なお色物に花を添えた浮世節の立花家橘之助は女ながらたいした腕で、渋い喉と三味線の曲びきでは並ぶ者がなかったと思います。四十そこそこに見えた面影が瞼に残っています。娘義太夫は全盛時代でした。呂昇は寄席には出ず、有楽座の名人会で聴きました。

「若竹」では小土佐という中年の渋い芸に加えて、華やかな綾之助それに昇菊、昇之助の姉妹が艶を競っていつも満員の盛況でした。それから稀に顔を見せる小《こ》清《せい》は、老齢ながら衰えの見えぬ正に名人芸でした。

　西片町から「若竹」までは歩いて三十分ちかくかかりましたが、母はわたくしたち姉妹を連れてよく出かけました。わたくしは、義太夫は本で読んでいましたから興味がありました。それに、常連の帝大生が「さわり」の処になると、「どうする」「どうする」と下足札で拍子をとって声を挙げるのに応えて、語り手は表情豊かに首を振って、わざと「かんざし」を落す、こんな事から堂摺連《どうするれん》と言う言葉が生れたのです。

「若竹」に行く途中の向い側に、粟餅屋があって、そこの主人の曲芸に近い妙技は眼を見張るばかりでした。餡と黄粉と胡麻の三ツの大鉢から二間（昔の度《はか》り方、一間は一・八メートル）ほど離れた処に立って、傍の者が渡す拳《こぶし》くらいの餅を受けとるや、指にはさむのも電光石火、ちぎった餅は弧を画いて三つの鉢に、殆ど均等の数になって舞い落ちるのです。

　三色のお餅の味よりも、その至芸は長く心に残りましたが、明治の末にわたくしが東京を離れる前に、その店は代が替ってしまったようです。本郷三丁目から春日町の方へ曲って直ぐ右側に、桜木神社と薬師堂が隣接してありました。お薬師様は毎月八日と十二日がご縁日で、そのご縁日にお詣りの帰りには、たいてい「若竹」に寄りました。薬師堂の傍の「やぶそば」はおいしいので評判でした。

三丁目から湯島の方へ歩いて直ぐ右側に「猿飴」がありました。瀬戸物のお猿さんが、千歳飴の袋をぶらさげている姿がなんともユーモラスでした。この店もその後の震災か戦災でなくなってしまったと思います。「猿飴」の筋向が「からたち寺」でした。

帝大前の通りを三丁目の四ツ角に出る一寸手前の左側に、舶来の洋菓子を専門に商う「青木堂」という店があり、父が色々買って来てくれました。「ドロップ」の味も知りました。その頃は「モルト」と言っていました。「青木堂」の向い側に「淀見軒」という洋食屋が出来、父が贔負にしてよく行くうちに、その頃流行のピンポン台を置いて、お客に提供したので、父も始めはなぐさみ半分にラケットを手にしたのですが、忽ち熱中して腕をあげ、淀見軒通いが始まりました。父が講師をしていた明治大学の附近にも同じような店があったらしく、食事の度に遊ぶピンポンの仲間には学生も多く、父は無邪気に若がえり、神田、本郷ではピンポンの名物男になっていたようです。母もわたくしたちも、父のために良い気分転換を喜びました。

今も有名な「藤むら」は、「青木堂」の裏にあたる日蔭町にありました。大通りから一寸引込んだ赤門の前の横町でした。名代のようかんのほか「京鹿の子」「黄味しぐれ」などの蒸し物、また、もなかの「松の月」がおいしく、「松の月」は朝の中に売り切れてしまうので、弟が帝大に通うようになってから、朝登校前に買って帰りに持って帰ってもらったのが、三度に一度はお友達にあげたり、食べたりで大分減っていました。

父はまた、神田淡路町の「風月」の「唐まんぢう」が好物で、おみやも兼ねて沢山買って来たのを懐しく思い出します。「藤むら」で思い出しましたが、弟が高師の附属中学校時代、「藤むら」の息子さんと同級で、暑中休暇に房州の富浦で水泳の合宿があった時、「藤むら」からお菓子の差し入れがあり、みんな大喜びだったと聞いたことがあります。

　寄席の話に戻りますが、幼な友達のお春さんの家と、その表のお菓子屋が、建て替って寄席になったことは前に一寸書きましたが、それは明治三十八年の終り頃だったかと思います。「若竹」の出演者がそっくり来たのです。わたくしはほんとうに嬉しくなってしまいました。何しろうちから五分もかからないのですから、母に連れられてよく通いました。

　娘義太夫の綾之助が、結婚して一時退いていたのが再び高座に復帰したのと、「鈴本」の開席と一緒になったため、一層景気を煽りました。綾之助が男装で剣舞を見せたり、その他盛り沢山の余興で毎日割れるばかりの入りでした。昇菊、昇之助の姉妹は相変らず美しく、朝重《あさじゅう》というこれも若い美人も加わりました。

　弟は中学時代は寄席も芝居もいっさい覗きませんでしたが、一高の寮に入ってから友達に誘われて、「鈴本」の落語を聴いてから、すっかり落語の妙味に魅せられ、寮からも近いのでせっせと通ったらしいのです。後には「日本橋倶楽部」の落語研究会にまで足を延ばし、名人の競演に酔うまでになりました。

　わたくしの少女時代から二十《はたち》すぎまでを育《はぐく》んだ西片町から本郷通り、お茶の水界隈は、わたくしにとって忘れることの出来ない街です。眼をつぶれば街の姿、道筋がありありと浮びます。一高の横から弥生町を通って不忍池に出る道の、旧岩崎邸の長い塀も瞼に残っています。

　わたくしが初めて芝居を観たのは、明治の名優九代目市川団十郎と五代目尾上菊五郎が亡くなった直後でした。母は晩年の団・菊を見ることが出来ました。わたくしが十五くらいの時観た芝居で鮮やかに記憶に残っているのは、後の「本郷座」、その頃「春木座」と言った劇場でした。

　そのころの芝居は午前十時頃に始まり、一番目、中幕、二番目、大切《おおぎり》、とあって打ち出しは午後八時頃でした。幕あきに「だんまり」と言って、主な出演俳優が闇の中で無言でからみあう、顔見せの一幕が付くこともありました。たいてい一番目は時代物、中幕は踊り、二番目は世話物、大切は二番目の続きか、別に賑やかな踊などのこともありました。

わたくしが「春木座」でその時観た一番目も中幕も記憶がありませんが、二番目の「野晒伍助」という演《だ》しものに侠客伍助を演じた、当時の市村家橘《かきつ》（後の十五世羽左衛門）の水も滴《したた》る美しさに強い衝撃を受けました。美男というものを初めて見た気がしました。台場の仁三という悪者《わるもの》の無体の打擲《ちょうちゃく》を訳があってじっとがまんをして居て、次の幕で胸の透くような仕返しをして無念を晴らす、その芸の良し悪しは未だ解る筈はありませんでしたが、その熱演は心に沁みました。

家橘はその時、竹松から改名した直後で、竹松時代は「大根役者」と芳しからぬ評判だったらしいのですが、家橘になって発奮、芸に目覚めた時期だったと想います。わたくしは、羽左衛門になったその芸の成熟を見続けましたが、今思いかえして、明治、大正、昭和を通して舞台の上のほんとうの美男というのは羽左衛門ではないかと想います。殊に脚の美しさは無類でした。花道の引込みの与三郎（切られ与三）、鬼怒川堤の与衛門（累《かさね》）、五郎蔵（御所の五郎蔵）の憤怒の裾さばき等々魅力の舞台は数えきれません。台詞《せりふ》のメリハリも見事で、一層芸を引きたてたと思います。時代物より世話物が得意でした。後に名優と言われた六代目菊五郎も、あの羽左衛門のような恵まれた素質の粋な江戸っ子になりきるには、柄の上で損をしていたと思います。

初代吉右衛門はその十八、九の頃から見ました。明治三十五年頃まで、子供芝居というのがあって、たしか小伝次という天才児が座頭で評判だったようですが、それが解散した後、子供芝居でも大役をしていた吉右衛門が、浅草の「国華座」という小芝居で、父親の時蔵を座頭に、市川女寅、片岡市蔵など大物を対手に若々しい役に取り組んでいました。

その時の演し物のうち、鮮やかに覚えているのは「鎌倉三代記」です。吉右衛門の三浦之助、女寅の時姫でした。女寅は、九代目団十郎の対手もした名女形で、吉右衛門とは親子ほど年が違うのに、そのことを少しも感じさせない初々しいお姫様になりきった名演技に対し、吉右衛門の方は年齢と言い、凛々しい中に愛情を秘めた若武者ぶりの三浦之助そのもので、恋を知らぬ乙女のわたくしも深い感銘を受けました。藤三、実は佐々木高綱は時蔵でした。時蔵は、後に歌六となり、芸達者で聞えた優《ひと》です。この時から母もわたくしも吉右衛門贔負になりました。

その後観た「義士銘々伝」の勝田新左衛門、塩原多助など、殊に塩原多助の青（愛馬）との別れの悲嘆は真に迫って、観客の涙をしぼりました。

その前後に神田の「東京座」で観た猿之助（後の二代目段四郎）一座の「朝顔日記」と「蘭平物狂」も記憶があります。「朝顔日記」の阿曽次郎は三田八（後の勘弥）で、盲目の深雪《みゆき》を演じたのはその姉の坂東玉三郎でした。美男美女の好一対で、自然の哀れのほかに真摯な演技が感動を呼びました。その頃、女役者だけの一座はありましたが、男優の一座の女優は、その頃の玉三郎だけだったと思います。同じ坂東玉三郎の名を継いだ、今の名女形玉三郎の美しさをテレビで観て、まざまざと昔の玉三郎を思い出しました。その時観た三田八が勘弥となって市村座の菊・吉合同にも一座したと思いますが、姉の玉三郎の方は「東京座」で見ただけで、その後のことは知りません。

もう一つの「蘭平物狂」の蘭平は猿之助、繁蔵は猿之助の息子の団子《だんこ》（後に猿之助から猿翁）でした。とても愛らしく、難しい役を巧みにこなしていました。猿之助の蘭平の立ち廻りの烈しさは舌を巻くばかりでした。現代の猿之助はたしかに曽祖父、祖父の血を引いていると思います。猿翁になった猿之助も踊りでは名人の域にあったと思います。

その頃神田の三崎町に「三崎座」という小芝居があり、女役者の一座がかかっていました（女役者を女優と言い改めたのは帝国劇場の森律子の頃からと思います）。本当の女ばかりの一座で座頭が鯉升《りしょう》、立役が米花《よねはな》、敵役が錦糸《きんし》、女形が紀久八で何れも芸達者揃いでした。何しろ場代（入場料）が十銭。この値段で、朝の十時頃から夜八時まで芝居が見られ、演し物も面白く、芸に卑しさの無いのがいいと言って、母は時々出かけ、わたくしも二度くらい見ました。女団十郎と言われた九女八《くめはち》はもう亡くなって過去の人になっていました。

木挽町の歌舞伎座は芝翫（五代目歌右衛門）、八百蔵（中車）、栄三郎（五代目梅幸）、染五郎（七代目幸四郎）、家橘（十五代目羽左衛門）と今からは先代先々代の名優の未だ青年、壮年の頃の舞台で、それだけ華やかに活気がありました。六代目菊五郎はまだ丑之助時代で、吉右衛門共々歌舞伎座では、軽い役しかつきませんでした。

やがて、下谷二長町《にちょうまち》の「市村座」に、若手の人気役者を集中した所謂「菊・吉合同劇」が始まります。丑之助改め六代目菊五郎、初代吉右衛門、三田八改め勘弥、八十助改め三津五郎、駒助改め東蔵、女形では芙雀改め菊次郎、粂三郎、国太郎、鬼丸《きがん》（後に多賀之丞）等々で、菊・吉が芸の上でしのぎを削り、観客も、菊五郎《おとわや》びいきと吉右衛門《はりまや》びいきとはっきり分れて殺気だつほどでした。たいてい一番目が時代物で吉右衛門を主役に、二番目は菊五郎得意の世話物という風でしたが、二人のコンビで見せる舞台もありました。息の合った二人の名演技はほんとうに楽しいものでした。黙阿弥物の「四千両小判の梅の葉」で吉の藤十郎、菊の富蔵、同じく「島千鳥月の白浪」は菊の明石の島蔵、吉の松島千太など劇評家も絶讃されたものです。ほんとうに、花形歌舞伎の名にふさわしいものでした。

吉右衛門の珍らしい女形も見ました。「奥州安達ケ原」で、吉右衛門は袖萩と貞任の二役を演じました。袖萩の娘お君には吉右衛門の弟、当時の米吉が扮しました。その時八ツくらいだったと思います。これが後の名女形、今の錦之介のお父さん、時蔵だったのです。ほんとうに可憐でした。袖萩は愁いが利いて、お君と二人で自然に観客の涙を誘いました。

「市村座」で、花は菊五郎、実は吉右衛門では無かったでしょうか。菊五郎には華やかさに加えて舞踊の名手という強味があり、吉右衛門は生れつきの渋さに加えて芸への入魂が見る者に伝わりました。

また、この一座に居た三津五郎（先々代）も欠かせない人でした。傍役《わきやく》ながら舞踊では菊五郎に優るとも劣らないと定評のあった優《ひと》です。あの軽妙な振りがありありと眼に浮びます。

菊・吉の相手をした女形も艶を競っていましたが、圧巻は芙雀改め菊次郎でした。わたくしの観たどんな名優の女形より、菊次郎の真に迫った情の深い女らしさが心に沁みて残っています。そのほか、テレビの「おていちゃん」の兄さん国太郎、芸の寿命が九十歳にも及んだ多賀之丞（その頃の鬼丸）、眼の細いなよなよした感じの粂三郎など何れも美しく花盛りでした。

夏目漱石門下の小宮豊隆氏が「吉右衛門論」を雑誌（「中央公論」だったかも）に発表されてから一層吉右衛門の声価が上りました。その芸を細かに解説して讃えられたのです。わたくしは嬉しくなって一層吉右衛門党になりました。

その頃の劇評は、主な劇場の興業毎に各新聞に出ましたが、「歌舞伎」という専門の月刊誌があって、筆を執っていられるのは、見識のある劇通ばかりでした。今記憶にあるのは饗庭《あえば》篁村《こうそん》、伊原青々園、三木竹二、岡鬼太郎。女流では、真如女史、芹影女史の方々で、三木竹二は森鷗外の令弟、真如女史は三木竹二夫人、芹影女史は小山内薫の令妹と聞いたように覚えます。この中三木竹二、岡鬼太郎両氏の評は急所を衝いて辛辣でしたが、それだけ妙味がありました。「歌舞伎」は劇評ばかりでなく、劇に関する色々な記事があって、百ページ余りの薄い本ながら貴重な存在で、毎月の発刊が待ち遠いほどでした。

二世左団次を観たのは、わたくしの母が亡くなった後ですから、明治四十二年か三年と思います。左団次は洋行帰りで、小山内薫氏と共に自由劇場を創設したり、また、今までの劇場の枡席を椅子席に代えて、履き物のまま入場出来るように改め、一方では芝居茶屋の廃止を呼びかけたので、忽ち物議をかもし、魚河岸や花柳界など贔負連中の反撥や攻撃は大変なものだったのですが、結果は左団次の勝利となり、現在に続いています。

左団次は芸の方でも初めは冷く見られましたが、「鳥辺山心中」や「修善寺物語」で、忽ち頭角を顕《あら》わしました。認められてからの人気は上る一方でした。わたくしは初演の「修善寺物語」の夜叉王を観てびっくりしました。今までの歌舞伎の型に観られなかった新しい芸が其処にあったのです。熱演にすっかり魅せられました。姉娘の桂は寿美蔵（後、大阪に移り寿海）、妹の楓は松蔦《しょうちょう》だったと思います。頼家は羽左衛門でした。花道での頼家と桂の台詞の応答はなんとも新しく魅力的でした。寿美蔵の女形というのは前にも後にも稀有ではなかったでしょうか。また松蔦は、左団次にとり、唯一の対手役名女形になりました。

帝国劇場に新しい女優が誕生したのは、明治四十四年の春でした、森律子、村田嘉久子、初瀬浪子、河村菊枝、鈴木徳子など壊しい名が浮びます。森律子は初演の大役、勝気な北条政子を無難に演じました。帝劇には律ちゃんの初舞台を観に、姉も一緒に行きました。何れも初舞台の初々《うい》しい中に、村田嘉久子の老練とも言うしぐさが目立ちました。特に歌舞伎調の台詞が印象的でした。

帝劇公演の何回目でしたか、近松門左衛門の「心中万年草」という、お寺の小姓と町娘の憐れな恋物語に、主役の小姓が沢村宗之助で、美しく、対手の可憐な娘を鈴木徳子が演じて、如何にも似合いの取り合せで、恋の演技も真に迫って見えましたが、その興業が終ると間もなく、宗之助と徳子に現実の恋が実って、心中とは反対に、婚約成立のニュースが伝えられました。この一組が、先頃物故の宗之助、今も活躍の伊藤雄之助兄弟のご両親ではないかと思われますが、間違っていたらごめんなさい。

芝居には花形のほか、傍役が大きな役割をしています。老役《ふけやく》というお爺さんお婆さん役もその上手下手が大変な影響力を持っているのは、昔も今も同じです。「市村座」の菊・吉合同に一座した三津五郎（先々代）は、柄が小作りのために損をして、傍役に廻っていましたが、踊りでは菊五郎に劣らない名技を讃えられた優《ひと》です。

中老の傍役では、新十郎、鯉三郎など欠かせない優《ひと》でした。「歌舞伎座」でも「市村座」でも観たお爺さん役の松助、お婆さん役の蟹十郎は、劇評でも名人の域にあると絶讃されました。長命な多賀之丞の老役をテレビで観て、昔「市村座」で鬼丸の頃の若女形ぶりを思い出し、感慨無量でした。近くはテレビの「おていちゃん」で、八十助の演じた国太郎も、鬼丸に劣らぬ美しい娘形でした。

今は芝居を見るのに全部切符制ですが、昔はその劇場に直属の芝居茶屋があって、茶屋はそれぞれ馴染客を持っていました。観客にも贔負の俳優の後援会があり、それを連中と言っていました。魚河岸など派手な組合や、花柳界などのほか、芝居好きで贔負の俳優に肩入れの連中もありました。それ等連中のためにもお茶屋は役にたっていました。

お茶屋を通さず直接入場する観客のために、何《ど》の劇場にも出方というのが居ました。座席に案内して下足を預り、また「菓弁寿《かべす》」を運ぶ役目です。(「菓弁寿」の菓は菓子、弁は弁当、寿は寿司)。無論心付けを遣りますが、馴染になると冬は行火《あんか》も入れてくれます。そして興業毎に番付けを送ってくれたり、また電話で、見物の日の座席の予約も受けてくれます。母やわたくしは、お茶屋からは稀にご招待を受けた時しか行かず、殆ど出方を通して行きました。

母と一緒の時から馴染みになった出方は、「歌舞伎座」の米吉さん、「市村座」の房吉さんでした。米吉さんは金歯が光っていたのを、房吉さんは年齢の割に額《ひたい》が抜け上っていたのを覚えています。場代は「歌舞伎座」の桟敷で一枡(五人詰)十円、平土間で七円くらいではなかったかと思います。ほかの芝居は一枡四人詰でしたが、「歌舞伎座」だけは五人詰でした。桟敷(二階)と高土間(左右の花道から一段高い処)が特等席、平土間(花道を挟んだ一帯)が一等席、桟敷の後側と平土間の後側が二等席、三階が三等席となっていました。一幕ずつ料金を取って見せる立見席は、三階の後《うしろ》の方で、「たちばなやア」とか「はりまやア」とか威勢のいいかけ声は此処からかかるのです。

初芝居の初日か二日目に、芸妓連中の総見が見ものでした。白襟、黒紋付の出の衣裳(正装)に髷は島田、稲の穂のかんざしという装いの美しい芸妓さんたちが、左右の桟敷にずらりと並んでいて、初芝居の気分を一層そそられたものです。夏は二番目狂言に入る前に、贅沢なお客はお茶屋へ行って「ゆかた」に着かえて来ます。贔負の役者の紋や屋号を、くずして染めさせたゆかたもありました。そして二番目の演《だ》しものは、水に縁のあるものや、肩の張らない涼味のあるもの、または肝を冷やす怪談ものなど、せめてもの銷夏に役立てました。けれど、時代物などは夏でも厚い重ね着ですから、演《や》る優《ひと》は大変だったと思います。

市村座《にちようまち》替り目毎にわが行きし菊・吉合同
　なつかしきかな

はりまやの袖萩哀れ見えぬ眼に雪をかばひて
娘《こ》をさすり笑く（安達ケ原）

花道《みち》に座して怨言肺腑をしぼり出づ播磨《はりま》やならぬ
清正その人（地震加藤）

振りかぶるそのたまゆらの息づまりまこと播磨や
石を切りたり（石切梶原）

吉右衛門昔の偉き名を継がず吉右衛門なる
名を揚げにけり

ご殿女中の振りたをやかに菊五郎その獅子《ろくだいめ》の精
なほ春を招ぶ（鏡獅子）

梅幸の定高《さだか》中車の大判事　両花道の
豪華版いま（妹背山）

宗十郎の雛鳥かなし吉野川　妹山　背山
恋無常なり

羽左衛門《たちばなや》美男の憤怒《ふんぬ》君にしてあなめでたかり
五郎蔵の見得（御所五郎蔵）

五郎蔵の憤怒すなはち独吟の「弓の影かと」
佳きかなみ簾うち

冴えかへる春の寒さに雪を踏む直侍《なほざむらい》の
羽左の脚かな（入谷畦道）

なまめきて甘く悲しき三千歳《みちとせ》や延寿の喉を
聴く春の宵

歌舞伎座を終《は》ねて出でたる火照《ほてり》頬《ほ》に舞ひ来て
触るる春の夜の雪

「弁松」の幕の内をば五つ目の枡に喰《は》みしは
むかしのむかし

母の故郷会津へ

　さて博覧会見物の案内も一段落した頃、姉に縁談がありました。そのお話は、跡見女学校の佐伯先生が持って来られたもので、先方は、埼玉県忍《おし》町の出で、国分熊男二十七歳。高等商船学校を卒業して、現在は日本郵船会社の欧州航路に乗船、優秀な一等機関士という事でした。姉は前々年の明治三十八年に、跡見を卒業してお茶の水の専攻科に通っていました。

　国分家では父君は既に亡くなられて、母君が女の手一つで九人の子女を育てあげられたことで、郷里では有名の由。本人は、弟三人、妹五人計八人の弟妹の長兄と聞き、父母も姉も最初はびっくりしたようですが、矢張り縁があったのでしょう。この縁談はすらすらとまとまり、初秋に式をあげるまでになりました。その時先方の妹二人は既に東京に縁づいていました。後の話になりますが、次弟は海軍少将、三弟四弟は何れも帝大の医学部を出て、内科外科それぞれに博士の学位を得ました。

　義兄《あに》は結婚後しばらくして、東京渋谷区原宿に家を新築、姉は母上や妹たちと一緒に暮すうち、妹たちはそれぞれ嫁ぎ、義兄は海を離れて、母上と義兄、姉三人だけの生活になりますが、それはずっと後の話で、結婚の時から義兄は海上勤務なので、港へ迎えに行くほか、姉はしばらく生家《うち》に居ました。

　それで母は、その姉に留守を頼んで、若松の姉との約束を果すために、十月の末にわたくしを連れて、若松へ二十何年かぶりに帰省したのです。父も姉も快く送り出してくれました。朝早く上野から東北線の汽車に乗り、郡山で磐越線に乗り替えたのですが、なんともこの汽車が悠長で、若松に着いた時は夕方になっていました。今は上野から直通で五時間足らずとか、自動車道もあると聞きますのに、当時はまことにのんびりした時代でした。もっとも母は昔、人力車で峠を越えたこともあるのですから。

若松の母の実家の佐治では、弟たちがそれぞれ郷里を出ていて、留守は母の義妹（母の亡弟の妻）とその娘二人だけでしたし、姉の斎藤家ではすっかり用意して待っていられたので、初めから斎藤家の客になりました。その米沢屋は、若松市上一ノ町の大通りに面して間口の広い店があり、店の横に門があって、門を入ると、長い道が奥へ通じていました。敷地は相当広いようでした。奥まった庭の中の一棟（控え間とも三間）が母とわたくしの為に調えてありました。至れり尽せりの設けに恐縮するばかりでした。

その時はまだ義兄は家督を継がず、「長蔵」のままでした。父上が店の方を取りしきっていられましたが、大番頭、中番頭、手代、見習など、店だけで使用人は二十人を越えていたようです。蔵は十戸前以上見ました。内容は見ませんでしたが、茶、糸、綿などの商品の原料や製品が主だったようです。店の使用人のほかに、それ等の工人が、通いで幾人か来ていて、そのためのそれぞれの建物もあり、その規模は想像以上で、老舗とはこういうものかと改めて思いました。

店に続く家族の住居の奥に、庭に面して蔵座敷があります。商品の蔵より少し大きく、階下に畳敷の部屋もあり、内に入るとひやりとした空気を感じました。二階には、書画や什器など、秘蔵の物が納めてあると姉に聞きました。義兄が趣味で習得した乾漆の塗物は、既に玄人の域に達していました。その作品は何れも見事なもので、現在のわが家にも厚意の贈り物が重宝されています。その作品の工場は、その時この蔵の中の板敷の部屋だったようです。

広い庭の一部に牡丹園があって、義兄と父上の丹精で毎年豪華な花を咲かせ、花の季節には庭を公開して、どなたにも観賞していただくそうです。

住居の方にも何人か女中が居て、その他家族の常着や店の者のお仕着せや夜具などを仕立てるお針さんも、二人ほど毎日通いで来ていましたし、中番頭の嫁も手伝いに来ていましたが、姉は一日中忙がしく働いていました。前に一寸触れましたが、姉には三人の男の子がいました。数え六つの一郎、五つの二郎、三つの三郎の三人で、可愛い盛りで、また悪戯ざかりでした。一郎と二郎は広い家の中を縦横無尽に飛び廻っていました。

店の人たちのご飯のお給仕は女がするのです。わたくしもひやかしでなく、真面目な気持で一度手伝わせて貰いました。大番頭を上位に順々に定まった座席にずらりと並んだお膳の列は壮観でした。

姉の舅姑はお二人ともそれは良く出来た方で、姉は大事にされていて幸せでした。お姑《かあ》様の方が家付でお舅《とう》様はご養子ですが、とてもおっとりした優しい方ですし、お姑様も何処までもご主人を立てられ、傍目にもほほ笑ましいほど睦じい老ご夫婦でした。お姑様は万事に気のつく方で、わたくしたちも心からのもてなしを受けました。以上一週間滞在の見聞ですが、旧い習慣の残る旧家の暮しというものは大変なものだなアと言うのが感想でした。

若松に着いた翌日は、佐治家、斎藤家、母の前の婚家叶沢家（姉の生家）、それぞれの菩提寺に父祖や親戚のお墓詣りをしました。

三日目には鶴ヶ城の城址を観て、飯盛山に廻り、東山温泉に行き二泊しました。家を出てから東山に着くまで、ずっと人力車でした。案内は義兄と姉でしたが、姉は東山に一泊だけで帰りました。

鶴ヶ城は至徳元年（一三八四年）に築城されてから蒲生、上杉、松平と藩主が変りながら、城はそのまま受け継がれましたが、明治七年（一八七四年）に取り毀《こわ》された由で、現在はその名残りを見せて、石垣や城門跡や、北出丸、西出丸など城郭の濠塁が整然として昔の名城の面影を語っています。桜の名所の由ながら、今は落葉の寂しい風情でした。母から聴いた母の幼なかった頃の会津落城の哀話を思い出し、胸がいっぱいになりました。

飯盛山は東山温泉に行く途中にありました。小丘陵地で、戊辰の役に名を残した白虎隊のお墓があります。十五歳から十七歳の少年で、主君のために健気にも必死に戦って敗れた白虎隊の十九人が、この丘に登って最後の決意を確め合い、遙かに鶴ヶ城を拝してから潔く切腹自刃したのです。話は何度か聴いていましたが、小さいお墓の列を眼のあたり見て、涙が押さえられませんでした。

紅顔忠に殉じにき雨露幾重ねみ墓の列に
秋風は哭く

自虎隊の記念館を見学してから、六角形三層楼のさざえ堂にも入りました。その名の通り、旋回して螺旋状に階段があり、中は薄暗いので、おそるおそる昇って見ましたが、無事に降りて来て外の空気をいっぱいに吸いました。

飯盛山から東山温泉はそう遠くはありませんでした。今は若松駅から飯盛山にも東山にもバスが通じ、飯盛山には十分、東山へも二十分の距離の由ですが、その時は人力車だったので倍近くかかりました。東山の手前の「野郎《やろう》が前」という休み茶屋に寄りました。名前が面白いので今でも覚えています。

東山温泉は湯川の清流を挟んで旅館が軒を列ねて見えました。わたくしたちは「新滝」という宿に案内されました。当時では一、二の旅館で、まだ木の香の匂う新築で設備も上々でした。料理は矢張り川魚と山菜が主でしたが、大きな鯉を輪切りにして、こってりと煮たのが珍らしく、山女《やまめ》の塩焼もおいしく食べました。温泉は濁りがなく、関節炎や神経痛に利くそうですが、湯治のためより遊楽を目的のお客が多いような話でした。二部屋に分かれて泊りましたが、姉は一泊だけで帰りました。翌日宿の人の案内で奥の方の西淵、伏見ケ滝、雨降滝などを見に出かけましたが、母はじきに、息が切れると言って引きかえしました。義兄とわたくしは、晩秋の紅葉の渓の景勝を満喫しました。母の息切れを気にとめなかったことを、後になってどれほど悔んだかわかりません。

東山に二泊して帰った翌々日に、柳津《やないづ》の虚空蔵様にお詣りしました。虚空蔵菩薩はわたくしの守り本尊ということで、特に連れて行って下さいました。朝五時に人力車で家を出ました。一行は義兄、ご両親、母、わたくし、一郎、二郎の七人でした。母の膝に一郎を乗せ、わたくしの膝に二郎を乗せました。姉と三郎はお留守番でした。途中坂下《ばんげ》という処で車を降りて「立《た》木《き》の観音様」を拝みました。土に根のある大樹をそのまま観音像に彫ったもので、振り仰ぐほど丈高く、崇高な御像でした。また人力車の道が続きました。柳津に着いたのは九時近くなっていたかと思います。

霊厳山円蔵寺の御本尊虚空蔵様は、只見川の岩の上に建つ、舞台作りの大きなお堂に納まっていられました。坂を登り、段を昇って、み堂の前に額《ぬか》ずき合掌。お詣り出来たご縁に感謝し、心からご加護を祈願しました。一郎、二郎もみんなに倣って可愛い掌を合せました。礼拝を終って、み堂の前を降《くだ》ってから、お茶屋で休んだような気もしますが、よく覚えていません。その後に起った出来事が余りに鮮烈だったからです。それは、只見川の方へ樹々の間の細道を降って行く途中でした。歩いてゆくわたくしの前に、朽木の太い枝が横たわっています。一寸立ち止って見ると動いているのです。蛇でした。あまりのことに、声も出ず立ちすくんでいますと、後に続いていられたお姑様が、「有難いことじゃ、虚空蔵様がお姿をお見せになられた。千代さん、あんたはほんに果報者、これから一生お加護がありますぞ」と真剣に言われて合掌されたのです。会津弁ながら、その要旨は今もわたくしの心に生きています。わたくしも掌を合せました。川の淵へ降りて、またびっくりすることがありました。川の流れの深く入りこんだ淵に、山女の群が泳ぎながら重って水が見えないくらいなのです。この辺一帯禁漁になっている由で、その因縁を聴いたのですが、お蛇さまのことで胸がいっぱいで覚えていません。

料亭で食事をして、その店でしたか、他の店でしたか、どんぐりの実の中に仏像を彫る名人がいて、その仏像を義兄が求めて母に贈ったのを覚えています。母はそれをいつも身につけていました。帰りも待たせてあった人力車でしたが、若松近くで日が暮れて、一郎や二郎は眠ってしまいました。

柳津から帰って二日ほど、母は親戚や昔の友達を招んだり招ばれたりして過しましたが、いよいよ帰京の日になりました。滞在中、家に居る時の食事は、姉の心の籠った手料理でした。お客のためにお魚の味噌漬けなどいつも用意してあって、料理にも姉は頭の良いところを見せました。近海の魚に恵まれぬ会津盆地の川魚や山菜を巧みにこなし、色彩なども考えて、その都度喜ばせてくれました。家中あげての款待の上、子供たちも懐いてくれましたし、使用人たちの素朴な感情に触れあう機会もあって、いざお別れとなると、ほんとうに名残りが惜しまれました。

母は汽車の窓に立って別れを惜しむ涙を浮べていましたが、後に思うと、これが若松に最後の別れだったのです。わたくしも半泣顔《べそ》のまま、見送りのみんなと別れました。

母の死

じきに冬になり、やがてその年も暮れ、新年を迎えました。忘れ得ぬ悲しい年になるとも知らず、お正月は愉しく過しました。母は若松から帰ってからはあまり外出しませんでしたが、或る日わたくしは、銭湯帰りの母に道で出逢ったことがあります。毎日見慣れている母がその時とてもきれいに見えました。薄化粧をしていて、ほんとの顔色は見えなかったのでしょう。「お母さまは美しい」とあらためて思いました。

二月、三月と過ぎ四月になってからでした。母が突然「病院へ行くから一緒について来て」と言ったのです。姉はその時、神戸に行っていたと思います。わたくしは直ぐ母の供をして出かけました。谷中に近い千駄木町だったような気がしますが、今の記憶はあいまいです。婦人科専門の大きな病院でした。母はこの病院のことを若松で訊いて来たらしいのです。院長の千葉博士は元帝大病院に居られた方で、若松のご出身ではなかったかと思います。後に判ったことですが、母はずっと前から身体の違和に気づきながら、更年期の故障と信じ切っていたのです。

母が診察室に入ってから、待合室に待った時間の長かったか短かかったかも覚えていません。母は青い顔をして出て来ました。そして、先生が「付添が居たら話があるから来るように」と言われたことを告げて、不安そうでした。わたくしは、母に車で先に帰ってもらいました。それから看護婦さんに導かれて、千葉先生の居られる室に入りました。

先生は中老くらいに見える方で物言いの静かな方でしたが、その静かなお言葉からわたくしは爆弾のような衝撃を受けました。母の病気は子宮癌だったのです。病いには無知に近いわたくしも、癌の恐ろしさは聞いていました。「お気の毒ですが」と先ず言われてから、噛んで含めるように低い声で話される、その一言一言を針が突き刺さる思いで聞きました。手術の時機を失ってしまって、今は対症療法のほかどうしようも無く、つまり絶望的な不治を宣告されたのです。

わたくしは眼の前が真暗になって、立っている足元が音を立てて崩れる思いでした。病院を出て、何処をどう歩いたか覚えず、気がついた時は、おときさんのお家の前でした。家へは帰れなかったのです。その頃、次恵さんは京城から帰っていられましたが、大番町は遠いので、おときさんの処へ無意識に足が向いたのだと思います。話を聴いておときさんも一瞬青くなられ、それからほろほろ涙をこぼしながら、「いいから此処で泣きたいだけ泣いていらっしゃい。おうちへ帰ってお母さまに悟られたらだめよ」と言って、あとは何も言わず、以前秀叔父さんの居た二階の部屋にわたくしを置いて、階下で初枝ちゃんをあやす声が聞えました。

後に書きますが、おときさんはお誕生近い初枝さんのお母さんでした。おときさんの親切で、わたくしは泣きたいだけ泣いて心をしずめ、やっと家へ帰りました。母の顔を見るのがどんなに辛かったか、生れて初めての苦しみを味わいました。

熱湯とたぎつ涙を押し隠し顔色《いろ》にいださぬ
苦しみを知る

父には逐一報告しました。母に気づかれぬよう、やっとその機会をつかんだのは翌日でした。父にも大きな打撃だったのです。「そうか」と一言言っただけでした。母はその後、割に平静でした。それでも気をつけて見れば、矢張り動きが尋常では無かったのです。東山温泉で「息が切れる」と言った時、気にも止めなかったことが悔まれてなりませんでした。

父は翌日千葉先生を訪ね、色々ご相談をして来ました。千葉先生は折々往診して下さることになりました。こうして不安の中に日が経ちましたが、母の様子はあまり変りませんでした。

五月の半ばでしたが、母は庭に出て朝日を浴びながらお茶の若葉を摘んでいました。庭の一段低い処に、お茶の木が十本ほどあって、母は若松で訊いて来た、素人でも出来る簡単な製茶を思い立ち、茶ほうじよりも大分大きい枠に、厚い和紙を張ったりしていたのです。

無心にお茶の葉を摘んでいる最中に、大出血が起りました。母の呼ぶ声に飛んで行って見ると、母はその場にうずくまっていました。

その日から母は床についたきり、再び起てなくなったのです。そして痛みが来ました。初め間遠だった痛みの間隔が縮まると共に、痛みの烈しさが増してゆくのです。母の苦しみを見るわたくしたちは、地獄に居る思いでした。千葉病院のお世話で派出看護婦が二人来ました。一人は中年で、もう一人は若く、中年の江守さんは母の最後まで付き添われましたが、若い方は十日目くらいで代りました。

千葉先生と西片町の高山先生とご相談の上、高山先生は毎日見舞って下さって、痛み止めの注射など応急の手当をして下さいました。高山先生はお愛さんの叔父様にあたる方で、今までも風邪やお腹こわしなどでお世話になっていた先生です。おはまさんも来てくれました。その親身な手助けはどんなに有難かったかわかりません。看護婦さんのあしらい方や、その食事についても、おはまさんのお蔭で、不馴れな姉やわたくしもどうやら切りぬけられました。次恵さんも折を見ては来て下さって、何かと力をつけて下さいました。

母は本当の自分の病気を知らず、子宮に出来た腫物の故と聴かされていたので、「手術を受けさせて」と、度々父に懇願するのです。父はどんなに辛かったか、その度になんとか宥めていました。父が母に尽してくれた真情は、苦しい中にも母を喜ばせ、心から感謝していました。姉もわたくしも蔭で掌を合せるばかりでした。夏の間も、誰かが母の病床の傍で休まず団扇の風を送っていました。けれどそれが病気の治癒にはなんの役にも立たぬ口惜しさは、どんなに父の心を抉り、さいなんでいたでしょう。

わたくしたちは余りにも病気に無知でした。今なら決して手おくれなどにはならなかったと思います。新聞、雑誌、テレビ、ラジオなどで、生理についても病気についても、解明し過ぎるほどの現在を思うと、母が可哀想でなりません。

高山先生配慮の母の痛み止めの注射が、極限にまでなりました。母の心臓がだんだん弱って来たのです。

明治四十一年十月二日、母の生命の灯はとうとう消えました。享年四十五歳でした。

それでもせめてもの慰めは、母の臨終がふしぎに静かだったことです。弟に「庭の柿が熟れている筈だが知っている?」と言ったのが最後の言葉でした。

もうこの後のことは書く勇気がありませんし、それにお葬式までのことは何も覚えていないのです。只、弟が柿の木の下でしくしく泣いていた姿が悲しく眼に残りました。若松の姉は四郎を出産の直後で、上京する事が出来ず、どんなに残念だったかと思います。義兄は葬儀に参列、色々気を配ってくれました。

葬儀は佐久間の菩提寺、四ッ谷舟町の全勝寺で行われました。西片町の家から柩の後に車を列ね、また徒歩で従いた方も何十人かありました。わたくしは車の上で夢見心地でしたが、たしか市ケ谷のお壕端を通った時と思います。道の端に、姉妹と想われる美しい令嬢が三人立って居られて、霊柩に向って深々と頭を下げられたことが悲しく有難く、眼に映りました。以後わたくしは霊柩には必ず拝礼することにしています。

葬儀の間も夢中でしたが、お焼香に霊柩の前に座った時、お棺の中にありありと母の姿が透いて見えたのです。今でも不思議の思いは変りませんが、ほんとうにわたくしは母を見たのです。そしてワッとその場に泣き伏してしまいました。それからまた周囲がなんにも見えなくなってしまい、あやつり人形のように行動しました。柩に従いて火葬場に行ったことも、まるで記憶がありません。母の遺骨がお寺の墓地に納ってから百日忌まで、殆ど毎日四ッ谷のお寺に通い母の墓前に額ずきました。大番町の市原さんへ泊めて頂くことも度々で、次恵さんお光ちゃんも代り代りお詣りして下さいました。

わが母の在《いま》すは西方弥陀の国海の果かや
地の極みかや

愛《かな》し母のおくつき詣で百日を通ひなれたり
　四ッ谷舟町

あぶら照り渇きますやとみ墓石したたるばかり
　水をまゐりつ

次恵さんは、先頃京城から戻られたままずっと東京でした。お光ちゃんは神奈川の女学校を卒えて、目白の女子大学に在学中でした。

次恵さんは、いつも京城の社交界の話をして、寺内さんだの、児玉さんだの、その頃のお偉方《えらがた》の夫人や令嬢方の名まえも度々出たのですが、わたくしの母が病気で倒れてからは、華やかな話はいっさいされませんでした。

母の二七日が済んだ頃でした。次恵さんが母の墓の前で不意に言われたのです。「わたくしはあなたのお母さまに約束したのよ。『きっとお千代さんを幸せにします』と」。臨終近い日に、母は次恵さんの手を握って、「千代をお願いします」と喘ぎながら二度くりかえしたそうです。次恵さんは、はっきり「お千代さんはわたくしがきっと幸せにして見せます」と誓って下さったことを打ち明けられました。わたくしは知らなかったのです。母にも次恵さんにも、有難さに涙が止りませんでした。

その後の次恵さんは、ほんとうに母への約束のため努力して下さいました。

明治の青春

明治四十二年になりました。この年、弟の信光は東京高師附属中学から待望の一高へ合格入学しました。母が生きていたらどんなに喜んだことかと、嬉しい中に残念でなりませんでした。母に弟の白線帽を一目でも見せたかったと、みんなの思いは同じでした。弟は一高の寮に入りました。菊池寛、久米正雄氏等と同じ時期でしたが、寮は別でした。寮歌の全盛時代で、わたくしも暗誦し、口ずさむまでになりました。これよりずっと前、わたくしが小学校の終り頃でしたか、上野の音楽学校に、新曲の発表会があった時、招待を受けた父に伴われて、瀧廉太郎氏の「春高楼の花の宴」や、「箱根の山は天下の嶮」などを聴いたことがありますが、わたくしは明治のあの頃の曲に、寮歌も含めて強い郷愁を覚えます。

次恵さん、お光ちゃん、おときさんたちにいたわられ、わたくしの心も少しずつ明るくなってゆきました。その頃、次恵さんは、わたくしの心を引きたてるために、名士の公開講演などに連れ出されました。明治の碩学三宅雪嶺博士の「世に処する道」に就いて、高い視野からの識見を、解り易く、時にはユーモアさえ交えて話された滋味溢るる温顔。また児童心理学の権威、倉橋惣三先生の「子供への最初の躾」の重要さを熱意を籠めて説かれる真摯な姿勢。それぞれへの感銘は、今も深く心に彫《きざ》まれています。今まで折に触れて、どれだけ心の指針になったかわかりません。

おときさんは、わたくしがお茶の水に入った年に、本郷の加賀様（前田侯爵）の奥女中になって一年ほど勤めてから、結婚のためにお暇をとって帰りました。おときさんは養女の一人娘なので、お婿さんを迎えたのです。そして、一年余り経って初枝ちゃんが生れました。境遇が変っても友情は少しも変りませんでした。短い期間ながら加賀家に上って居た時の、色々珍らしい話を聴かせてくれました。加賀家ではその頃、奥女中はどんなに年若でも皆丸髷に結うきまりだったそうです。

母の一周忌が済んだ頃から、次恵さんに誘われて、また歌舞伎座へ足が向くようになりました。歌舞伎座の出方の米吉さんは、市原さんへ引き継がれていました。次恵さんに誘われて行くわたくしを、父は喜んでさえくれました。そして「かあさんは人が一生かかって見る芝居を短い間に見てしまったね。きっと虫が知らせたのだろう」と言っていました。母は寄席や芝居には心残りが無かったと思いますが、映画（その頃の活動写真）は一度も見ずに亡くなりました。

当時活動写真館は、神田に「錦輝館」と「新声館」があっただけと記憶しています。活動写真というと、わたくしには、「美しき天然」の曲が聞えて来るのです。今は家の中のテレビ桟敷で、舞台中継まで観たり聴いたり出来ることを思うと、ラジオも知らず逝ってしまった母が悔まれますが、一方では明治時代の名人芸に陶酔出来た母は仕合せだったと思います。

明治四十三年の春、わたくしはパラチフスに罹りました。初めは発熱にも気がつかず、只悲しくもないのに涙が出て変だなあと思ったほどです。そのうちに顔が火照って来たので、念のため検温したところ、三十九度もあるのでびっくりして臥床しました。丁度、国分の義兄の航行中を姉がうちに来て居た時で、どんなに助かったかわかりません。西片町の高山先生のお指図通りに何もかも取りしきってくれました。

真性で無いためか、自宅療養を許され、姉は看護婦も頼まず、附ききりで看護してくれました。その時の女中が年配の人だったことも仕合せでした。それに、今まで病気らしい病気をしたことの無いわたくしの体質に抵抗力のあったこと、チフスが悪性でなかったことも救いでした。常々小食のわたくしは流動食でもそんなに辛くなく、恢復期に制限以外の食物への意地汚なさとの戦いもありませんでした。それでも病中一ケ月に渉って心身共に姉の苦労は大変なものだったと思います。姉は母の代りをと慮《おもんぱか》って呉れたのでしょう。一入、有難さが身にしみました。伝染病なので次恵さんはじめ近しい方のお見舞はいっさい辞退しました。

ようやく快方に向った頃、若松から姉の舅姑お二人が上京されました。この春、家督を譲られて、義兄は「惣三郎」を名のり、名実共に愈米沢屋・斎藤家の当主になったのです。それで隠居になられた老夫婦が、慰安旅行の途中、東京に寄られたのです。若松では隠居すると、初めて夫婦で表だった派手な旅行をする習慣で、その時は、親類縁者を招んで立ち振舞の宴を設け、また出立の時は家人や親類、使用人も総出で、駅に見送るのだそうです。

若松のご両親もそうして出て来られたのですが、今度は九州までゆっくり羽根をのばすつもりで来たと言われました。その案内役にわたくしを目当てにして出て来られたのに、思いがけないわたくしの有様にがっかりされた様子でしたが、わたくしの方こそ残念で残念でたまりませんでした。こんな有難い役目を外してしまって、なんと意地の悪い病気だったのかと、勝手な恨み言まで出ました。何しろ、時間にも費用にも、制限のない大名旅行ですから。

先々の旅館の世話で案内や乗り物に不自由される事は無かろうと、父も安心して送り出しました。

東海道から近畿、山陽の名所旧跡、九州に渡って、帰りには四国にも廻り、気に入った処へはゆっくり足をとめたり、充分愉しみを尽して、一ケ月余りで帰京されました。姉とわたくしへのお土産《みや》は、京都で見立てられた紫矢絣のお召の反物で、恐縮するほど上等の品でした。お土産の嬉しさに加えて旅行中のお話がとても面白く、お腹をよじるほどおかしい失敗談もあって、いくら伺っても飽きませんでした。わたくしも「いつの日にか」と心に祈りました。その旅行で旅館の宿泊代は一泊二食一人最高三円五十銭だったそうです。

東京にも四、五日定宿に滞在して帰国されましたが、その間に行かれた山谷《さんや》の「重箱」という料亭の蒲焼がとてもおいしかったと、うっかりわたくしの前で話されました。わたくしは諦めていましたから、今食べたいなどとは思いませんでしたが、治ったら必ず行って見ようと心に定めました。わたくしは蒲焼が大好物なのです。それが何という廻り合せか、わたくしの全治間もなく、その山谷の「重箱」が火事で焼けてしまったのです、新聞でそれを読んで口惜し涙がこぼれたのを今も忘れません。旅行のお供がフイになった事と併せて。その後「重箱」は熱海に移って開店した事を聞きました。

此処《ここ》で次恵さんの恋人久保田さんを紹介します。久保田吉律さんは香川県三豊郡の出身で、初めて市原さんに見えたのは弓町時代だったと思います。一ツ橋の高商へ入る宏さんの受験準備を手伝うため、一時期市原さんへ寄寓されたこともあります。その後急速に親しくなられました。同家へ出入りする常連は久保田さんとわたくしでした。わたくしの方が古顔でしたが、わたくしは出しゃばったりはしませんでした。久保田さんが帝大へ入られる時、父が頼まれて保証人になり、それから西片町のわが家にもちょいちょい来られるようになりました。

久保田さんは容姿が端正で、質実な青年でした。郷里のなまりも一寸出ましたが、殆ど標準語で訥々と話され、浮薄なところが少しも見えず、市原さんでもわが家でもみんなが好感を持ちました。

次恵さんとの間に、いつ恋が芽生えたか長いこと気がつきませんでした。そのうちにお光ちゃんが気づき、わたくしもトランプなどみんな一緒の時、なんとなくお二人の間の空気をそれと感じたのです。お母さまも認めていられたのではないかと思います。それがどうしたことか、お父さまが結婚に反対されて、お母さまの執成《とりな》しも効を奏しませんでした。純潔な恋人同士のまま何年か過ぎ、久保田さんは帝大の法科を出て、第百銀行に勤務、将来を期待されていられる時、やっと父上のお許しが出て、結婚にゴールインされたのです。お光ちゃんもわたくしもお先に結婚していました。わたくしの結婚は次恵さんのお蔭だったのです。わたくしは小樽でその朗報を受け、次恵さんのために泣いて喜びました。夫も、次恵さんのことはわたくしから耳にタコほど聞いていましたので、とても喜んでくれました。

話が前に戻ります。市原さんではお母さまは一度も京城へ行かれず、長い間に次恵さんは二度くらい行って、お母さまの代りを務められたのですが、お父さまの方はあちらから出張で東京へ年に何回か帰って来られました。その時、京城へのおみやは「入船堂」のかきもち（あられ）に定まっていました。それでお光ちゃんとわたくしは、よくそのお使いに日本橋際の「入船堂」へ行きました。

四ッ谷大番町から日本橋まで往きはたいてい歩いて行きました。それも二人で他愛ない話をしながら夢中で歩いたのです。そのずっと前、西片町の家から向島の百花園まで歩いて、しかもその間、話の切れ目のなかった二人ですから、四谷から日本橋くらい平気でした。歩きながら、お光ちゃんが不意に「お千代ちゃん一万円欲しくない？　一万円あったら何に使う？」と訊くのです。わたくしは金高が余りに大きいのでびっくりして、とっさに返事が出来ませんでした。買いたい物はいっぱいながら一万円では手にあまります。その頃の一万円は今からは想像も出来ない額でした。やがてお光ちゃんは「わたし、一万円で夢を買うの、夢が本当になれば素敵じゃない？」それでわたくしも、本当にそうだ、夢なら一万円でも百万円でも多すぎるということはない、愉しいだろうなと思いながら、さて何処でその夢を買うのかと思うと、おかしくなり噴き出してしまいました。

「入船堂」と同じ日本橋の袂の反対側に「栄太楼」があります。母が「栄太楼」の梅干飴やぶっ切飴が好物だったので、「入船堂」へ行った時は、必ず「栄太楼」へ寄ったことを懐しく思い出します。

わたくしはたいてい大番町に泊めていただきましたが、何かで泊らずに、帰りが夕方になる時は、必ず人《く》力車《るま》で西片町の家まで送って下さいました。その車賃が五十銭でした。電車はその頃同一系統では三銭か四銭だったと思います。

わたくしが往きに人力車で大番町へ行ったのは、ご年始の晴着の時だけでした。大番町のお正月は愉しいものでした。門から玄開までの間が広かったので、充分追羽根も出来ました。門内にお巡りさん（請願巡査）の家があって、その若い奥さんも仲間に入りました。夜のトランプや闘球盤など愉しい思い出は尽きません。歌留多会は、酉片町のわが家と略《ほぼ》きまっていました。

大番町のお正月が済んで春になった頃、市原さんに家族が一人増えました。お香代さんです。前に書き落しましたが、本郷の弓町時代に、三男の直《なお》ちゃん（直彦）が誕生、一入、賑かになっていました。其処にお母さまの姪にあたるお香代さんを、郷里の高崎から、お嫁入り前の家事見習のために招び寄せられたのです。年齢はわたくしより二つくらい上でした。とても明るく気さくな方で、次恵さん、お光ちゃんが呼ばれるように、わたくしも香代ちゃんと呼んで親しみました。自分の部屋で裁縫に打ち込む姿をよく見かけましたが、何処かへ遊びに出かける時はいつも一緒でした。方々へ連れだって行きましたが、一番印象に残っているのは江の島へ行った時です。大船から片瀬まで歩いて松露を拾ったりしてから、長い橋を江の島に渡って「岩本楼」の前を通り、坂を登って弁天様にお詣りしました。香代ちゃんの口から、軽い冗談がひょいひょい出て、歩くのがちっとも苦になりませんでした。

「岩本楼」の前で「わたし新婚旅行の時、此処へ泊ろうかしら」香代ちゃんが言うのに、わたくしが知ったかぶりに「でも弁天様には夫婦でお詣りするものじゃないそうよ」とその訳を言ったので、「あら大変、じゃ、止めとくわ」ということで、笑いさざめいたのと、稚児ケ淵の掛茶屋で食べたさざえの壷焼のおいしかったことは忘れません。

香代ちゃんの結婚は、その時の四人の中で一番先でした。新郎は土肥原賢二という陸軍中尉でした。その土肥原さんの姪を、次恵さんの媒介でわたくしの弟信光の妻に迎えるという縁が繋がったので、わたくしが小樽へ行ってからも香代ちゃんの消息は逐一判ってい

香代ちゃんに哭く悪夢の陸軍大将夫人夫君は
巣鴨の露と消《け》にけり

ました。

太平洋戦争の前に、香代ちゃんは満州へ往復したこともあるようです。土肥原さんの奉天での特務機関時代、その首に多額の賞金がかかっているというような噂も伝わり、その後戦争中も香代ちゃんを想うと不安がいっぱいでした。

香代ちゃんはとうとう陸軍大将夫人になりました。そして終戦、敗残の将は戦犯の責を負い、土肥原さんは巣鴨の露と消えたのです。わたくしは、昔の江の島のことなど、あの陽気な香代ちゃんを思い出し胸が絞られる思いでした。

江の島の岩本楼を横目に過ぎて掛茶屋にさざめき
喰《は》みぬさざえのつぼ焼
翳《かげ》りを知らぬ乙女の春の仲良し四人いっち陽気な
香代ちゃんなりき

わたくしの結婚

これからわたくしの結婚の伏線になります。父の高師の教え子に会津常治さんという方が居られました。誰にでも直ぐ親しまれる得な性分の方でした。明治四十一年か二年に高師を卒業されたと思いますが、在学中から父の処によく見えていました。父の書物の整理のほか自分から家の雑用まで引き受けて下さるという風でした。そのうちに次恵さんとも度々うちで会って親しく話される折が重なり、遂には市原さんへも出入りされるようになりました。

風采に無頓着で、童顔に不精髭の会津さんは、一種の名物男でした。在学中から家庭教師をしていられたらしく、博覧会の会場で偶然お会いした時、そのお連れがとても綺麗な、しかも派手な服装の令嬢二人だったのです。会津さんとは余り対照的な取り合せだったので、後で伺ったところ、深川の木場の豪商のお嬢さんの由でそのお嬢さん姉妹に英語を教えに行っていられる由でした。

会津さんは、市原さんの皆さんにもじきに馴染まれ、宏さんなど「玄関を入るとドタ靴があるから直ぐ会津さんとわかる」というほどでした。

会津さんは長野の出身でした。多分長野師範を出られたのではないかと思います。会津さんの先輩で、矢張り高師を大分前に卒業された伊藤長七さんは、高師で父の講義も受けられた方ですが、西片町の家に見えたことがあるかどうか、記憶は無かったのですが、会津さんからよくお噂は聞いていました。府立第五中学校の初代校長で、生徒の制服に背広を採用された事で有名でした。

この伊藤先生に、わたくしの夫となった苫米地が教えを受けたのです。苫米地が長野師範附属小学校の時、師範に在学中の伊藤先生が、卒業前の一年を教生として小学校の夫の組を受け持たれたのですが、ただそれ丈でなく、丁度次恵さんとわたくしの関係のように、苫米地にとって伊藤先生は恩人のお一人でした。

苫米地が家庭の事情で小学校だけで学業を終るところを、伊藤先生が父を説き伏せて下さったばかりか、それから起る色々な問題の解決にも親身になってご尽力下さったそうです。苫米地が長野中学校を了え、上京して嘉納塾に入塾(注)、東京外国語学校に通学中も、心の支えに何かとお世話を頂いていたご恩を、夫は結婚してから涙さえ浮べて、話してくれました。

伊藤先生は、苫米地の卒業、就職ののち、結婚のことを心に留めていられたようで、たまたま会津さんからわたくしの現況を聞き、わたくしが佐久間の娘であり、苫米地も同じ教育畑の然も専門が英語なので心を動かされたそうです。

会津さんからその話を聴いて、次恵さんも乗り気になられましたが、一方、任地があまり遠いこと(苫米地は明治四十四年五月開校の小樽高等商業学校講師として翌年のこの一月赴任していました)、ご両親、弟妹とも一家七人(姉上は結婚して伊豆下田にいられました)の生活が苫米地一人の肩に懸っているということにこだわられました。

伊藤先生は、人物という点で太鼓判を押され、会津さんはまるで自分の事のような肩の入れようで、「柔道は講道館の三段で、おまけに美青年ですよ」と「おまえさんには過ぎもの」と言わぬばかりでした。そして自分の証言だけでは心許ないと思われたのか、当時高師の教授で、元嘉納塾で一時期、苫米地と起居を共にされた和田猪三郎博士(後に今上陛下の東宮に在《おわ》した頃のご教育係)に事情を話されて、苫米地の人物評価を求められたのです。折り返すようにして来たお返事を、会津さんは得々として次恵さんの処に持って来られました。次恵さんは直ぐに見せて下さいました。その時、次恵さんが来て下さったのか、わたくしの方から伺ったのか覚えが無いのですが、その文面は鮮やかに今もわたくしの心に焼きついています。

書き出しが「苫米地君は正義の人なり」に始まって、苫米地が如何に心身共に勝れた青年であるかを、縷々と書かれた文言に、親愛の情があふれて見えました。そして、嘉納先生のご信頼の厚いことも書いてありました。わたくしは泣きたい思いで読みました。そして自分は落第だと思いました。与謝野鉄幹の「友を選ば書をよみて六分の俠気四分の熱」にも勝る方なのに、こちらは「妻を娶らば」の才もなく眉目《みめ》は勿論不の付く美人、お話にならないと思って、「ダメダメわたくしには勿体な過ぎて落第よ」と言いますと、次恵さんは「そんなことはないわ。これだけの人格の方なら、他にどんなマイナスの条件があっても帳消しよ。わたしがきっとまとめて見せる」と意気ごんで言われたのです。

それから次恵さんの活動が始まりました。わたくしの方の事は、父に就いても家の事情も、伊藤先生や会津さんを通じて委しくわかっていたと思いますが、わたくし個人については、次恵さんが大分提灯を持って下さったらしいのです。それから、わたくしの写真ですが、一番新しいのは前々年のパラチフスの全治後、間もなく撮ったため、髪が脱けて目立つほど薄いのです。「銀杏《いちょう》がえし」に結った半身像ですが、次恵さんに撮り直しを命じられて、こんどは束髪（洋髪）にしました。それが伊藤先生から先方に送られたようです。先方の写真を略歴と一緒に会津さんが持参されました。父は初めから異議は無く、むしろ気に入っていたようです。母の最期の悲願もあり、何もかも次恵さんにお任せしてありました。

次恵さんは写真を一眼見るなり「まア素敵、わたしの想った通りの方だった」とわたくしに渡されました。初めに大人二人と子供二人がわたくしの限に映りました。腰かけている方が伊藤先生と直ぐわかりました。そして寄り添っている房のついた三角帽に半ズボンの二人の坊ちゃんがとても可愛いのです。うしろに立っているのがその人でした。恥ずかしくてよくも見ず、次恵さんに返し「可愛い坊ちゃんね」と言いましたら、次恵さんは笑いながら「あなたのものだから後《あと》でゆっくり充分ご覧なさい」と言われました。その写真が今も手許にあります。

七十年近くを色も変らずそのままなのに、夫は昨年が十三回忌、伊藤先生はそのずっと前に故人になられました。

わたくしの写真はどうやら及第しました。郷里のご両親にも見せられ、異議は無かったようでした。わたくしは次恵さんにお尻を叩かれながら、「わたくしには勿体ない」と、只それればかり思っていました。この縁談が始まったのは、四十五年の一月頃だったと思います、苫米地は北海道なので、見合や具体的な話は、いずれ上京の時にということでした。どういう事情か、春休みにも音沙汰無く、わたくしは、てっきりダメになったものと諦めていました。それに明治天皇ご不例のため、国民全部が暗い思いに閉されていました。国民挙げてご快癒祈願の甲斐もなく、七月二十日ご重態の号外、遂に崩御の日を迎えねばなりませんでした。皇居前広場を埋めた国民の熱い祈りは泣哭の声に変りました。諒闇《りようあん》に入り、わたくしの縁談などかすんでしまった日々でした。九月には乃木将軍ご夫妻の殉死と、国民には胸つぶるることの連続でした。

その間の八月には若松の姉に招ばれて、わたくしは、次恵さんをお誘いして、再び若松を訪れました。姉は前から、次恵さんにわたくしの事でのお礼心に若松へお迎えしたい、と言ってよこしていたのですが、陛下ご不例の間は思い立ちようもなく、そのままになっていたのです。姉はわたくしの縁談のことも心にかかっていたらしく、また懇ろな招きの手紙が来ましたので、とうとう次恵さんと若松行きを実行しました。

若松では子供三人とも大きくなっていて、それにちか子と四郎が生れていました。大歓迎を受けてまた前と同じ所を観光、東山温泉にも行きましたが、諒闇中であり、それにわたくしは母と一緒だった時の思い出が悲しく、一方には中断している縁談のこともあって、なんとなく心が弾みませんでしたが、次恵さんと一緒に旅行出来たことは大きな喜びでした。斎藤家の款待も至れり尽せりで、次恵さんも満足されました。帰京して間もなく、乃木将軍の傷ましい事件があったのです。心沈む日が静かに過ぎてゆきました。

師走に入りました。或る夕方、突然会津さんが来られて、苫米地の上京を告げられました。

実はその三日ほど前の新聞の小さな記事で、苫米地の弟の貢さんが、或る事件を起して警察に拘留されたことを見たのです。苗字が珍らしいので直ぐわかりました。その事件とは「明治天皇がご快癒にならなかったのは、岡侍医頭《じいのかみ》の奉仕に手落ちがあったと信じ込んで血迷った青年が、岡邸へ乗り込んで、詰問のため侍医頭に面会を強要した」というものでした。わたくしは会津さんから、この春、早稲田実業を卒えたその貢さんが、何事にもむきになる情熱家と聞いていましたので、なにか誤解からの勇み足と思い、その事件よりも、北海道で知らせを受けた兄としての驚愕や、心痛を想って、父と共に心を傷めていました。次恵さんは気づいても黙っていられたらしいのです。

会津さんの話では、苫米地が校長の許しを得て急遽出立上京。到着後直ぐに伊藤先生に同道願って警察に出頭、貰い下げを許されて、今二人とも伊藤先生のお宅に居ること、釈放の条件は、「兄が責任を持って預ること、止むを得ず小樽への同行を許可するが、六ケ月を同居監督下に置く事」なので、警察から小樽へ電話、渡辺校長の了解を得て、苫米地も条件を了承、警察では、再び過ちを起さぬという本人の誓約書を取って、やっと許しが出たという事でした。長時間かかったそうですが、解決までには、なみなみならぬ伊藤先生のご助言と、五中の校長という信用が大きな力になったと思われます。その間会津さんは伊藤先生のお宅で待機して居られ、三人を迎えてから、伊藤先生の奥さまも交えて色々今後のことを相談した上、伊藤先生の発案を携えて、こちらに来たと言われるのです。

伊藤先生のお考えを伺って、父も弟もわたくしもびっくりしてしまいました（弟はもう大学に入り、家から通学していました）。それは、この際、苫米地と至急見合をして、双方に異存がなかったら一気に結婚まで持っていったらどうかと、まるで寝耳に水のような話でした。

伊藤先生は、苫米地が、弟の事件もあり、この後いつ上京出来るかわからないことを思われ、尚この後の苫米地の立場も憂慮された上のご発案だったと思います。次恵さんには会津さんから電話で報告説明したところ、「双方に異議がなければ自分はいくらでもお手伝いします」と言って下さったとの事です。

会津さんは無論、苫米地の了承を得て来て下さったのですし、父もわたくしも、此処ではっきりお返事しなければなりませんでした。父に異議はなく、わたくしもお受けしました。咄嗟の事なので、支度も何も出来ませんが、先方でも身一つで来てくれるようにとの事でした。そんな事より、間近に迫った一大事にどう立ち向うかで胸がいっぱいでした。

その日は十二月十日でした。それが明後日、見合、一日おいて十四日に結婚式ということになったのです。後に聴いたのですが、苫米地はこちらの返事を聞くと、即刻長野へ向い、ご両親の承諾を得て、直ぐ引き返し、こんどは伊豆の下田の姉上の嫁ぎ先を訪れ、またとんぼがえりという、会津さんも言われた「さすが達人の早や業」にあきれるばかりでした。その頃、東京から伊豆へは、東京湾の霊岸島からの船の便しかなかったのです。暴風雨で屢々、遭難もあった航路なのです。

さて見合は小石川区駕籠町の我家で行われました。母を喪った翌年、父は西片町の家を売りました（土地は阿部家世襲）。借金返済のためだったと思います。母の歿後も、父はわたくしに生活費など何不自由なく渡してくれましたが、母の病歿で、不時の出費が大分嵩んだためと思われます。川村からでも融通してもらったらしく、家はもう年代もので古く、いくらの値打もなかったらしいのです。そのためか、家の家宝、備前長船の銘刀と、祖先佐久間信盛が出陣に用いたという、丸に三つ引の定紋を染めた旗差物（布は大分傷んでいましたが、紋ははっきり判りました）、もう一つは、三代将軍家光が幼ない時、春日局に与えたという、馬の形をした絵に右馬頭《うまのかみ》の三字が斜めに書かれた幼なさの見える揮毫の掛軸、この三点を、その後見かけなくなりました。松平か川村に譲ったのではないかと思いましたが、わたくしへの愛の代償にもなったかと恐縮しています。

姉の結婚の時には、松平の叔父が三百円の大金を祝ってくれたと、生前、母が感謝して言っていました。

西片町から移った駕籠町の家は小さな借家でしたが、わたくしは気に入っていました。西片町の家を手離す時、自分で探しあてたのです。大家《おおや》さんは生活に余裕があって、趣味で画筆に親しんでいられるという年輩の方でした。自分で住むつもりで新築されたところ、郊外の静かな処に、此処より広い土地が見つかったので、そちらにあらためて画室のある家を建てて、こちらを貸家にされたのでした。

往来（道）から一寸引っ込んだ横町で、門から玄関までの間の左手に一部屋あるので、その分、二間ほど敷石のある露地になっていて、一寸した植込みもあり良い感じでした。廻り椽の東向きが六畳、南に向いて八畳と六畳が続いていました。露地に面して掃き出しの小さな窓のある四畳半は別に大きな丸窓がありました。西片町から見れば庭は三分ノ一もありませんでしたが、何となく風雅な構えでした。移った時は、未だ木の香が残っていて新鮮な感じでした。

何より助かったのは、電車の停留所まで三分とかからないのです。日比谷方面へ向う電車の原町停留所でした。現在、わたくしの住んでいる荻窪の家も、バス停まで矢張り二、三分ですし、門から敷石の露地も同じ二間くらいで、左右の植込みまで似て居て、この家を手に入れる時、昔の駕籠町の家を思い出したことでした。この家も、新築直後で、貸家建てで無いのも同じです。家の話が長くなりました。

さて見合はその家の奥の八畳で、お昼食をご一緒しながらということで、お客は伊藤先生と苫米地、こちらは父と弟とわたくし。会津さんと次恵さんは、わざと見えませんでした。わたくしは専らお給仕役、殆ど話の仲間には加わりませんでしたが、却って気が楽でした。主客四人は、話が弾んで朗らかな会食でしたが、食事の前に伊藤先生から、今度の唐突な申し入れを承諾したことに対し、苫米地に代ってあらためて礼を言われました。式や披露宴についての打合せまで出たのですから、見合とは言えなかったかも知れません。

わたくしは落ちついている積りでも、気が上《うわ》ずっていたとみえ、帰られる時、伊藤先生の次に苫米地へ被《き》せかけた外套が裏返しで、直ぐ気がつきましたが、ほんとうに恥ずかしい思いをしました。結婚してからその事で苫米地によくからかわれました、その頃の外套は現今《いま》のようなオーバーではなく、「二重廻し」と言っていたもので、和服用は長く、洋服用は短く膝の一寸下まででした。

その翌日の朝、伊藤先生が苫米地同道でまた見えました。伊藤先生は「嘉納家からの使者に参りました」と言われ、嘉納先生の奥様からのお祝品をさし出されました。そして嘉納先生はお留守乍ら（欧米視察のご旅行中）、奥様のお計らいで、結婚の夜から小樽へ発つまで嘉納邸へ泊るように、との思いもよらぬ有難いお言伝《ことづて》なのです。苫米地もわたくしもすっかり恐縮してしまいましたが、伊藤先生のお勧めもあり、厚かましくもご温情に甘える事にしました。お祝いの品は見事な丸帯で、鼓の模様を織り出した精巧な織物でした。苫米地に代って、結納のおつもりでは無かったでしょうか。わたくしは涙がとまりませんでした。

父は苫米地に秘蔵の書籍を贈りました。

明《みよう》十四日、式の当日の披露宴は、高師の倶楽部のようになっている「茗渓会館」と決り、その方は、万事会津さんが引き受けて下さった由ですが、招待する方の人選やお知らせなどは、苫米地と兄弟同様の宮原信英さん（当時帝大の工科在学、後に鬼怒川水力発電の開発に功績を挙げられ、電力界の権威になられました）が、てんてこ舞のお仲間に加わって下さったそうです。

肝心の挙式は、日比谷の大神宮で神前結婚という事で、明日に迫るその申し入れに、苫米地が自分で行くと言い出すと、伊藤先生は「それでは今日は二人連れで行って、日比谷の後は好きな処へ行き、今日一日は何も考えずゆっくりしていらっしゃい」と言われたのです。わたくしは否も応もなく、そのまま連れ出されました。明日の結婚に今日行って式の予約がとれるだろうか、という心配でいっぱいでした。

兎に角、日比谷の大神宮様へ行き、神前に礼拝してから社務所へ行きましたが、交渉は案外簡単で拍子ぬけしたほどでした。「明日午後二時までは先約があるが、その後なら」という事でした。披露宴が五時半からなので、式は二時半からと、打合せは支障なく済みました。それは良いのですが、わたくしたちのぎこちない様子で気づかれたのか「明日結婚されるお二人ですか」と訊かれました。苫米地が「そうです」と答えますと、神主さんが「神前で誓う前に同行は不謹慎ですね」と叱られました。境内を出てから苫米地が笑い出し、わたくしも笑ってしまいましたが、これで却って間の垣根が除《と》れたような感じになりました。

それから廻った処が三越でした。その頃、出来たばかりの食堂で軽い食事をしたのですが、思いがけなく、同級の金子すみ子さんに出会ったのです。あちらは結婚して、渡辺姓になった若夫人ですが、こちらはまだ結婚前なので、挨拶するのもしどろもどろで、苫米地を紹介出来なかったのですが、すみ子さんは、何か気づいたのか、別れる時に、わたくしの背中をポンと叩いたのです。それから苫米地は何処へ行っても良いということなので、三越前から電車に乗って浅草へ行き、観音様にお詣りしました。次は花川戸から隅田川の際に出て、高台に登り、待乳山《まっち》の聖天《しょうでん》様にお詣りしました。

聖天様に初めてお詣りしたのは、ずい分前におときさんと一緒でした。おときさんのお母さまが旧くから信心され、おときさんも引き続き、月に一回はお詣りを欠かさず、わたくしが誘われたのは、おときさんが加賀家へ上る前、わたくしの女学校時代だったと思います。待乳山からの眺めの佳いのにすっかり魅せられました。

現今と違い隅田川に、未だ昔の面影が残って居り、向島の堤の方まで見渡せて、川には今にも屋形船が滑り出て来るような感じさえしました。母が亡くなってからも、二度ほどおときさんに連れ出されました。花も紅葉もない時節に、わたくしはこの待乳山を思い出したのです。

おときさんの時と同じように、二人とも、清水の湧き出ている石の手洗鉢で、手を清めてから回廊に昇り、境内で求めたお花やお大根をお供えして、み簾越しにご本尊様に合掌、祈りを捧げました。み堂を降りてから、み堂の横に歩を移し、冬枯れの隅田川の風情を飽かず眺めて、言葉少なに佇みました。この日の事は、今もはっきり心に彫まれています。

帰りは駕籠町の家まで送ってもらって、明日結婚する対手と別れました。

留守に次恵さんが待っていられました。明日のわたくしの為の式服をわざわざご自分で届けて下さったのです。式服は間に合う筈もなく、有合せの訪問着でと諦めていましたのに、次恵さんは新調されたばかりの紋服を貸して下さると言われるのです。見せて頂いたそれは、上下対の二枚襲ねで、濃いお納戸色の地に松と瑞雲の裾模様、金糸銀糸の縫さえある、目の覚めるような見事さでした。わたくしは言葉も出ませんでした。あまりにもご厚意に甘え過ぎる許りで、心から申訳なく、ご辞退したのですが、次恵さんは「当然のこと、役に立ってむしろ嬉しい」とまで言って下さったのです。そして嘉納家から拝領の丸帯をお目にかけると、とても喜んで下さいました。これでわたくしも冥加に余る花嫁姿になれるのです。亡母《はは》もどんなにか喜んでくれた事と、またも泣きたい思いでした。

当日わたくしは、朝のうちに近所の大鏡泉という銭湯（その頃は朝湯がありました）に行き入浴、化粧らしいものをしてから、髪結さんに行って高島田に結いあげてもらいました。櫛と笄は母のおゆずりの鼈甲をさしました。現今のような賑かな髪飾りはありませんでした。

家へ帰ってからわたくしは、ほろほろ泣きながら支度にかかりました。今は美容師の手にかからぬ花嫁はないと思いますが、わたくしの嫁ぐ頃までは、自宅で母や姉や家人の手を借りて着付けをしたものです。わたくしは母にも姉にも頼れないのです。姉は産み月に近く、式にも出てもらえない事情でした。お太鼓に結んだ後《うしろ》の型を、女中のきくさんに一寸直してもらっただけで、どうにか独りで着付けを済ませました。お正月の晴着など、いつも自分で着こなしていましたから思ったほど骨が折れませんでした。

挨拶のため父の前に座りますと、父は「苦米地君が本を買うときお金を惜しんではいけないよ」とだけ言って、それから黙ってお札を渡してくれました。十円札が十枚でした。有難さは今も心に沁みています。母が生きている時に、父が、母に「貯金など不心得のことをするな」と言ったと、母が笑って話してくれましたが、また父は何かの時にわたくしに「お金は人生の栄養に使うものだよ」と言ったことがあります。「お金は身体だけでなく、頭のための糧《かて》にも」という意味に、わたくしは解釈していました。そのことを思い出し、父の慈愛をひしひしと感じました。

お媒介《なこうど》の伊藤先生の奥様のお迎えを受け、奥様と父と三台の車を列ねて式場へ向いました。弟は電車で先に出ていました。

式場には思いがけなく、若松の姉夫婦が来ていました。電話が通じたのか、長文の電報だったのか、びっくりするより嬉しさが先でした。松平の叔父夫婦も参列してくれました。あとは夢中でしたが、短い時間ながら、厳かに式が行われました。固めの盃を口に運ぶ手が少し震えたのを覚えています。苦米地の両親には式の前に伊藤先生が紹介して下さいました。

披露宴の出席は三十人くらいだったかと思いますがよく覚えていません。嘉納塾の塾生さんが主なので、朗らかに笑声が絶えなかったようです。

お開きになったのは夜でしたが、夫と共に会場から外へ出ましたら、賑やかな提灯の渦に驚かされました。二人を囲むように、前にうしろに提灯が動き出しました。嘉納邸まで送って下さったのです。わたくしは夫に添って、只ふわふわと歩きました。遠かったか近かったかもわかりませんでしたが、昔の測り方で一町くらいだったでしょうか。

嫁ぐ日を理《わり》なき涙泣き濡れて揺られてゆきし
幌ある人力車《くるま》

宴《うたげ》を出でて夫《つま》に添ふ道夢ならず猛者《もさ》の手に手に
提灯ゆれゐて

われ等比翼の第一夜は嘉納治五郎先生のお宅
師恩まばゆく明けしあけぼの

（注）父の話では祖父は長野中学時代から柔道が強く、嘉納治五郎先生の指示で、講道館に今で言うスカウトされたそうです。講道館時代は、嘉納先生の命により華族などの子弟を躾ける「嘉納塾」の塾監を五年にわたり務め、塾生の指導にあたりました。兄弟弟子には三船十段がおられます。

新婚生活

翌朝、見事なお庭に面した長い廊下を渡って、奥様のお部屋にご挨拶に伺いました。奥様はお膝に赤ちゃんを抱いていられました。後に伺いましたが、五月にご誕生のご三男履方さんでした。わたくしはお礼を申し上げる夫に添って、せいいっぱいの感謝を、深く額《ぬか》ずくばかりでした。奥様は優しくいたわって下さった上に、尚も色々ご親切に仰しゃって下さいました。そして、髪結さんを招んであるから、丸髷に結い直すようにとのお言葉に、恐縮しながら頬の赤らむ思いでした。やがて奥様は「父からのお祝です」と仰しゃって、軸物の入った長い桐箱を賜りました。奥様のお勧めで、その場で拝見させていただきました。長文の漢詩の見事なご筆蹟でした。その中に鴛鴦という字が焼きつくように眼に入りました。わたくしたちのために奥様のお父君竹添進一郎先生が、わざわざご揮毫下さったもので、後に苫米地の説明に依って、竹添先生は明治の儒家として、また詩家として非凡であられるばかりでなく、旧くから清国の大官とも親交を持たれ、その方面の外交の重鎮として、名士中の名士で在《おわ》すことを識りました。わたくしは、勿体なさに戸惑う思いでした。そして、これほどまでに皆様のお慈しみを受けている夫に対し、一入、尊敬の念が湧きました。

奥様に、言葉足らぬ千万のお礼を申し上げて、お前を下り、拝借の部屋に戻ると、間もなく髪結さんが来ました。立派な鏡台の据えてある前で、わたくしは島田を解いて、丸髷に結い直してもらいました。一寸惜しいような気もしました。結い上って、紅いてがらの丸髷を合せ鏡で左見右見《とみこうみ》して、自分でないような気がしました。夫は、珍らしそうに見ていましたが、髪結さんが帰ってから、また髷を見ながら「僕の奥さんになった証明だね」と言いました。

おもはゆし紅《べに》のてがらの初丸髷朝の鏡に
われは人妻

午後からは二人で伊藤先生のお玄関まで伺ってお礼を申し上げました。両親は長野へ立ったことを知りました。その後、夫は残った用事を片付けるため、一人で行動。わたくしは嘉納邸へ帰りました。

ようやく、十日からのめまぐるしい日々に初めて静かな時を持つことが出来ました。そして人妻となった自分をあらためて考えました。それは、苫米地と結ばれて、今までの、余りに遊びの多かった自分に別れることでした。芝居にもおさらばです。芝居に関係のものは、いっさい持たぬことにしました。「歌舞伎」は初号からずっと揃えてありましたし「演芸画報」も、戦時中（日露）は「戦時画報」になっていましたが、それも加えて、大分の嵩になっていました。プロマイドは、初代吉右衛門の二十歳《はたち》前の「しのぶ売り」（法界坊）や菊・吉時代の「袖萩」など、珍らしい女形のほか、はりまやが一番多かったのですが、たちばなやのも六代目のも色々ありました。挙式前に、それ等を未練なくまとめて押入れにしまって出て来ました。結局わたくしは良い奥さんになろうと決心したのです。なんの取り柄もない自分は、せめて夫のために、家庭を唯一の憩いの場にしたいと念願しました。これからの自分の人生は、夫への奉仕に生き甲斐を、と心に誓いました。一人で静かに思い廻らすと、これから行く小樽が浮んで来ました。それはほのぼのとした楽しい想像でした。

さい果ての小樽と聞けどわが胸に美しく咲く
未知の花ありき

出立の日が来ました。青森行の列車の窓に夫と並んで立ち、見送りの父の顔も、次恵さんの顔も霞んで見えました。会津さんや宮原さん、塾の方たちは、元気よく手を振っていられました。腰かけてから気がついて見ると、警察の命で小樽に同行することになった貢さんが見えません。夫に訊ねると「お連れと別の席に」

ということでした。

汽車の窓から見る風景は寒むざむとしたものでしたが、わたくしの心はほのぼのとしていました。夫は、わたくしが汽車の窓で泣いた、というのですが、わたくしは涙の出たのも覚えていませんでした。夫と話をしなくても、傍に居るだけで何とも言えぬ安心感がありました。窓からお茶やお弁当を買うのに慌てないほど停車もあり、夫がホームに降りて買ったこともあります。

北海道に渡るには、青森から艀《はしけ》に乗って行って、連絡船に乗り替えるのです。函館でも艀で運ばれるのは同じです。ですから船だけでも大分時間がかかり、それに待合室で待合わす時間が加わるのですから、上野から三十時間くらいかかったと思います。列車の窓から見て興味を惹かれたのは、「森」でしたか、「長万部」でしたか、ホームに屋台のお蕎麦やがあって、僅かな停車時間に大急ぎでお蕎麦をすすり込む人がいるのです。給仕の方も手際よく捌いて、発車までには皆列車に戻れました。そして珍らしい駅名を見て、さすが北海道と思いました。振り仮名がなければ読めない倶知安《くっちゃん》、長万部《おしゃまんべ》など、奥地へ行くと、もっと奇抜なのがあるそうです。小樽へ着いたのは夕方でした。駅に出迎えの方の多いのにびっくりしました。夫は、英語の講師のほかに柔道を教え、また学生寮の舎監も兼ねていたので、それ等の生徒さんが多く、ホームは割れんばかりの歓声でした。

知る人なき小樽に着きてホームに爆《は》ぜし夫《つま》への
歓声われも浴びたり

皆さんに囲まれて、寮に着くのに五分とかかりませんでした。近いのにびっくりしました。駅を出て、直ぐ左手の石段を七、八段登ると、道の向側に大きな門がありました。それが寮だったのです。門を入ると左手に小さな小屋があるのですが、その時は眼に入りませんでした。玄関から廊下になっていて、一寸歩いた右手の部屋に電燈が眩しく見えました。

それからが大変です。大勢でガヤガヤ、その賑やかなこと「いくら柔道三段でも、いきなりしょい投げは酷いよ」とか、「百八十度の転換は苫米地君らしくないよ」とか、冷やかしの先頭は大西猪之介さんと長谷川慶三郎さんでした。大西さんは後に経済学界の鬼才と言われた有名な方ですが、惜しくも三十四歳にてチフスのために急逝されました。その時はまだお若く元気で、舌口も辛辣でした。長谷川さんは東京高師の英文科出身でした。「佐久間先生に年頃のお嬢さんがあるなど知らないで損した」など、この方は飄々とした物言いで、何れも苫米地と同じ若手の講師と後で知りました。

先生方も生徒さんも引きあげて、二人だけになった時「コブ附き尾行附きの新婚旅行だったね」と夫が一寸てれた様子で言いました。初めは何んの事かわかりませんでしたが、やがて貢さんの事と気がつきました。貢さんには刑事さんが同行したのだそうです。刑事さんは寮へ着いてから、誰にも知れぬよう自分の宿へ引きあげたらしいのです。貢さんはこの部屋から、広い廊下を隔てた、小さい部屋に入れた、と夫が言いました。

この寮のことは前に大凡《おおよそ》聴いていました。この寮は初め料亭に建てられたもので、そのあと病院になり、次が寮の仮住居になった由です。木口も良く、間取も裕かで、二階には大小幾つかのしゃれた部屋があり、学生が二人以上、部屋の広さによって入室して居るそうです。みんなで二十人だったと思います。階下の夫の部屋は十畳で、その奥が六畳になっていました。十畳が病院時代の診察室、六畳が薬局で、今は十畳が舎監室兼書斎、六畳を寝室に使って居る由。この二部屋がこれから当分二人の巣になる訳です。舎監室には鉄板の大きなストーブがありました。燃料は太い薪なのです。あまり立派な薪で、焚くには惜しい気がしました。ストーブの上には大きな薬缶が湯気を噴いていました。

駅から、小使の吉田さんが橇で運んでくれたチッキの荷が着きました。夜具の包みに、行李が二ツ、大きな鞄が一ツ。これがわたくしのお嫁入りの荷物全部です。その頃はチッキの荷物は、必ず乗客と同時に着いたのです。貢さんのも夜具と行李が一ツ着きました。

二日三日と過ぎて、だんだん寮の様子がわかりました。小使さんは独身で初老半白のいがくり頭の吉田さんと、それより年配の岡野さんは小使兼賄。お内儀さんは賄専任でした。そして、小学校上級の娘さんが一人居ました。吉田さんも岡野さんも住みこみでした。階下にも小さい部屋が台所に続いて四部屋あったようです。

　学校は間もなく冬休みに入りました。生徒さんは内地（北海道の人は本州を内地といって、また自分たちを道産子《どさんこ》ということが、だんだんわかりました）から入学した人が多いのですが、冬休みには殆ど帰省しなかったようです。

　夫は先ず一人で校長のお宅へ帰道の報告に伺いました。色々お詫びやらお礼やらを申し上げたと思います。校長は気持良く迎えて下さったそうですが、弟を引き受けた事について「万一の時は自分も腹を切る積りでいた」と言われた由、わたくしも軽い事ではなかったと、今更に心をひきしめました。また校長は、佐久間の父の事にも触れられ、殊に松平の叔父とは親しい仲で、ヨーロッパで一時一緒の宿の事もあったなど話されたそうです。わたくしの結婚が電光石火だったので、叔父からは渡辺校長について話を聞く暇もありませんでしたが、ご縁をうれしく思いました。

　貢さんは意外に朗らかで、寮生の仲間に抵抗なく入って行きました。寮生の方で気を遣ってくれたのかも知れません。食事の支度は岡野さん夫婦がするのですが、献立をきめるのは当番の寮生で（一週間交代）自分たちも台所へ出て手伝うのです。広い台所に怒号やら笑声やら、それは賑やかで、フライの衣を顔にはねかしたり、卵を割るのに失敗《しくじ》ったりで、それでもフライもサラダも出来るのです。わたくしは下拵えを手伝いました。鮭の大きな切身のフライが一皿に二切れでサラダ付、それにご飯、味噌汁、漬物とも一人前十銭の割とか。牡蠣のフライは一皿十六個で同じ値段と聞き驚くばかりでした。わたくしは半分も食べられませんでした。東京ではたいてい朝ご飯におみおつけ（味噌汁）が普通ですが、北海道では夕食にもたいてい味噌汁を欠かさない事を覚えました。

わたくしが寮に同居したのは四日間でした。五日目には夫と共に、門の際の小屋に移ったのです。着いた日には見のがしたのですが、その一棟は病院時代の車夫部屋で、空屋になっていたのを至急手入れして、どうやら住めるようになっていました。

わたくしの来樽を聴かれてから、渡辺校長は、至急貸家を物色して下さったのですが、適当な家が無く、取り敢えず舎監室に入った次第です。門際の小屋は余り粗末で、校長の意中には無かったのですが、わたくしたちの方からお願いして入ることにしました。六畳と三畳の二間に、台所、それに屋根裏が二階になっていましたが、畳の無い板敷でした。壁は紙を貼った板壁でした。殺風景ながら二人には有難い愛の巣になりました。貢さんは寮に残りました。外出は出来ませんでしたが、生徒さんたちにも、小使さんたちにも馴染んで朗らかでした。汽車の中でも、刑事さんと仲良しになったなど、呑気なことを言っていました。掃除や台所仕事などは良く手伝っていたようです。

二人のお飯事《ままごと》のような生活が始まりました。わたくしが東京で用いていたご飯茶碗を初めて出しました時夫は「こんな小さな茶碗で食べていたのか」と、眼を丸くして驚いていました。

渡辺校長からは、コーヒー茶碗のセットを頂き、先生方からは、直ぐ役に立つものをあれこれ選んで、代表の、たしか長谷川さんが持って来て下さったと思います。

押し詰って、次恵さんとお光ちゃんから、華やかな女夫一組の座蒲団と、別に銘仙の五客分が一緒に着きました。わたくしは座蒲団のことは気になっていたので、ほんとうに有難く、遠いお二人に掌を合せる思いでした。食卓は夫と一緒に選んで買いました。

結婚初めてのお正月（大正二年）を迎えました。寮の食堂で、寮生も小使さんたちも、皆一緒にお屠蘇とお雑煮を祝いました。おせちは、三十日から二日がかりで用意しました。こういうものは寮生の手に合わず、下拵えは吉田さん、岡野さんにも手伝って貰いましたが、味つけは岡野さんのお内儀さん、わたくしの二人でしました。昨年のお正月には、未だこの寮は無かったのですから、寮生たちは家庭的な味をとても喜んでくれました。お魚は種類は少ないのですが、豊富で驚くほど値段が安く、それに活《いき》の良いことは、東京と比べ物になりません。鮭はあきあじ、じゃが芋はごしょ芋、きゃべつはかいべつ、りんごはりんきと直ぐ覚えました。

さて元日はお屠蘇の前に、苫米地から新年の挨拶と一寸した訓辞がありました。夫は木綿ながら黒紋付の羽織に小倉の袴、寮生も皆、袴をつけていました。ふだんでも寮では皆、洋服のほかは袴をつけるのが習慣《きまり》でした。これは苫米地が舎監の間中、ずっと後まで変りませんでした。わたくしは女学校の家事の時間に、袴の畳みかた、紐の結び方を教えられていて、ほんとに助かりました。母の生前は母のを見ていましたが、自分では手を出さずにしまいました。袴を畳んでからの紐の結び方は、簡単なのと難しいのとありました。簡単なのでも知らなければどうにもならなかったと思います。夫の袴の襞も紐の皺も、焼鏝《やきごて》で丁寧に熨《の》しながら、自《おのず》と笑みがこぼれました。

元旦のお屠蘇、お雑煮の団欒の後は、自由行動になりました。その午前中、夫に伴われて初めて渡辺校長のお宅に、お礼とご年始のご挨拶に伺いました。お宅は緑町三丁目で、寮から雪道を歩いて二十分はかかったと思います。

此処で、渡辺校長をご紹介します。校長渡辺龍聖氏は新潟県のご出身で、早稲田大学をご卒業後、米国のコーネル大学に留学、倫理学を専攻、ドクトル・オブ・フィロソフィーの学位を得られた方で、帰朝後、東京高等師範学校教授、東京音楽学校校長を歴任され、在官のまま清国総督袁世凱の顧問を七年間兼任、帰国されてから、あらためて独逸に留学、ベルリン大学に在学中に、小樽高等商業学校の初代校長に任命されたため、ヨーロッパを視察して帰朝されたのが明治四十四年一月で、二月には小樽の雪の真直中《まつただなか》に赴任された由、以上夫の受け売りですが、新設の高商の校長としてこれ以上の方は無い、と夫は心からの敬服を顔にも言葉にも表わしていました。そして自分の就任の経緯《いきさつ》も話してくれました。

渡辺校長は嘉納先生とも親交があられ、新設の高商に招く教官の人選を嘉納先生にも依頼された由で、嘉納先生は、直ぐ苫米地を思いつかれたそうですが、夫はその時八高（名古屋）からも話があって、その方に大分心が動いていたため、嘉納先生からお話があった時も、小樽は遠隔で父母の事を思って、あまり心が進まないうちに、渡辺校長にお逢いする羽目になりました。その時、校長の言われた「若し来て呉れるなら赴任までの間、丸善に通い、気に入った本は片端から買って読み、読み了ったらそれを学校の図書館宛に送るように」という願ってもない好条件にすっかり惚れこみ、それに、嘉納先生も再び勧められた上に「北海道に柔道を広める」使命についても懇々と説かれたので、いよいよ決心を固め、承諾して辞令を受けたのは四十四年の八月で、赴任したのは、年の明けた四十五年一月という次第でした。

さて校長のお宅に伺い、夫に従《つ》いて恐る恐るご挨拶しました。校長はわたくしの顔をつくづく見て、「あんたが佐久間さんの娘さんか」と言われて、わたくしは真赤になりました。校長はまた、「ぼくは康国君とも懇意なのですよ」と言われました。それよりも心を衝かれたのは、奥様が「わたくし、あなたと同窓なのよ」と言われた事です。

奥様はお茶の水を明治三十一年のご卒業だったのです。わたくしは四十年卒ですから、十年近い先輩に当られる訳です。奥様が、今村銀行頭取今村繁三氏の令妹で、そのお父様は今村銀行の創設者であられる事は、苫米地から聞いていましたが、思いがけなく同窓の奥様にお目にかかって、これもまた不思議なご縁に心強い思いが湧きました。

その日は直ぐお暇して公園に廻り、公園と向いあっている高台の水天宮様にお詣りしました。公園の雪景色が珍らしく、また水天宮からの海の眺望も素晴しいと思いました。大分歩いてから宿舎に帰りました。

わたくしは夫の着がえを手伝って洋服のしまつをしてから、今日着て行った自分の今一番の晴着をたたみかけますと、裾まわしの縮緬が摩り切れん許りに傷んでいるのです。履物の藁沓の故《せい》と気がつきました。怨めしさに余りに長く見つめているわたくしに気がついた夫は、「ごめんごめん」としきりに謝るので、却って困ってしまいました。その頃はまだゴム靴（澱粉靴と言いました）は無く、雪下駄もまだ出廻らず、女でも藁沓を履いていました。そして戦時中に日本中みんなが着けたもんぺは、その頃の小樽ではもう調法されていました。

防寒具も、わたくしが東京から持って来たのはおこそ頭巾で、表は紫縮緬、半裏はメリンスで、その裏に耳かけのついたものでした。コートも東《あずま》コートという七分丈、生地は紋織お召に更紗羽二重の裏で、防寒よりはお洒落用でした。それにショールと言って、その頃流行り出したビロード地の縁に、房の附いた四角いのを三角に折って懸けるのでした。小樽では、頭巾は戦時中の防空頭巾のような厚いものですが、主に子供用で、大人の女は雪を髪に被っても平気なのです。北海道の雪は内地と違い、さらさらとしていて、髪が濡れないためもありますが、慣れもあると思います。そしてコートと肩かけ兼用の角巻を羽織るのです。角巻は小型の毛布で、それを二つ折にして纏《まと》うのですが、丈も膝の下まであるのですから、充分防寒の用に立ちます。夫は恐縮して、直ぐ岡野のおばさんに頼んで角巻を買い、もんぺも手配して呉れましたが、身につけて見ると慣れないので、角巻を羽織ると何か持つのにとても不便なのです。

この後、外出は一日置きに銭湯へ行くだけでした。寮にお風呂はありましたが、わたくしは銭湯に出かけました。寮の隣りが竜宮神社というお社で、その前を海に向って半町ほど下ると、角にお風呂屋がありました。お風呂へ行った帰りに、その近所で必要な買物をするのが習慣になりました。

野天の市場で魚売りのおばさんが、活きたえびや貝などを売っていましたが、東京でいうしゃこ（小樽ではがさえび）のピチピチ動いているのが、十銭で、六十匹を籠に入れてくれたので、びっくりして五銭に減らして貰い、三十匹でも持ち重りしたのを覚えています。生きているのを熱湯に入れるのを見ていられず、岡野さんにゆでてもらって、半分を吉田さん、岡野さん夫婦に分けて、半分を夫の帰りを待って賞味しました。舌鼓を打つ夫と七、三の割で、これも愉しい思い出の一つです。

一月の授業が始まってからも生徒さんはよくわが家に遊びに来ました。何しろ門際なのですから、これほど近く便利な処はありません。その年（大正二年）前後は小樽でたらば蟹の豊漁期でした。二ハイで、その頃の蜜柑箱がいっぱいになるくらい大きいのです。土曜日曜には、ゆでたての蟹を縄でからげたのを、寮生が一人一パイずつ、四、五人でわが家に持ち寄り、やがて車座になって、盛大なおやつが始まります。わたくしは末座でお相伴しました。その美味は、その雰囲気と共に懐しく、今も生きています。その蟹は一パイ四銭くらいだったのです。その頃と今の値段は隔世の感どころではありません。

蜜月にわれ等籠り居の愛の巣ならず寮生の眼に
　吹きぬけの風

豊漁のたらば蟹に夫と寮生舌鼓お相伴わが
　はぢらひの滋味

こういう愉しさもありましたが、吹雪の夜など、あばら屋の隙間から唸りをあげる吹雪の音に、何度眼を覚まされたかわかりません。

吹雪の唸りに覚めて怯えて夫の手を求むる闇にも
　はぢらひありにき

小樽の春

小樽の春は、五月にようやく来ました。気候は四月頃からゆるむのですが、雪が溶け出すと、屋根から雪崩の危険もあり、往来はぬかるみで眼もあてられぬ様相になります。雪混りの泥んこ道になるのです。その代り、五月は文字通りの百花爛漫、梅も桃も桜も草花も、花という花が一度に咲いて、空は晴れつづき、六月に亙る好季節は梅雨もありません。寒い時期が長かっただけに、道産子も内地組も、待ってましたとばかり、充分に春を愉しみます。

　わたくしたちも、寮生のお花見に誘い出され、一緒に札幌へ行きました。丸山公園の桜を見てから、寮生の一人、小林茂さんのお宅に招ばれ、一同ご馳走になりました。りんご園を経営して居られるので、そのりんご園も見せて頂きました。りんごの樹は整然と並んで、清楚な白い花をつけていました。白い花と思いましたが、傍へ寄って見ると、ほのかに紅を湛えているのです。実の成る頃の見事さが想像され、飽かず佇みました。

　札幌へ行った次の日曜日には、小樽の近郊の赤岩の海岸に遊び、その帰りに手宮の古代文字を見ました。

　お花見より前にお彼岸が来ました。生家に居ました時は、お彼岸のお中日には「おはぎ」を拵えて、仏様にお供えしていましたので、お仏壇は無くとも、心ばかりのお供えをするつもりで、その事を夫に言いましたところ、夫がその朝、寮に行った時「今日ぼくのとこおはぎを作るよ」と言ったらしく、それを聞いた寮生が五、六人、早速午後にやって来ました。わたくしはそのくらいは用意しておいたのですが、聞き伝えて、あとからまた五、六人来られたのです。どう仕様もなく、泣きたい思いながら、大急ぎで糯米を追い炊きして、黄粉をまぶして間に合せたことがあります。

これには五十余年後の後日譚があるのです。

昭和三十八年の秋、苫米地の長寿を祝って、小樽高商の同窓会（緑丘会）の有志の方が、芝白金の迎賓館に集まって祝賀会を開いて下さった事があります。加茂現学長ご夫妻、大野前学長ご夫妻もご臨席下さって、百人にも及ぶ盛会で、テーブルスピーチには、大勢の方の祝詞や、思い出話に花が咲きました。その中に松本浩三さん（大正四年卒、当時昭和産業社長）が「奥さんに五十二年前のお詫びを申し上げます」と言われ、前述の「おはぎ」を持ち出されたのですが、「あの時、実は奥さんを困らせようと思って押しかけたのです」と。余りにも昔の事ですが、皆さんの爆笑の中に、わたくしは泣きたいほど、懐しく嬉しい思いにひたりました。

皆様からのご厚志に依る記念の柱時計は、現在も座敷の柱に、夫の遺影と向いあって時を刻んでいます。

また小樽の春に戻ります。寮生たちは「先生が奥さんを何処へも連れ出さないから、ぼくたちが引張り出してあげる」と言って、浪花節の桃中軒雲右衛門が小樽へ来た時も、夫を拝み倒して、わたくし共々連れ出しました。無論夫は初めてですが、わたくしも浪花節は初めてでした。義太夫から見ればずっと解り易く、それに一流の語り手ですから、惹かれる処がありました。

さて単身赴任していられた先生方にも、五月から六月にかけて、ポツポツ奥様方が来樽されました。教頭は伴房次郎氏で、後の二代目校長ですが、奥様にお逢いして、また奇縁にびっくりしたのです。ほんの僅かな間でしたが、誠之小学校で三ツ位上級にいられた方で、然もその妹さんはわたくしと同級の久原さんだったのです。三年生になった四月に、お父様が京都大学に赴任された為に（後の総長）、京都へ移られましたがお姉様にもわたくしは見覚えがあり、あちらでも思い出して下さいました。世の中は広いようで狭い、と言いますが、わたくしは思い当る事が余りに多く、この後も未だ奇遇は終らなかったのです。

小さな小屋の愛の巣の生活は続き、夫はポツポツ長野の生い立ちの頃の話や、上京してからの嘉納塾の話などをしてくれました。

夫が小学生の終り頃の秋の初め、父の使いで川を越え、かなり遠くまで行って、書籍を持っての帰りに、嵐のために小さな橋が流されて失くなっていたので、夫は着物を脱いでそれで書籍を包み、帯で頭にくくりつけて、泳いで川を渡って帰ったことや、そのくらいなので、小学校の初年級から川に馴染み、泳ぎに夢中で、妹の賤子さんのお守りを仰せつかると、川の端へ連れて行き、自分の帯を解いて妹を樹にくくりつけておいて、暗くなるまで泳ぎ、何喰わぬ顔で帰ると、裸にそのまま着けた着物が濡れているので露顕してしまい、大目玉を頂いた話や（その川は裾花川と聞いたように思います）、泳ぎは上京後もつづけ、嘉納塾時代は毎夏三浦三崎に合宿して水泳の講習を受け、免状（たしか水府流）も頂いた由で、三浦三崎の景色の佳いこと、新鮮な魚介のおいしかったことを話し、「折があったらきっと連れて行ってあげる」と約束してくれました。

柔道は長野中学で、当時四段の広岡勇司先生に教えを受け、卒業の時は一級だったそうですが、上京して講道館に入門、早々初段を授かった由です。柔道は、今まで道場の外で試したのは、一回だけと、その話をしてくれました、長野中学校を卒業前の頃、土地のならず者と言われていた若い衆が、中学校の柔道部を目の敵にして、度々いやがらせの喧嘩をしかけて来たのですが、広岡先生から、こちらから手を出して対手にする事を固く止められていたので、中には泣かされている連中もあると聞いていた、或る日の夕方、人通りの少ない道を苦米地が一人で歩いていた時、三人連れのその若い衆に出会ったそうです。こちらは構わず避けて通ると、いきなり三人がかりでぶつかって来たので、無意識に柔道の手で一人ずつ投げ飛ばして地に這わせたが、怪我はさせなかったよ、と一席の武勇伝をわたくしはほほ笑ましく聞きました。

夫は中学校を卒えて上京後は、大塚の嘉納塾から神田の東京外語に通学していましたが、間もなく嘉納先生のご推薦で、府立第二中学校で柔道を教える事になったため、朝五時に大塚の塾を出て立川の二中まで行き、一時間、学生に柔道の稽古をつけて居たのです。往復自転車ながら、片道一時間近くかかった由。今言うアルバイトです。明治四十三年、同校を辞任した時、柔道部から記念に頂いた置時計（高さ十一センチ幅六センチ、四方硝子張りの長方形）が、現在（昭和五十四年）わが家に秘蔵されています。

また奇遇の話になりますが、現在わたくしの次男は三菱電機の札幌営業所長を務めて札幌に居りますが、赴任早々の或る日（四年位前）会社の嘱託医をして居られる老先生に「苫米地英俊先生に関係の方ですか」と訊問を受けて、次男の由答えますと、先生は驚喜されて、「自分は中学であなたのお父上に柔道を教えて頂いた者です」と言われ、六十有余年の歳月の隔たりを忘れてお話は尽きなかった由。次男が上京の時、その話を聴いて、わたくしは懐しさに早速秘蔵の時計を出して見ました。

思えばこの時計は、わたくしより先に夫に縁のあった時計なのです。あきらめていましたが、今一度時計の眠りを覚ましたく、荻窪の時計店に訳を話して、修理を頼みました。快く引き受けて呉れたその店の熱意により、奇蹟的に時計は動くようになりましたが、二ケ年ほどの目覚めでした。その後また静かな眠りに入っていますが、底に彫まれた記念の文字と共に、永久にわが家に生き続けることでしょう。

夫の話に戻ります。夫は学生の頃から、卒業後も早朝の東京は毎日見ながら、夜の東京は殆ど見なかったそうです。放課後は講道館で柔道の修業、夜は学課の予習復習のため、外出の時間が無く、それに学資は授業料のほかは書籍代と文房具代だけで、それも切り詰めるだけ切り詰めた生活では、夜の東京に用は無い道理です。

それより信じられないような夫の話に、一度はお腹《なか》を抱えて笑ったのですが、夫の余りの純真さに、却って、小説などを多読している自分を恥かしくさえ感じました。それは、池の端の待合を上野駅の待合所と勘違いして「駅の待合をどうしてこんな離れた所に置くのだろう」と、友だちに言ったため、さんざんに笑われ、なぶられたという話です。

嘉納塾にひたすらなりし鍛練の夫の春秋を
想ひまぶしむ

此処で一寸スキーの話に触れます。現在、日本のスポーツとしてのスキーは、北海道が世界的に有名になっていますが、最初に北海道へお目見えしたスキーは三組だったのです。然もそれを担って津軽海峡を渡ったのは、苫米地だったのです。

明治四十四年の冬、越後高田の十三師団が、オーストリーからレルヒ少佐を招いてスキーの手ほどきを受けたのですが、小樽の渡辺校長に指令されて、苫米地が北海道からその講習に参加したのです。四十五年の一月赴任したばかりの夫は、二月半ばに越後へ行き、講習を受けて基本を習得して帰樽する時、スキー三組を担って帰ったそうです。その三組は教官の間に引張りだこになり、渡辺校長も雪国のスポーツとして、これ以上の物は無いと、直ぐ百組を注文されて、学校にスキー部が出来ると、それが、中学校、小学校にも及んだのみか、市民の間にも燎原の火のように広まって行った由です。

その後、小樽から幾多の国際的飛躍選手が輩出して小樽がスキー王国として名を挙げたのも、この三組のスキーから生れた事を思うと、わたくしまで感慨無量です。明治四十五年の二月以後、わたくしは東京で縁談の中絶にヤキモキしていたのですが、その頃、夫は小樽で雪まみれになってスキーの技術に取り組んで居たことを知りました。

行きて高田にスキーを学び用具三組を担ひ来し夫
スキー王国小樽の黎明

夫は、東京外語に在学中、柔道対校試合には主将として一度も敗けなかったと、会津さんに聞いていましたので、その話をしますと、夫はバスケットを持ち出しました。今の週刊誌位の大きさで、その頃流行っていた籐の手提式の物です。夫が開けた中には、ざっくりとメタルの小函が詰まっていました。中学時代と外語時代の優勝メタルなのです。息を呑む思いでした。でも夫は自分から誇るという事の無い人でした。

夫は前述の通り、明治四十年の三月に東京外国語学校の英語科を卒業しましたが、その直後、時の東京府知事で内国博覧会会長千家尊福氏の臨時秘書となり、上野の博覧会で事務を執って居たことも話に出ました。その博覧会に、わたくしは案内役で何度も行ったので、あの会場に夫が居たことに、目に見えぬ縁《えにし》の糸を感じました。夫も「会場で顔を合せた事があったかも知れないね」と言ったことです。

夫は博覧会終了後、母校の外語に講師として英語を教えて居る時に、小樽高商から誘いを受けたと言う次第です。

大正二年の秋でしたか、市の有力者、有志の後援を得て、小樽の町に柔道の道場を建設しました。後の小樽柔道館の先駆となったものです。

夫の話はいくら聞いても飽きませんでした。

さてその後の貢さんの事になりますが、刑事さんはわたくしの知らぬ裡に帰京され、貢さんも規定より早く四月には帰京の許可が出ました。親しい友達の自営の店を手伝う話がまとまり、五月の初めに上京しました。

生れる子を待つ日々

さて夫の本籍は長野県長野市西長野町になっていますが、父上は青森県三戸出身という事を聞きました。父上は若くして青雲の志を抱き、郷里を出たまま六十五歳のその日まで一度も帰省せず、故郷へ錦を飾りたいのが念願だったのですが、事、志と違ったため、老いて望郷の念は一層強いものがあったと思います。

夫は小樽へ赴任した時から父の念願の帰省を叶え、その足を延ばして、小樽へ一度は迎えたいとの希望を、折に触れて話しました。わたくしは夫一人の時よりも、わたくしが来た今の方が万事に好都合ですし、早いほど父上が喜ばれると考えて、その由を申し出たのですが、夫は経費の事で逡巡しているようなのです。当時、夫の俸給は月六十二円だったように覚えています。夫は結婚して直ぐから俸給は袋のまま渡してくれました。後の議員の歳費でもボーナスでも、その他収入は総べて、自分の手で封を切った事は終生ありませんでした。

わたくしは夫から初めて月給を渡された時、結婚前の夫と同じように約半分の三十円を長野のご両親へ送金しました。残りの三十円のわたくしたちの生活よりも、長野の方がもっと窮屈でお母様のご苦労が思われました。

父上は長野中学で漢文を受け持っていられましたが、もう大分前に職を退かれて、自宅で近郊の有志の方やその子弟四、五人に漢文を教えて、その僅かな謝礼が主な収入だったようです。只、わたくしたちが結婚した年の春に、妹の賤子さんが松本の女子師範を卒業、直ぐ附属の小学校に務めたので、ほっと一息のところだったと思います。

父上の帰省の費用ですが、わたくしは父に貰って来たお金の事に直ぐ心がゆきましたが、言い出しても夫が承知しそうにも無く、それに今度の費用は夫の収入から出すのが本当の孝行のように思われましたので、夫と相談の上、夏のボーナスをそっくり当てることにしました。夏のボーナスは百円ちょっとだったと思います。

父上は帰郷の時、服装ぐらい調《ととの》えて行きたいと、以前から言っていられた由なので、せめて羽織と袴だけでもと、旅費お土産のほかにその分もお送りする事にして、期間は七月から八月にかけてという予定になりました。暑中休暇には寮生が殆ど帰省して部屋が空くので、その留守の一部屋を寮生の承諾を得て、荷物を他に移すことにしました。勿論校長にも夫から願い出て許可を得ました。

父上からとても喜んでお返事が来ました。母上からは追いかけて「無理をしないように」と懇ろなお文がありました。

此処で苫米地の家系に就いて書きます。父は余りに早く郷里を出たので、夫も家系の事は殆ど知らずに過したのですが、小樽高商で商品学を担当されていた西田彰三先生が、郷土史に興味を持って居られ、偶々青森に行かれた時、同地に苫米地という地名があるのに気付いて色々調査され、その結果、「昔、鎌倉管領の上杉氏の一族がこの地に亡命、居を構えて、村の名の苫米地を姓にした」という由来を教えて下さったのです。

後の話になりますが、昭和二十一年以後、苫米地は国会に議席を持つようになりましたが、青森選出の議員に同姓の苫米地義三氏が居られ、同氏も昔は一族である事がわかりました。その後、同氏の媒介に依り、郷里で親交のあられた当時の十和田鉄道社長石川氏の孫節子を、わたくしどもの次男英彦の嫁に迎えたのにも因縁を感じます。

石川家は会津の出身で、会津藩が瓦解の直後、青森県の三本木に移住して新たに創業、苦難を克服、今はこの地に確固とした地盤を築かれた事も聞きました。

さて父上は七月半ばに四十四年振りに故郷の土を踏まれ、念願の墓参も果され、一週を過してから、海を渡って、わたくしたち夫婦の待つ小樽へ着かれました。海の見える二階の部屋もお気に召し、それに豊富な鮮魚が何よりのご馳走でした。郷里の三戸では、近親では従弟一人に逢っただけで、幼な馴染みも期待されたほどではなかったらしく、余り話は出ませんでした。

わたくしは、出来るだけのもてなしを心がけました。ご飯も三度三度お部屋に運びました。わたくしたちの小さな巣では父上の感興を削ぐと思ったのです。夕食は夫が出向いてお対手をしました。父上はお酒に眼がないのです。老境に入って大分酒量が減ったそうですが、若い時は酒豪で、随分母上を泣かされたらしく、母上は、五ツの英俊に「大きくなっても決してお酒は飲みません」と約束させられたとか。そのため夫は一滴もお酒は飲まなかったのですが、社会に出てからお交際《つきあい》にビールはコップに一パイ位飲めるようになりました。

父上は主に読書と昼寝に過し、夫が誘っても余り外出されませんでした。そして涼し過ぎると言って、滞在中ずっとセルで通されました。

毎夕、夫とわたくしの代る代るのお酌に上機嫌の父上でしたが、二十日ほどで里心がつかれたようで、長野へ帰ると言い出されました。矢張り母上の待たれる家が恋しくなられたのでしょう。わたくしはせめて小樽にだけでも母上をお招びすればよかったと悔みました。もっとも弟たちだけの留守では心許なかった事もありますが。八月半ばに父上は満足して帰途につかれました。

父上が帰られると、緊張がほぐれた故か何となく身体の違和を覚えました。そのうちに吐き気を覚えるようになり、岡野のおばさんに注意され、夫の勧めで婦人科の岡本病院へ行き、診察を受けましたら、矢張り妊娠で、今四ケ月と言われました。出産予定は来年一月の由でした。

夫は狂喜ともいう喜び方でした。それからは毎日お腹の子供の事ばかりいうのです。初めてで無ければもっと早く気がついたのでしょうが、父上の事に気をとられていたせいもあったかと思います。健康が幸いして、呑気に過す事が出来たのでした。つわりも割に軽く済み、順調な経過をたどりましたが、さてお産という事になると、夫もわたくしもハタと行きづまりました。わたくしの母が居れば無論来て貰うか、此方から実家へ行くかする処ですが、小樽では親戚も無く、馴染みの薄い方ばかりで、殊にその頃はお産のための入院など考えられない時代でしたから、途方にくれるばかりでした。

夫から早速長野へ報告、父上からは喜びを綴られた几帳面な祝いのお手紙を頂きました。母上からは細々《こまごま》としたご注意の末に、「お産の手伝いに自分が行きたいが、それは出来ない事なので、なんとか此方へ来てお産をするように考えて貰えないか」と有難い仰せでした。

わたくしは思いも寄らぬ事にびっくりしましたが、夫は「自分としてはそれが一番安心と思うが、千代子に辛抱出来るかしら」と言うのです。それでわたくしも良く考えますと、夫に不自由をかけるのは済まないように思いますが、夫さえ辛抱して呉れれば、それが一番安心な方法ではないかという気がして来ました。それで長野に行きたい旨をわたくしが申し出ますと、夫は暫くしてから「二人で辛抱くらべだね」と言って笑いました。

これでお産は長野に決ったのです。行くと決ったからは身体の重くならないうちに、そして寒くならないうちにと思い、岡本先生にもご相談して十月に出立する事にして、その準備にかかりました。

母上からはとても喜んでお文が来ました。幸い長野には六畳二間の離れがある由で、これは母上の才覚で、人に貸して収入を得るために、勧める人があって若干の頭金のほかは月々の室料を充《あ》てて返金する約束で昨年建てたものですが、一年足らず居た人が丁度出たところで二間とも空いて居る由で、それもわたくしを招んで下さった理由の一つになったようです。

わたくしの出立の日が来ました。別れがこんなに辛いものとは思いませんでした。どうして小樽でお産をすることにしなかったかと、悔んでも後の祭りでした。函館まで人知れぬ涙を拭ってばかりいましたが、連絡船で一入辛さが増しました。遠くなる港の灯を眺めていつまでもデッキに佇みました。

見送りなきわれにも銅鑼《どら》は鳴り響き余韻悲しく
　波に漂ふ

汽笛は斯くも寂しきものか後《うしろ》髪引かるる旅を
泣けとごとくに

夕餉摂《と》る夫の面輪の頴ちて来てやる瀬なき海
　灯は離《さか》りゆく

東京では父も弟も元気でいました。久しぶりで三人の愉しい時を持ちました。中一日置いてまた旅の人となりました。上野を発つ時、つい涙を見せてしまいました。昨年の暮に、夫と共にこの駅を発った時のほのぼのとした思い出をあらためて振りかえりました。長野へは初めての旅ですが、夫から色々聞いているので懐しい眺めでしたが、心寂しくうつりました。

みすずかる信濃の秋は末枯《うら》れてしぐるる思ひ
　ひとり旅行く

姑《はは》を恃《たの》むとわが一人ゆく旅の窓に迎へて送る
　遠き灯の色

長野駅には夫の弟が二人迎えに出ていました。中学三年の早苗さんと小学校五年の俊ちゃん（俊之）です。家まで歩いたと思うのですが、不思議にその記憶がありません。ご両親は温かく迎えて下さいました。お母様のお心尽しのお夕飯をおいしく頂きました。菜のお漬物がおいしく、野沢菜と伺い、また、お大根になんとも言えぬ風味を感じました。

長野の生活が始まりました。お父様は食事の時のほかは奥の八畳に居られて、読書を主に、筆を執って居られる事もあります。とても厳格な方で、早苗さんも俊ちゃんも敷居越しに手をついて、父上に物を言うので、初めはびっくりしました。お母様のお躾もありますが、それよりお父様が一家に君臨されているという感じがしました。わたくしは弟たちからお姉様《ねいさま》と呼ばれ、日毎に親しみを増してゆきました。

お母様の家事のお上手なこと、万事に手の廻られる見事さは舌を巻くばかりでした。教えて頂く事がいっぱいで、長野に居る間に出来るだけ身につけたいと一生懸命でしたが、わたくしは気が利かない上にとても手仕事が不器用なのです。どんなにまだるく思われたかと、後から冷汗が出ました。何もかも取りしきってなさるのを、ぼんやり見て居ただけでもないのですが、手を出すと失敗《しくじ》りそうで、ついそうなったのです。お母さまはとても情の厚い方なのですが、不如意な生活のために厳しく自分を制し、繕っていられる処が見えました。

わたくしは呑気な性質が幸いして、長野の生活をそんなに辛いとは思いませんでしたが、只々小樽の夫を偲《おも》う日が続きました。小さな手提げのバスケットにペンとインク、書簡箋、封筒を入れて置いて、暇を見ては部屋の隅で、夫へ手紙を書くことで心が安まりました、夫からも週に一度は便りがありました。お父様のお眼にとまったら二人とも叱られたかも知れません。わたくしは夫の心を乱すような事には一言も触れませんでした。

一番困ったのは井戸の水汲みでした。車井戸は水道になる前の東京で、少女ながら経験が有りましたが、つるべ縄を振って水を掬い上げる技《わざ》は初めてでなかなか思うように水が入らず涙がこぼれました。

振りて汲むつるべの縄を振り振りて逃せし水に
涙落ちぬる

それから銭湯が東京と余りに違っていて、狭い上に人の顔もぼんやりとしか見えない薄暗さで気味わるくさえ感じましたが、現今はそんな事は無いと思います。

母上と、夜の乏しい燈火の下で、生れて来る嬰児のために、小さな縫物をするのは愉しい事でした。赤ちゃんの産着にはお母様のお指図で、赤とうこんの木綿の綿入を二枚ずつと、晒の襦袢を何枚か縫いました。そんな夜なべをしながらお母様から色々お話を伺いましたが、夫の英俊の話が一番多く、英俊が子供の頃からどんなに親思いの良い子であったかという事をしみじみと話されるのです。その代り、小学校の終り頃から東京へ行くまでの間、山登りでずい分心配された由で、小学校の時、伊藤先生に連れて行って頂いたのが最初で、中学校に入ってからは暑中休暇には必ず登山が行事のようになってしまって、長野の主な山には殆ど足を印した由ですが、今の登山と違って危険の伴う探険では無かったと思います。後に夫から聞いた話では、平服に下駄履きの時もあったそうで、あきれました。中学校の終りに戸隠山に登った時には途中から嵐になって、お母様は一晩中まんじりともしなかったと言われ、わたくしは伺うだけで肌が粟だつ思いでした。それから、小樽へ赴任が決って帰省した夏、長野中学から小樽高商を受ける学生三人を連れて来て、お櫃を空にしてしまったことなど話されました。

晴れた日に、裾花川へ連れて行って頂いた事があります。此処で遊んだ少年の夫を想って何とも言えぬ懐しさに川の辺を飽かず眺めました。

勇ましき少年の日の夫を置きて裾花川の
夕映愛《かな》しも

冬が来ました。小樽と違い、こちらの雪は濡れ雪で重いのです。直きに枝からずり落ちます。そして小樽のような固い根雪にはならないようです。

さらさらと袖に止まらぬ雪恋し歩むにキキと
鳴る音さへも

お隣りの越後は大雪の国と聞いていましたが、長野の冬は晴の日が多く、雪もあまり多くは感じませんでした。その代り寒気は凛冽《りんれつ》でした。

年が明けました。年越の夜はお父様のお銚子も一本多くご機嫌でした。塩鮭の焼肴に、鱈と里芋の煮付けを見て、俊ちゃんが眼を細めて「ああご馳走」と言った笑顔が瞼に浮びます。鮮魚に恵まれた小樽を思い出しました。もっとも東京の大晦日は、年越し蕎麦だけで済ます風習が大方なのですが、長野では土地の習慣に従って、母上は、乏しいながら出来るだけの支度をされました。

元日はお屠蘇、お雑煮を祝いました。おせちはごまめや黒豆や焼豆腐、こんにゃく、人参、大根の煮〆など、母上のご丹精にわたくしもお手伝いしたものです。弟たちの礼儀正しいのにまた驚きました。

正月二日のお書き初めに、父上は美濃紙に「命名苫米地昭俊」と筆太に書いて、座敷の鴨居に下げられました。生れて来る孫のために、今日の佳き日に書いて下さったものです。男の名だけで女の名が無いのですが、お母様は「良い名ですね」と言われただけなので、わたくしは「有難うございます」とお礼だけ申し上げました。父上は、男が生れるものと信じ切っていられたのだと思います。わたくしは昭俊に満足しました。昭は好きな字だったのです。昭憲皇太后様に続き年号が昭和になってからは、昭の字が広く用いられましたが、大正の始めには未だ珍らしかったのです。

長女昭子生れる

わたくしは産気づいてから離れに移りました。それから二日目、大正三年一月二十一日の朝霜に韻《ひび》いて産声が挙りました。女児でした。わたくしの初産は、大分時間がかかりましたが難産ではありませんでした。覚悟はしていても産みの苦しみは眼のくらむ思いでした。それだけに産声を聞いた時の嬉しさは譬えようもなく、そしてすぅっと力がぬけてしまったような気がしました。

夫には直ぐ電報が行きました。女で、父上にも夫にも済まない気がしましたが、わたくしは女児でも嬉しさは同じでした。父上もご不満は見せられず、赤ン坊の顔を覗きに来て下さって安心しました。そして「名まえは昭子がよいな」と言われ、母上もわたくしも異存のありようはなく、昭子に決りました。

産後は順調に経過しました。只、産前産後とも何から何まで母上お一人のお世話になって、心から有難く申訳なく思うと共に、身を切られるような辛さを感じました。早苗さんと俊ちゃんにも家事の分担が増え、気の毒でしたが、嫌な顔もせず良く手伝って、食事など運んでくれました。只、身のまわりは全部お母様のお手を煩わさねばならず、早く起きられる事ばかり祈っていました。母上はお産がお軽くいつも一週間で産褥を離れられた由ですが、わたくしには十日は寝ているように言って下さいました。

産後の食事は一週間白粥と梅干だけでした。土地の風習で産婦の血を荒さぬためという事でした。わたくしはお粥が大好きなのでとてもおいしく頂きました。そして七日目に、近所の方から頂いた鯉を鯉こくにして下さいました。その一尾は全部産婦が一人で喰べねばならないとのことでしたが、わたくしは何回にも分けて賞味しました。メキメキと力がついたような気がしました。その頃、夫から小樽のたらば蟹を二ハイ送って来ましたが、産婦に蟹は不可と言われ、お相伴に預れず残念で、人知れぬ涙を拭いました。

夫から産後初めての手紙が着きました。細《こまか》い字では産婦の眼に悪いとの思いやりから、巻紙に墨で大きな字で書いてありました。初子を儲けた喜びが紙面に躍っています。真情溢れる長い手紙でした。それはわたくしの宝物として残って居るのですが、長い間に秘蔵のまま忘れてしまい、肝心の昭子の生前に一度も見せなかったことが残念でなりません。

雪を見ず日々を凍りぬ寒晴れの霜に韻《ひび》きて
吾娘《あこ》の産声

清玉《すがたま》と生《あ》れにし吾娘かおほけなくわれは母なり
垂乳根《たらちね》の母

娘《こ》の瞳星を宿しぬくちびるは花ふふみぬと
君に告げまし

初子《うひ》を儲けし喜びさばかり夫の文の文字は大きく
躍るがに見ゆ

産褥を離れてからも、わたくしは順調に肥だちました。昭子の方はお乳が不足らしく、眼を覚ましている時はいつも泣いていました。それで、たいていおんぶして仕事をしました。俊ちゃんは学校から帰ると、昭子を背中にくくりつけられて、遊びたい盛りを気の毒でした。

おんぶの時、くるむのは中型の座ぶとんの綿の余り厚くないもので、それでくるむと丁度角が赤ン坊の首の上まで来るので、赤ン坊の首がぐらぐらするのを防ぎ、工合の良いものでした。後にはマント型のや、かいまき型のおくるみが流行るようになりましたが、昭子の座ぶとんのおくるみが、後々まで思い出されました。わたくしが負う時はねんねこでした。それは派手になった銘仙の着物を縫い直して、小樽から持って来たものでした。

当時は人工の授乳は無く、お乳の不足はもらい乳をするとか、または重湯や米の粉を糊のようにして薄めたものを与えて居たのですが、昭子はわたくしの乳だけでどうやら育ってゆきました。その頃の写真を見ると眼ばかり大きいのです。この二年半後に、小樽で長男の俊博が生れた時には粉ミルクもあり、それにマルツジューエキスとか、滋養糖を加えたもので、母乳の不足を補えたのですが、経験の無い悲しさで昭子は可哀想な事をしたと思います。

ピーピー泣きながらも昭子は育ってゆきました。大きな眼の瞳は涼しく、可愛い口は花のように見えました。親馬鹿をお笑い下さい。昭子をねんねこで負い、夕暮の背戸に立つと、心に想うのは遠い夫のことばかりで只々春が待たれました。

児《こ》を負ひて夕べの背戸の子守唄ほろほろ遠き
　夫を恋ひにき

乏しい乳を小さな口に真剣に吸い摂る嬰児《みどりご》。乳房をしっかり掴みながら、母の顔を見つめ続ける様子に、身の震えるような愛情を覚えました。そしてねんねこに負う背から伝わる温かい体温にも、母子の情愛が生れてくるのでした。

二月が過ぎ三月になりました。春がこんなにも待ち遠しい経験は生れて始めてでした。そして春を迎えた喜びも、初めて味わったものでした。さらさらと流れる水の音、近くの野辺に萌え出したわらび・ぜんまい、それに可憐なすみれやれんげ草の花、みんな春を迎えた歓喜にふるえて居るように思えるのでした。

草萌えてあはれ春なり春は来ぬ優しき風が
　頰をなぶりて

三月の或る日、母上のお供をしてわたくしは昭子を背負い、早苗さんや俊ちゃんともども善光寺様にお詣りしました。音に聞えた善光寺境内の賑いは想像以上でした。わたくしたちも善男善女の一人となってみ堂に昇り、敬虔に額ずぎました。殊に昭子のために心からの祈りを捧げました。

帰り道に鐘井端《かないばた》（字が違うかも知れません）という処で、名物のお饅頭を買いたいと、俊ちゃんが言い出しましたが、母上は許されませんでした。それで思わずわたくしが、自分の財布から十銭を出して買いましたら、二十個もあってびっくりしました。一個一銭位かと思ったのが五厘だったのです。そして、差し出た事をしてお母様に悪かったという思いと、俊ちゃんがあんなに喜んでくれたのだから、まアよかったと交々《こもごも》の思いは今も鮮やかに記憶に残っています。

三月の休暇に入ると、直ぐ小樽から夫が飛んで来ました。今はほんとうの飛来ですが、その頃は長い旅の末に着いたのです。再会の喜びは省いて、先を急ぎます。

その時夫は、わたくしと昭子を小樽へ連れて帰るのでなく、一先ず一緒に上京しただけでした。小樽では校内門際に第一寄宿舎（北斗寮）が昨年暮に新築され、続いて第二寄宿舎も建築の予定で、それは校門に向い合った台地を少し登った処で、今、地ならし中とか。それに附属して寮監の公舎も建てられ、今年の秋頃には竣工の筈なので、わたくしたちを小樽へ迎えるのを延ばして、暑中休暇にあらためて迎えに来るまで東京に待機しては如何《どう》かという夫の意見に、父上も母上も同意して下さったのです。わたくしは早く小樽へ帰りたかったのですが、夫の思いやりは有難く、一つには暫くでも東京に滞在出来る嬉しさもあり、無論異議どころでなく、却って父上母上にうしろめたい思いもしました。

東京では父がとても喜んでくれました。そして父は、昭子を珍らしい珠玉ででもあるように扱って、わたくしが可笑しがると父は、「あの『あばちい』がこんなに子煩悩とは想わなかった」などと言ってわたくしをからかうのです。

夫と揃って昭子を連れて、嘉納先生と伊藤先生の御両家にご挨拶に伺い、勿体ないほど喜んで頂きました。

夫は安心して小樽へ帰りました。父の家は駕籠町からそう遠くない神明町へ移っていました。家の前からちょっと歩いて、だらだら坂を下ると、小さな田圃がありました。それでいてバス停のある大通りにも近く便利でした。弟は、この家から帝大（法科）に通っていました。

原宿の姉は一男一女を儲けていました。お光ちゃんも、愛子さん、忠一郎さんのお母様でした。ご主人の森忠雄さんは三井銀行にお務めで、わたくしより二年早く結婚されたのです。

次恵さんは未だ未婚のままで居られたので、神明町へも直ぐ来て下さいました。昭子を抱いて離されず、「お千代さんよかったわね」としみじみ言って下さったのに、涙でお応えするだけでした。会津さんも訪ねて下さいました。会津さんの話に依りますと、父が苦米地の事を自慢して、教室でまで話し出すのは良いとして、苦米地をトマチベと誤って発音して、「頭の良い佐久間先生のトチリ」と評判の由、わたくしはくすぐったいやら可笑しいやらで、父は苦笑していました。

貢さんは、一年志願で入営したのが東京の連隊だったので、日曜に早速神明町に出かけて来ました。元気でした。軍隊生活が貢さんには薬になったような気もしました。

四月から七月まで、わたくしは、お天気さえ良ければ、毎日のように昭子を乳母車に乗せて近所を歩きました。近くに富士神社があり、その境内は唯一の憩いの場になりました。近所の子供たちの遊び場になっていて、その遊びを昭子に見せ乍ら飽きませんでした。また富士神社とは反対の方向の六義園の前にも行きました。六義園は、浅妻舟などで有名な柳原邸の跡と聞きました。元禄時代の権勢と栄華の夢は想像するだけで、その時は未だ公開されていなかったと思います。

昭子は一日一日智恵づき、ほんとうに可愛くなりました。昭子の可愛さにつれ、あれもこれも夫に見せたく、只々、暑中休暇を待ちわびました。

その間に原宿の姉の家にも行きました。物心のついた頃にまとわりつかれた健男ちゃんの成育ぶりに驚いたり、初対面の美枝ちゃんの、赤ちゃんながら鼻の高いのを羨しがったり、姉のご自慢のてんぷらをご馳走になったり、思わず三日も泊ってしまいました。自分の姉ながら、姉ほど善人という言葉にピタリの人は無いと思うのです。子供の頃から、居るか居ないかわからぬほど静かな素直な人でしたが、そのまま大人になった感じで、お姑様《かあ》にも良くお仕えして、不平がましい事は一度も聞きませんでした。姉が嫁いだばかりの頃、次恵さんから「お恂《のぶ》さん可哀想よ。じゃがいもの皮を厚く剥いてお姑様に叱られたのですって」と聞いたことが一度あっただけなのです。

お光ちゃんのお家は大番町のお生家《さと》の市原さんの通りに平行した、一筋新宿寄りの内藤町一番地で、市原さんとは二、三分の近さでした。市原さんの皆さんには前と変らぬご厚遇を受け、泊めて頂き、お光ちゃんのお家でも一日遊ばせて頂きました。ご主人の忠雄さんにはご新婚時代にお会いして居たので、気易くご厚意に甘えられました。愛子さんは、昭子より一歳お姉さまで、片言まじりに何やかや言われるのがとても可愛いのです。お光ちゃんとは話の切れ目がありませんでした。そして今更に良い友だちに恵まれた自分の倖せを思い知ったことでした。

やっと暑中休暇が来ました。夫から到着の日を知らせて来てから落ちつきませんでした。当日は朝からそわそわして身の置き処が無く、何年か眠っていた琴を持ち出しました。何しろ初歩でやめてから何年も経っているのですから、おずおず「姫松小松」「さくらさくら」の手ほどきから始めて、「六段の調べ」にかかった時、玄関の戸が開きました。とんだ小督の局で、仲国ならぬ夫が、顔一ぱいの笑いで立っていました。

わたくしは慌てて引き返し、眠っていた昭子を夫の前につきつけました。三月、長野で迎えた時、割に落ちついていられたのは、矢張りご両親の手前、自分を制していたと思います。弟は上野まで迎えに行ってくれたので、何かと荷物の世話もしてくれました。ふだんはヌーボー式なのですが、気を利かせてくれるのをほんとうに嬉しく思いました。明るい燈火の下で団欒の夕食も夢のような気がして、自分をつねってみたくさえなりました。翌日は嘉納先生、伊藤先生にお暇乞いに参上、その翌日には父と弟に無量の思いの別れを告げて出立、長野に向いました。帰樽の途中、長野へ寄り、昭子の成育を見て頂き、あらためてお別れするためでした。

長野では、とても喜んで下さって、殊にお母様は、昭子に夢中になられ、片時も離されないくらいなのです。三日がまたたく間に過ぎて、帰樽の日が来ました。お母様は駅まで昭子を抱いて来られて、プラットフォームでわたくしに渡されてから、何度も眼を拭いていられて、わたくしはどうしてよいか、申訳なさでいっぱいでした。

孫を離すと姑《はは》はフォームに泣き給へり窓に佇つわ
がみづからを責む

信越線で越後に出て、越後から裏日本を通って青森に向いました。列車の中で、暫くはお母様のプラットフォームのお姿が心から離れませんでした。「長野へ寄らず東京から真直ぐ帰道した方が良くはなかったか」とそんな事も夫に言いました。智恵ついて愛嬌の出た昭子をお見せして、お悲しみを誘ったことが悔まれさえしました。

夫は昭子に夢中でした。連絡船の中で、デッキの腰掛に二人で掛けて、代る代る昭子を抱いては、二人とも、その顔ばかり眺めているので、二度ほど前を通りかかったボーイさんが寄って来て、「赤ちゃん、何処かお悪いのですか」と訊かれて二人とも赤面、まごついてしまいました。

夫の大厄

小樽へ着きました。わたくしたちの小さな愛の巣は、吉田さんや岡野さん夫婦の手で、きれいに掃除してありました。親子三人の愉しい生活が始まりました。丘の舎宅の出来上るのは、年末になるらしい話でした。

昭子は忽ち人気者になりました。夫は寮の舎監室を書斎にもしているので、食事の他は殆ど寮に居るのですが、昭子が来てからは、夕食後など昭子を抱いて行く事も多く、その度に生徒さんたちが集まって来るそうなのです。昭子は岡野さん、吉田さんたちにも良くなじみ、殊に吉田さんは、仕事が了ると直ぐ昭子を連れ出しに来てくれました。わたくしはどれだけ助かったか知れません。

昭子はふだんはおとなしく、それに愛嬌者でしたが、一つ間違うとひどい癇癪を起して吉田さんを困らせました。それで吉田さんから「癇美人」というあだ名をつけられたのです。この昭子の癇癪は、翌々年長男の俊博が生れてからピタリと止みました。矢張り、お姉さんになったという自覚が生れたのでしょう。小さい家の平和な生活が続きました。昭子が加わっても生徒さんたちの勧誘は変らず、その秋も、休日には揃って小樽の近郊によく出かけました。

やがて冬が来て、年が明けてから、第二寄宿舎と附属の舎宅が出来上りましたが、引越しは雪解けを待ちました。第二寄宿舎は、夫が藤田東湖の詩から採って、名づけた正気寮と称《よ》ばれました。庭を囲んでコの字型の総二階でのびのびした建築でした。寮の前に立つと小樽湾は街の甍《いらか》越しに一望の下にありました。舎宅は寮の前の一段低い処でした。同じ家が二戸並んでいました。間取りも同じで、玄関、台所のほか六畳が三間ありました。その一軒には、第一寄宿舎（北斗寮）の寺田貞次郎先生ご夫婦が、既に移って居られました。お隣りがあるので本当に心強く感じました。

この舎宅から一段低い台地が、第三寄宿舎の建築予定地になっていたのですが、わたくしたちの移って来た時は、未だ自然の野原の姿でした。雪解けを待ち兼ねて、もう蕗のとうの淡い緑が見えました。続いてわらび、ぜんまい、つくしが萌え出し、わが家を出て、一寸降りると直ぐ摘み草が出来るのでした。昭子を遊ばせるのに理想的の場所で、すっかり嬉しくなりました。昭子は草花が欲しいと、指差してから自分の鼻を押えるので大笑いしました。

長野のお母様に昭子をお見せして、この広い野原でのびのび息抜きをして頂きたく、夫から母上ご来樽をお願いの手紙をご両親宛に出しました。御諾否を案じながら待ちわびたお返事が来ました。父上がご承知下さったのです。

続いてお母様から、こまごまのお文にお喜びが溢れて見えました。折良く妹の賤子さんが、この四月から長野市の小学校に転任になった事も幸いしました。それに、ご近所の常々心安くお交際《つきあい》している農家の寡婦の方が、昼間手伝いに来て下さるので、留守の心配は無い、と嬉しいお便りでした。

そして、五月の半ばにお母様を小樽にお迎えしました。お別れしてからの昭子の成育ぶりを涙をこぼして喜んで下さいました。それからはおんぶして外へ出られ、足の向く近くのお好きな処へ行かれるらしく、わたくしよりもずっと、地理に委しくなられたくらいで、昭子もすっかりなついておばアさまッ子になりました。

鶯の声も郭公の声も聞ける小樽の丘の春は、長野とはまた違った味わいがありました。北海道は梅雨が無い代りに、朝夕、深い深い霧が流れます。

木々の緑名に負ふ丘に移り住みて鶯も聞き
郭公も聞く

薄霧に浮びて愛《かな》し桐の花わがむらさきの
襟の色とも

しづしづと霽れてゆく霧おもむろに浮び出でたり
わが街わが海

このように心愉しい丘の朝夕ですが、街に買物に出るには、生徒さんが地獄坂と名づけた長い長い坂を降りてから、可成り歩くのです。そして帰りは、重い荷物を持って、その坂を登らねばなりません。それで毎日、寮の賄いのために来ている八百屋、魚屋、肉屋などに頼って、殆ど寮と同じ物を買う事になります。

夫は食物に好き嫌いも不平も言ったことが無く、単純な材料で作るわたくしの手料理にも満足していてくれました。お母様も喜んで召し上って下さいました。只、小樽のお魚は新鮮だけれど大味だと言われ、ご生国の福井のお魚がどんなに味がこまやかでおいしいかを、懐しみを込めて話されます。松葉蟹や生うには、こちらのたらば蟹や生うによりおいしさが一段上なので、一度千代子にも食べさせてあげたいと言って下さるのでした。お母様のお父上は福井の大野藩の重いお役を務められた方と夫から伺っていました。

その頃夫は、街の中を流れている妙見川という小さな川の傍に在る三井物産支店の社員寮に、支店長から校長への依頼で、週二回の夜を、社員の英語研修の講師として通っていましたが、その帰りに、お母様のお好きな甘いものを仕入れて来ました。小樽には「千秋庵」という老舗があって、上等な生菓子もありました。夫はまた俗に「お焼き」と言った小さな小判型で今の鯛焼と同じ物をよく買って来ました。

舎監室に居ることの多い夫にも、わたくしたちにも、夕食の団欒は一入愉しく、昭子も、お母様から夫の膝に移るのです。

大厄の日が迫っているのも知らず、穏かな日々が続きました。夫は時々腹痛を覚えるらしいのですが、健康に自信があるのと我慢強いため口にも出さず、勤めを休まぬのみか、柔道の稽古までしていたのです。

やがて常と違う様子にわたくしが初めに気づき、お母様ともども無理に勧めて、駅の近くの内科の医院で診察を受けたのです。ところが単純な胃腸障害との「みたて」で一安心したのですが、其の後症状がはかばかしくなく痛みも強くなって、夫もとうとう兜を脱ぎ、授業を休むようになりました。

渡辺校長が、容態を聞いて心痛され、ご自分の信頼されている内科の先生を同伴、わざわざ見舞に来て下さったのです。その結果「盲腸炎の疑いがあるので、一時も早く上京、手術の可能な病院で受診するように」との事でした。それで渡辺校長は、直ぐ嘉納先生宛に電報を打って下さったのです。「苦米地盲腸の疑にて上京、医師ご指示乞う」というものでした。わたくしは怯えてしまって度を失うばかりでした。

お母様はさすがに、確《しつか》りして居られて、いつでも上京出来るようにその支度に懸られるのです。「昭子が居るので千代子が直ぐ付き添って行くのは無理だろうから、ひとまず自分が付いて行くから、あとのしまつをして一日おくれて来るように」と言って下さいました。寸時も夫の傍を離れたくないのですが、今の場合、お母様にご苦労願うのが一番良い方法、と自分に言って聞かせました。その間も不安は募るばかりでした。

お返事の来るのが待ち遠く、そぞろ心でしたが、その頃としては驚くほどの早さで、嘉納先生の無量のお慈悲が電波に乗って来たのでした。それは「上野より帝大佐藤外科に直行せよ。いつ着くか」とありました。有難さに三人とも只々感泣するばかりでした。

母上のお蔭で支度は出来ていましたが、その日発っては到着が明日の夜になるので、翌朝の出立に定め、その由、嘉納先生に打電、校長にはお礼と報告の電話をしました。その頃はもう、函館も青森も艀の必要がなくなっていたため、船の時間は縮まり、小樽・上野間は二十四時間位になっていたと思います。

夫と母上を見送ってわたくしは、不安いっぱいの中で出立の用意にかかりました。明日、後を追ってわたくしも、昭子をおんぶして行くつもりでした。

その日の午後、校長夫人が見えて、校長からのご伝言を頂きました。「学校に未だ俸給の前借制度は無いが、いずれはそうなる事なので、今度の事で必要な経費は、いつでも立て替えられるから」とこちらの事情をお察し下さっての有難いお言葉でした。そしてお見舞のご厚志まで頂いたのです。こぼれる涙を押さえられませんでした。昼の間は昭子の対手や、あれこれ紛れていましたが、夜になると、居ても立ってもいられぬほど夫の容態が心にかかってなりません。病院に着くまでどうぞ無事でいますようにと、絶えず祈り続けました。

椽から見る、暗い海にまたたく燈台の灯は、言いようもなく寂しいものでした。

離《さか》りゆく夫如何にゐんわが思ひ文《あや》なき海に
　灯はまたたけり

昭子をおんぶして長い旅は只夢中でした。幸いに昭子は、虫が知らせていたのかおとなしく、癇癪も起さず手がかかりませんでした。上野からわたくしも帝大病院へ直行しました。駅には父も弟も迎えに出ていて呉れました。迎えは期待しなかったのですが、到着の時間だけを知らせたので、事情がわからず、父がとても心痛したらしく心から済まないと思いました。

まだ庶民が自動車を用いる時代では無く、病院まで何に乗って行ったか覚えていません。父も弟も一緒に行ってくれました。佐藤外科は直ぐ判りました。そして一夜でやつれ果てて見える母上を見て胸がつぶれました。

貢さんは、わたくしたちを病室へ入れず、廊下の長椅子にかけてから話してくれたのは、先ず手術が無事に済んだとの事で、驚くやら胸を撫で下すやらでしたが、話が進むに連れ、肝が冷える事ばかりで、息をつめて説明を聞きました。

嘉納先生の懇請で、苫米地を待っていて下さったのは、外科の権威であられ、手術では当時、日本に唯一の名手と聞えた佐藤三吉博士だったのです。上野から直行した苫米地を、時をおかず診察して下さったのですが、仰臥の腹部を一寸撫でられただけで、「これはいかん、直ぐ手術だ」と言われて直ぐ用意を命じられ、夫は麻酔のまま手術室に運ばれて、佐藤先生ご自身の執刀の許に手術が始められた由、手術室の外に待たれた母上はどんな思いでいられたか。それに、その頃でも盲腸の手術は普通一時間以内で済む筈が、四時間近くなってもドアが開かなかったので母上は生きた心地はなく、只お念仏に頼っていたと言われました。わたくしだったら自分を失ってしまったことでしょう。それでも手術は完了、夫は助かったのです、というより助けていただいたのです。

佐藤先生のお話に依ると、盲腸の虫様突起が崩れて膀胱に密着していて、それを剥すのにとても苦労された由。時間のかかったのはその為で、「佐藤先生なればこその神業。先生のご執刀がなければ、おそらく兄さんの命は無かったと思う」と、貢さんは力を込めて言いました。佐藤先生は「東京へ着くまで命のあった事が信じられない奇跡」と仰しゃったそうです。わたくしは、只泣けて泣けて人目も憚らず泣き続けました。

佐藤先生は、旅行に発たれる予定を延ばしてお待ち下さったのです。それも嘉納先生のご懇請があったればこそ、本当に両先生の深い深いご恩は言うまでもなく、夫には天祐があったのです。わたくしは天地にひれ伏す思いにむせぶ涙は止まりませんでした。

天地《あめつち》にひれ伏す思ひ魂《たま》きはる夫のいのちは
救はれにけり

どのような名医であられても、ご苦労に変りはなく、この難しい手術に、全神経を傾け尽されたと思います。また、麻酔の継続にもなみなみならぬご配慮、ご心痛があったと窺えて只々申訳なく有難く、お目にかかった時には、感謝の万分の一も言葉になりませんでした。

わたくしたちが病院に着いた時は、大手術だった事が信じられぬほど経過が順調で、わたくしが病室におそるおそる入った時、夫は静かに眠っていました。わたくしは感謝でいっぱいでした。夫なればこそ良く耐えぬいてくれたと思います。日頃の鍛練がこういう時に抵抗力を出してくれたのでしょう。それにしても、初めに冷やさなければならぬ処を、医師の勧めとは言え、こんにゃくで温めていた事を思うと肌も粟だつばかりで、迂闊な自分が責められてなりませんでした。

その夜はお母様と貢さんには休んで頂きました。幸い貢さんの間借りの家は、大学病院に近い湯島なので、お母様も一緒に其処に行かれました。父にも一先ず帰ってもらい、わたくしと弟が付き添うことにしました。

昭子が居ては無理と思いましたが、そんな事は言っていられません。熟練の看護婦さんが見廻って下さるのを頼りに自分を励ましました。二人部屋なので寝台が一つ空いていて、貢さんが母上のために運ばれた蒲団や毛布をそのまま用いさせてもらいました。弟は病院の指示の別室に泊りました。その日、夫の眼覚めた時には、辛いことでしたが、微笑の眼を合せただけで、話をしないように努力しました。お互いの想いは充分に通ったのですから。翌日、お母様、貢さんを迎えて相談の上、夜はお母様に泊って頂き、昼はわたくしが神明町から通うことになりました。

朝早く乳母車に昭子を乗せて、帝大病院まで通う日課が始まりました。夫の命が助かったという喜びで、病院通いはちっとも苦痛ではありませんでした。そればかりか、駒込の大通りから追分へ出て、一高前から帝大への道は、十年前に毎日通った懐しい道なのです。未だ大方はその面影が残っていました。

昭子は上機嫌でした。夫は毎日昭子の顔を見るのを愉しみに待っていました。

命に係わる大手術だったのが嘘のように、経過は良好に進みました。全く佐藤先生の神業のお蔭と、感謝は幾度繰り返しても尽きません。それに、ご慈愛のご配慮を賜った嘉納先生のお蔭。また、上京をご指示、嘉納先生にご依頼の電報までお出し頂いた渡辺校長のお蔭。折角小樽に保養に来られた身をそのまま、病む伜に付き添って上京、今も看護を続けて頂いている母上のお蔭。それ等のご恩を思うと只有難く大厄を遁れる事の出来た夫の倖せをあらためて思い沁むのでした。

一週間ほど経って、次恵さんにもお知らせしました。直ぐ飛んで来て下さって、それからは殆ど毎日来て下さったのです。

その前に伊藤先生も、嘉納先生からお知らせがあって駈けつけて下さいました。続いて会津さんも見え、夫は益々元気づきました。

その頃昭子は、チョコチョコ歩きが出来るようになっていました。赤いネルの格子縞の元禄袖の着物で、病院の長い廊下をヨチヨチ歩く昭子、それをあやす次恵さん、その光景は、今もはっきり瞼に焼きついています。

弟は学校が同じ構内なので、帰りはたいてい寄ってくれました。父も様子を聞いて安心したようです。

思いがけなかったのは、貢さんが入院の費用の内にと「五十円」を出してくれた事です。一応生活が安定しているとは言え、そんな大金は無理をしたのだと想い、夫もわたくしも辞退したのですが聞き入れません。「あの貢さんが」と思うと意外なだけに夫の喜びも一入だったと思います。お母様のご心中を想い、わたくしも嬉しさがいっぱいでした。母上の仰せもあり、夫もわたくしも有難く受けることにしました。

嘉納先生から多額のご厚志、伊藤先生、会津さん、嘉納塾の方々からもお心の籠ったお見舞を頂き、次恵さんは来られる度に何やかや気を遣って下さいました。父も応援の見舞を呉れました。それに嫁入りの時の分も半分は残っていましたし、費用の心配は無く、看護一途に尽す事が出来ました。

夫の傷跡は縫合されず、ガーゼを詰めてあり、そのガーゼを抜き出される時は、腸《はらわた》を引張り出されるように痛かったと、ずっと後に夫が話したのですが、それ程の大手術の後が驚くほどの早さで恢復してゆき、手術後一ケ月を待たず退院出来ました。

未だ傷口は完全に塞がっていないので、傷の治癒に特効のある湯河原温泉に行く事になりました。これは佐藤先生のお勧めに依るものです。そして今度もお母様にご苦労願って付き添って頂く事になりました。お母様のお疲れを癒すためにもと、夫とわたくしからお願いしたのです。こんなに元気に再び病院の門をくぐれるとは、おそらく夫も思っていなかったでしょう。夫の心を想ってわたくしも浮き浮きでした。只、昭子を連れてわたくしも一緒に行けたら、との思いもありましたが、それこそ「罰当りの欲張り」と自分を叱ってあきらめました。

母上と夫の湯河原の湯治は、三週間余りでした。想像以上に湯泉の効能《ききめ》があらたかで、元気で帰京した夫を迎えて掌を合わす思いでした。母上もお元気に色々湯河原のお話をして下さいましたが、貢さんがまた自分の宿へお連れしました。神明町では、父も弟も心から喜んで迎えてくれました。夫に何よりのご馳走は昭子の愛嬌でした。

小樽の渡辺校長には、わたくしから都度、ご報告していました。校長からは「帰任を急がず充分療養するように」と寛大な有難いお言葉を頂いていましたが、夫の帰心は矢の如く、一日も無駄にしたくない思いなのです。湯河原から帰った翌日は休養、様子を見て、それから中一日置いて小樽へ発つ事にしました。その中一日を貢さんが、母上と夫を案内して、東京見物という事ででかけました。行った処を、帰ってから聞いて唖然としました。夫は三越の屋上でのアイスクリームがおいしかった事をしきりに言い、「千代子と昭子に食べさせたかった」と言ってくれたのは良いのですが、お母様が「そのあと何処へ行ったと想う？　貢が吉原へ連れて行ったのだよ」と笑いながら言われるのです。貢さんは真顔で「間もなく吉原の遊廓が廃止になるような事が新聞に出ていたので、あそこも江戸名物の一つですからね。兄上にも一度見せて置きたかったのですよ。何しろ母君同道ですから、嫂上にも申訳が立つと思って」というのです。

夫はくすぐったいような顔をしていますし、わたくしは「それはようございましたね」と笑うばかりでした。貢さんはそういう茶目っ気のある人なのです。わたくしは、一葉の「たけくらべ」を読んで想像したり、また、歌舞伎の舞台の「鞘当」や「籠釣瓶」などで仲の町の情景は馴染みなので、それが無くなると聞いた方がちょっぴり寂しく思えました。貢さんが気を遣って乗り物を乗り継いだ由で、お母様も夫もお疲れは見えずほっとしました。

その翌日、わたくしたちは帰樽の途につきました。嘉納先生、伊藤先生にはお言葉に甘え、電話だけで失礼させて頂きました。お母様は、貢さんが長野までお送りして二、三日あとに発たれることになりました。

お母様はまた、昭子との別れがお辛そうでしたが、英俊の命拾いが何よりのお喜びだったと思います。

小樽では、校長はじめ皆様が心から喜んで迎えて下さいました。夫は恩師、親友の上に、上司にも同僚にも恵まれて、何と佳い星の下に生れた人かと思いましたが、その人を夫に持つ自分は冥加に余る果報者と思い沁みました。

緑ケ丘の七、八月は燃えるような、そして滴るような緑に包まれ、家の中にも涼しい風が通って、さながらの楽園でした。夫は柔道の道場に立つ事は稀になりましたが、授業には差し支えなく、寮での生活も前と同じ日々が戻りました。目に見えて元気になってゆくので只々感謝の明け暮れでした。

地獄坂に喘ぐ学徒の学堂は未来に羽ばたく
　夢を盛りたり

子を負ひて登る坂道長ければ喘ぎてつづる
五・七・五・七・七

長男誕生と舅の死去
――夫の著書の産声《うぶごえ》

大正五年三月、夫は講師から教授に任命されました。そして四月、長野から夫の弟の早苗さんが来樽しました。その二月、東京で小樽高商の入学試験を受け合格したのです。夫は弟を正気寮に入れ、寮の生活に馴染ませました。

その翌々月の六月三十日に待望の長男を儲けました。夫の満悦は、昭子の時に勝るとも劣りませんでした。今度は、小樽の丘の舎宅で出産しました。校長夫人が熟練の産婆さんをお世話下さったのです。最近、ご自分もかかられた方で、塩谷さんと言われました。中年の方でした。お産の時には熟練の先生に頼り切って、苦痛の中にも安心感がありました。痛む腰に、熱湯で絞った熱い熱いタオルを当てて揉んで下さった快感は今も覚えています。お若い助手の石附さんは、産後二週間を毎日丘の上まで通って下さって、赤ン坊にお湯をつかわせて下さったのです。心利いた親切な方でした。

それにもう一つ幸運だった事は、臨月間近に来たあさという女中がとても役に立った事です。このあさは間一年置いて、わが家に八年も居てくれました。その頃は、後に封建的とさげすまれた風習の未だ残っている時代で、わたくしたちは「旦那様」「奥様」と呼ぶように躾け、本人には「あさ」と呼び捨てでした。でも待遇は家人と同じで、一緒に食事をして食物にも別け隔てをしませんでした。あさは純真そのもので、その時十七位でしたが、土が水を吸うように、わたくしのいう事を良く聞いて、言葉づかいも行儀も覚え、そして骨身を惜しまず働いてくれました。その上、子供たちにも深い愛情を持ってくれました。

長男が生れて、長野のご両親のご満足の様子がありありと判りました。早速お父様から「俊博」と命名のご自筆が届きました。わが家の薫風はひとしおさわやかでした。

昭子の時と違い、今度は初めから、母乳の不足を粉ミルクで補いました。粉ミルクを溶いて、マルツジューエキスや滋養糖を入れ、哺乳瓶に入れるのは夫の役でした。初めから進んで夫が引き受け、楽しそうでした。それでも、舎監の役目は怠けませんでしたが、食後、寮へ行くのに初めて辛そうな顔を見せました。二ケ月位経ってからは家にお風呂があるのに、俊博を抱いて寮のお風呂へ行くようになり、忽ち、赤ン坊はみんなの人気者になりました。今まで昭子は一度も連れて行かなかったのです。ところがこの赤ン坊は、お湯に浸ると良い気分になって、ニョロニョロとウンチを出し始めました。これにには夫もびっくり。困却の果てにわたくしと相談、それからは、わたくしが風呂場に盥を持参、一件が済んでから、湯舟に入れる事にしました。その長男も現在は還暦を越えました。

長男の生れた記念の意味もあって、夫は自分の専門になった商業英語の著述にかかりました。夫は母校の東京外語では、英語、英文学を専攻しましたが、商業英語は、小樽高商に赴任してから校長の命を受け、研究と授業とを同時にとりかかったのです。

小樽高商の同窓に依る会誌「緑丘」が昭和四十一年に、苫米地のため、特集号を刊行された時、夫の教え子であり、ゼミナールで研究を共にされ、その後、小樽高商、東京外語大学の教授を歴任、学習院大学の講師でもあられた大谷敏治氏が、夫の著書「商業英語通信軌範」について委しい解説を賜りましたので、その最初の一節を抜き書きさせて頂きます。

苫米地先生の「商業英語通信軌範」が世に出たのは大正六年であったが　これはまことに商業英語の学問的研究と教育が　わが国に生れたことを意味するものであった　では何をもってそのように言うのか以下はこの事を明らかにして　この本の学界にもつ意義を考え　先生によってはじめられたこの学問商業英語学の成長を展望して　先生の研究者としての偉業を描こうとするものである「以下略」

大谷氏に依る解説は、まことに微に入り細を穿ったものでした。

この本は教室の教材になったものですが、学生からは「コレスポンデンス」を略して「コレポン」と言われ、随分学生を苦しめたらしいのです。因《ちなみ》に苫米地は「トマさん」の愛称で称《よ》ばれていました。

トマさんの頭を叩いて見れば　コレポン　コレポン
音がする。

など歌われたものです。苫米地は、宿題の英作文など、一人一人丁寧に添削して返し、添削通りに清書したのをもう一度提出させました。学生は学校で虐められた分を、卒業してから身に着いたものとして取り返したらしいのです。殊に商業英語を必要とする会社に就職した向きは、殆どがその事に触れて感謝していられます。これは、苫米地のために六十余名の方が追憶の記事を寄せられた前記特集号に依って、ひとしお明らかになりました。

大正六年四月に初版を刊行した「商業英語通信軌範」は、版を重ねると共に、改訂出版も三回に及び四回目の改訂には復興版と銘をうちました。昭和二十四年の復興版の発刊に際しての、苫米地の序文を抜き書きして見ます。

時の変遷　世の推移につれて浮き沈みの運命を辿りつつも　齢三十二（初版以来の年数）版を改めること三回　版を重ねること百有余　世の寵愛に深く感謝すると共に　新しい民主国日本復興の基盤たる国際貿易の振展に寄与したい念願から　復興版と銘を打って世に送ることにした（以下略）

昭和二十四年五月　苫米地英俊

この復興版も版を重ねて、最後の検印をしたのは昭和三十三年、紀尾井町の議員宿舎だったと思います。夫の著書はこの他に昭和十年十月、有朋堂から刊行した「国際貿易話法」があります。「軌範」の姉妹篇と想われます。

「軌範」の初版は大正六年四月、瞭文堂発行、六五八頁、定価は二円五十銭。改訂五回目の復興版の初版は昭和二十四年六月、ダヴィッド社発行七五七頁、その五版目の昭和二十七年刊行の奥付を見ると定価八百円とあります。

この後三十三年に検印した分も同じと思います。この本が生れてから五十年近い歳月とは言え、二円五十銭が八百円になったのです。もっとも物価の値上りは書籍だけでないのですが、それにしてもこの本の寿命の長さをつくづく感じさせられます。

そしてこの夫の著書の印税のお蔭で、わが家の家計はどれだけ潤ったかわかりません。潤ったと言うよりは救われたと言う方が当ります。印税は初めから終りまで定価の一割でした。不思議に、不時の支出があると印税が入るのです。そして印税が入ったと思うと必ずと言っていいほど不時の支出が起きるのでした。

わが家には借金も無い代り、貯金もありませんでした。夫は、世に出てから郷里の家計を扶助し、弟妹の学資、わが子の教育費は皆、夫の肩にかかったのですから。わたくしは今の世相と思い比べ、此処まで来られたのが不思議にさえ思われます。天祐とも感謝しています。その天祐の一つに夫の著書の印税を数えたいと思います。

わたくしにとって、「軌範」にはまだ思い出があります。その頃、国内の商取引に使われた文書は総て候文でした。「軌範」が例文として用いた商取引の英文を訳して、対照的に一つ一つ並べたその訳文が、今からいうと大時代な候文なのです。原文と訳文と左右余り長さが違わないように、そして意味を損わないようにするのが味噌でした。及ばずながらわたくしは、その候文の手伝をしました。(注)それはわたくしにとって愉しい仕事でした。復興版も候文のままでした。それで一入愛着があります。候文を現代語に改めねば、と夫も言っていましたが、その侭になりました。

話は前に戻ります。寮のお風呂場から俊博を受け取ってわたくしが帰った後は、夫と寮生と談論風発、賑やかな入浴になるのでした。夫はこれを裸談義と名づけました。「本当の赤裸々で語るのだから、お互いに作り飾りの無い性格にじかに触れることが出来る」と言って夫はこの時間を大切にしていました。

夫は寮の規律には厳しく、門限に遅れて帰る寮生は大目玉の大喝を喰ったようです。寮生が全部帰るまで帰宅せず、冬でも外で寮生の帰りを待っていました。恐い先生の反面、慈父のような処もありました。「父母から大事な息子を預っている」義務感のほか、教え子への愛情があったのです。教導部の会議で教授の殆どが「手に負えぬ」と問題になった学生を、「こういう学生を指導する事こそ、われわれ教育に携わる者に与えられた使命である」と苫米地一人が言い張ったため、危く退学を免れた学生が一人、二人で無かったことを、これも「特集号」に寄せられた追憶談で知りました。

夫は、終始学生の教育には献身的でしたが、一方、報いられる事が余りに大きく、生前いつも感謝を口にしていました。

大正六年の春は、夫の著書の初めて世に出た喜びに浸りましたが、その秋には大きな悲しみに襲われました。長野の父上がみまかられたのです。ずっと前に罹られた腎臓病の再発らしく、夫の著書をお送りした時お喜びのお返事の端にその事が一寸見え、夫も心痛していたのですが、母上は心配させまいとのお心入れから「極く軽症」とのお文でした。

秋も深まった或る日「重態」をお知らせの電報が来ました。夫は取る物も取り敢えず、早苗さんを伴って出立しました。

心を重く枯野の旅の如何ならん露をな添へそ
雨もさ霧も

夫が発ってから五日目に悲しい訃報を受けました。父上は六十九歳の生涯を閉じられたのです。夫がご臨終までの二日でも三日でも、お傍に侍《はべ》れたことがせめてもの救いでした。

善光寺み法《のり》の鐘をしるべにて父をはふりの
柩ゆくらん

祖父《ぢぢ》様の喪にあることもいはけなく父のお土産《みや》を
いふこの娘《こ》はも

夫は、お母様のお勧めで、お葬式の翌日発って、早苗さんと共に帰樽しました。

帰ってからの話では、下田から駈けつけられた姉上もかつがつ間に合われ、母上と子供たちに取り巻かれての安らかなご最期だったことが判り、安堵と共に心からご冥福を祈りました。長野のその後の事は貢さんが引受けて、一度帰京してから日を置いてまた長野へ行き、四十九日の仏事を済ませ、その後、家を引き払って、お母様と俊ちゃんは貢さんと一緒に上京、当分貢さんがお世話する事に、夫が出立前の家族会議で決ったことを告げられました。

大正七年の暑中休暇に、苫米地が嘉納先生にお願いして、講道館の三船久蔵師範を、小樽高商柔道部の講習にお迎えする事が出来ました。三船さんはその頃から講道館を代表するほど勇名隠れない方でした。柔道部の学生の喜びは大変なものでした。わたくしは初めてお目にかかって、その余りにも穏かなさりげないご様子にびっくりしたくらいです。中肉中背の紳士ですが、さすがに眼光は炯々《けいけい》と見えました。

柔道部の収穫の大きかった事は当然の事ながら、お気の毒にも三船師範は、ご滞在中に思いもよらぬ丹毒に侵され、一時は懸念のご容態で、夫の心痛は傍目にも苦しいほどでした。わたくしは、九月に出産予定の大きなお腹をして居てどうすることも出来ませんでした。その時、嘉納先生から電報を頂いたのです。それは「ミフネヲタオスナ」とありました。

ご当人の感激は言うまでもなく、忽然闘病に勇気を出されたのです。一同は恐懼、必死の努力の甲斐あって危険を脱せられ、その後はメキメキと恢復に向われたので、皆々愁眉を開くことが出来ました。嘉納先生のご慈愛の深さを今更に思い沁みました。

みじか夜は長き祈りに明け初めて光を想ふ
東雲《しののめ》の空

わが家に見事な薩摩焼の茶器一揃があります。これは六十年前に三船師範から頂戴した物で、今も愛蔵、往時を偲んでいます。三船氏は高齢まで現役を続けられ、最高の講道館十段を持って、苫米地より二年を先だって逝去されました。

（注）祖母の候文はなかなかの名文で、戦前に商社のスタッフが国内の通信文を書くのに大いに参考にしたとのことです。

夫の留学

愁いの雲の晴れた大正七年九月二十四日に男児誕生。夫が待望の次男で、わたくしと合議の上、英彦と名づけました。数え年五ツの昭子は大喜び、三ツの俊博は不思議な感じで、赤ちゃんを物珍らしく触《いじ》りたがりました。

夫は、長男の時と同じように哺乳の手伝いをして楽しそうでした。学校を退けると、休む間もなく寮へ行くのでしたが、今度も赤ン坊のために時間を割くことになりました。それも三十分足らずで、舎監室へ引きあげました。夕食の時にはいつも昭子が迎えに行くのです。コの字型の寮舎の二階の袖に当る一番手前の角が夫の部屋でした。昭子は独りでその前に行って「お父ちゃま、ご飯」と叫びながら手を叩くのが習慣でした。降りて来た父に手を引かれて、にこにこ上機嫌に帰って来て一役務めた顔をしていました。

一姫二太郎三太郎、ほんとうに恵まれたわたくしたちでした。

大正三年に第一回の卒業生を出した小樽高商は、次男の生れた大正七年には、もう五回の卒業生を出していました。寮生の他にも自宅へ来られる方たちがあって、わたくしも馴染みの方が増えました。古い方ほどはっきり覚えています。同窓会誌などで消息が判る度にたまらなく懐しさを覚えました。前にも書きました苫米地のための特集号で、それ等の方の追憶談を読ませて頂いた時は、本当に胸が震え、涙が湧くばかりでした。

三年間を正気寮に起臥、卒業の記念に寮の前庭に植樹をされた大正六年卒の五味泰造さんたち。また大正八年でしたか、舎宅の庭に瓢箪形の泉水を掘って下さった大正九年卒の板倉誠さんたち。その池は掘った土を運び出す事から、何回もセメントを塗り、丁寧な仕上げまで、放課後の時間を費して五、六人の方の貴重な労力でした。

その頃の或る日、わたくしは街へ買物に出ての帰り、重い荷物をもてあましながら、よたよたと地獄坂を登っていますと「奥さん今お帰りですか」と後《うしろ》に声があって、振りかえると、板倉さんが笑顔で寄って来られ、わたくしの荷物を見て「持ちましょう」というが早いか、辞退する間もなくわたくしの手からもぎとった荷物を、大切な物ででもあるように捧げ持って蹤いて来られるのです。それも二歩ほどうしろを歩いて舎宅の前まで無言でした。そして荷物を渡すと丁寧に一礼して去られたのです。わたくしは身軽になった有難さに加え、その親切が身にしみて嬉しく、それにお行儀の良さに心を打たれました。お母様のお躾けが偲ばれてゆかしく、半世紀以上を経た今でも、その一こまがほのぼのと温く心に印されています。

板倉さんとのお交際は長く、卒業されてからは、わたくしたちの方が色々ご厚情に浴しました。

大正五年に卒業された手塚寿郎さんが、初めて舎宅へ見えたのは、わたくしたちが丘の舎宅へ移って間もなくでした。生憎、夫が留守で、わたくしが玄関で応対したのですが、苫米地の留守を聞くと、ペコンと一つ頭を下げて、颯と身を翻して出て行かれました。そのうしろ姿の、少し色の槌せた黒紋付の羽織は良いとして、履いていられた草履が片跛《かたちんば》のです。可笑しくて、変った生徒さん、との印象を受けましたが、その後度々訪ねて来られるようになり、純真な方である事が判りました。優秀な頭脳の上に非常な勉強家の評判が高く、それと合せて、在学の三年間一度も脱がれなかった黒紋付の羽織でも有名でした。これがあの緑丘の至宝であって、経済学界の誇として名の高かった手塚寿郎氏の若き日の姿だったのです。

小樽高商を卒業後、尚、東京高商（商大）で研鑽を積まれてから母校教授に任官、小樽へ帰って来られました。そして、大正九年から十五年まで、七年に渉ってフランスに留学、その間の一時期、苫米地もパリに居て、手塚さんのフランスでの生活に触れた事があって、大正十一年に帰朝した夫は、相変らずの手塚さんの猛勉に舌を巻いて話してくれました。

手塚さんの留学はなお続き、大正十五年にやっと帰って来られました。それから間もなく結婚にゴールインされました。新夫人は、小樽の実業家山内氏の令嬢ふみ子さんで、そのお母様とわたくしがご懇意にしていたご縁で、夫と共に華燭の典の媒酌を務めたのでした。北海ホテルの披露宴の後、新居までお二人をお送りしたのですが、新居は量徳町の高台で、石垣の横の段々を華やかな花嫁の振袖を支えながら上った夕闇が、今もありありと浮びます。

手塚さんは、昭和十七年の秋、上海の東亜同文書院の懇請に依って同校に転任されたのですが、その砌《みぎり》、言葉を尽して引き止めた夫の悩みが思い出されます。母校の損失、学生の失望に加えて、時局への憂慮は深く、また、異郷の風土に対して手塚さんの健康に懸念があったのです。

手塚さんは半年後に病いのために帰朝、惜しくも昭和十八年五月、不帰の客となられました。その後の十七年を、寂しさに堪えて、お子さん方の教育に専念された夫人も、遂にご主人の後を追って逝かれたのです。

わたくしたちは昭和二十一年から、東京滞在が多くなりましたが、手塚夫人のお葬儀の時には、丁度わたくしだけ小樽に居て参加、お焼香する事が出来ました。

涙にかすむ黒枠の中古りし日のわが媒酌の
花嫁が笑む

蓮の台《うてな》の逢ひ如何ならん別離なき常世《とこよ》の春を
想ひこそやれ

わが家に秘蔵の十六歌仙の絵屏風一双があります。これは、手塚さんが生前愛蔵された名家の筆に依る極彩色の逸品で、手塚さんのお形見として頂いたのですが、今では懐しいお二人のお形見になりました。

苫米地は、昭和十年から二十年まで校長の職にあったので、自然お媒人《なこうど》の機会が多かったのです。今も揃って健在で、折に触れ消息を賜る方もおられ、前記の大谷敏治ご夫妻もその中の一組で、折々、お揃いでこの隠宅をお訪ね下さる上に、同窓の方の消息などお話し頂くので感謝して居ります。

夫の待望の海外留学が実現しました。

大正八年の暮に文部省から「商業英語及び国際法研究のため二ケ年間英米両国へ留学を命ず」の辞令が出ました。それで年が明けてから小樽を立つことになりました。二ケ年の夫の留守を何処で過すかは、東京へ行ってから決めることにしました。

貢さんは、お母様のお眼鏡に叶ったお嫁さんを長野から迎え、新婚のほやほやでした。校務のため、夫は結婚式に出られませんでした。新居は駒込の林町でお母様もご一緒でした。

俊ちゃんは水戸の高校（旧制）に入学、寮に入っていました。わたくしの弟は大正六年に帝大の法科を出て三井物産に入社、当時は横浜支店に勤務、間借り生活でした。

それから父の事ですが、父は母を先だてた時、まだ五十歳になっていませんでした。当然、再婚するはずを、わたくしや弟に遠慮したのか、そんなそぶりさえ見せず、姉もわたくしもほんとうに迂潤だったのです。長い間父に寂しい生活を強いていた事に気づき、済まない思いでいっぱいでした。わたくしが結婚して小樽へ行ってから、暫くして父はひでさんと結ばれて家に迎えました。そして大正四年の秋、もと子が生れました。

苫米地の盲腸手術でわたくしたちが上京の頃、ひでさんは、十一月のお産を控えて郷里に帰っていたのですが、無事に出産しながら、不幸にも産後の肥立が悪く、産褥にある中に亡くなったのです。不憫なもと子は其後良い乳母に恵まれ、今は神明町で父の寵愛を一身に集め、また父にとっても唯一の慰めになっていました。是等のことは姉の手紙に依るもので、弟の信光も折々横浜から来て、とても、もと子を可愛がっている事も書いてありました。

わたくしはひでさんの不運を悲しむ一方、父が気の毒でなりませんでした。もと子が生れた事が、せめてもの父の慰めになっているのを喜びました。

その頃、父は大正三年に東京高師を辞してから、明治大学、国学院大学の講師の傍ら、著述に専念していました。

苫米地の留学が発表になってから、正気寮の寮生全部の意志で集まったお金で懐中時計を餞別に贈られ、思いがけぬ事に夫も戸惑うばかりでした。時計はウォルサムの薄型で金側の最上の品に鎖まで附けて下さったのです。苫米地は極力辞退したのですが、みんなの熱意に負けてしまいました。

それからもう一つ特筆しないでいられないのは二回生（大正四年卒）の佐々木周一さん、中井義雄さん、羽鳥甲斐雄さんの三人から、苫米地が留学中に、書籍代として、月々五十円を補助して下さるという申し出があった事です。その頃の五十円は大金です。それも大勢でなく三人だけで、二年間を補助して下さるというのです。夫はびっくりしてとてもお受けする段ではなかったのですが、譬えようもない美しいご好意をお断り出来なくなりました。それが、夫の研究にとってどれだけプラスになったか計り知れません。

夫の感激は言うまでもなく、六十余年を経た現在でも、わたくしの感謝は心に深く彫まれています。佐々木周一さんはその頃、三井物産の船舶部に、中井義雄さんは、鈴木商店にお勤めだったと思います。

その後、佐々木さんは三井船舶の社長として功績を積まれ、ご高齢の現在も海運界の重鎮として、また緑丘会の元老として矍鑠《かくしゃく》としていられます。

中井さんは鈴木商店の後、年を経て神戸製鋼所、神鋼電機の社長を続けられ、神戸でのご活躍を伺い喜んでいました。老後も神戸で悠々自適のご生活でした。

苫米地の歿後、わざわざこの隠宅を訪ねて下さった事があり、その時伊勢名物の「赤福」と活きた伊勢えびを沢山頂いたご厚意の嬉しさとその美味は今も忘れません。一万歩の散歩を朝々の日課にしていると言われた朗かな笑顔が、わたくしには最後のお別れとなりました。

たしかわたくしと同年と伺っていましたが、傘寿を迎えられず、一昨々年不帰の客となられました。お子様、お孫様に囲まれ、安らかなご臨終のご様子を、奥様から委しくお便りを頂き、万感胸にせまり、ありし日を懐しくお偲びするのみでした。

羽鳥さんについてはこのペンを取るにも胸が痛みます。お若い頃の思い出は山ほどあります。あんな元気な方が、そして溶けるような笑顔で苫米地を見送って下さった方が、大正十一年の秋に帰朝の苫米地が、東京の土を踏んだ時は、病院のベッドで明日をも知れぬ重態でいられたのです。未だこれからという盛りの人生を、あの頑健だった肉体を癌が蝕んだのです。わたくしがそれを伝え聞いたのは、もう不治という残酷な宣告の後でした。

ご当人には無論知らされてありませんでした。お見舞した時、涙を浮べて苫米地の事ばかり言われるので、身を切られるような辛さでした。神戸に上陸した夫が、東京に着くと駅から病院へ直行しました。羽鳥さんの手を握って夫も涙を隠しませんでした。

息を引きとられたのは、夫が心を残して小樽へ帰任した直後でした。夫の心を察し、わたくしは泣きながらご冥福を祈るばかりでした。

苫米地が小樽高商に赴任した時、柔道部に評判の猛者《もさ》がいました。持前の腕節に加えて柔道初段というので、柔道部でも矢面に立つ者無く、時には蛮勇も振うので、腫物のように扱われていたらしいのです。その事を予《あらかじ》め聴いていた苫米地は、初めて道場に立って羽鳥さんを相手にした時、イキナリ業をしかけて三、四回投げ飛ばしたそうです。後に羽鳥さんの白状に依ると、先生が優《やさ》男に見えたので、一丁、目に物見せるつもりでかかってゆくや、電光石火投げ飛ばされ、目が廻ってしまったということでした。

それから後の羽鳥さんの変身は目を見張るばかりだったようで、わたくしが初めて逢ったのは、正気寮に入舎して、すっかりおとなしくなった羽鳥さんでした。苫米地には絶対服従でした。服従というより兄のように慕っていられました。大正三年秋、北大予科との柔道の対校試合に勝てなかった時、主将の羽鳥さん始め選手全員が、丸坊主になって苫米地の前に現れ、驚かされた事も聴きました。

卒業されてからは就職せず、自営で鉱山関係の仕事をしていられたようです。口癖のように「自分は成功したらきっと苫米地先生に書斎附きの住居を建ててあげる」と言っていられたのです。不幸にも、恋女房の奥さんが先きだたれた時には慟哭を隠そうともせず、「生前殴ったりし可哀想なことをした」とその悲歎は見ていられない位でした。

あれもこれも羽鳥さんの思い出は尽きません。羽鳥さんを悼むにつけ、佐々木さんのご長寿が有難く、白寿までもとお祈りしています。わたくしも、今こうして手記を書きつつ、自分の齢を思ってひとしおの感謝に浸って居ります。

さて、夫は大正九年二月初めに、横浜から発つ事になりました。その前に親子五人で身を寄せた神明町では、父とばあや（もと子の乳母）の心からの歓待を受けました。子供たちともと子も、直ぐ仲良しになりました。ばあやの料理の上手なのにも舌を巻きました。今で言うお袋の味で、その味つけが飛びきりおいしいのです。短い間ながら、わたくしには良い勉強になりました。

その間に聴いたばあやの身の上話には泣かされました。後妻に嫁《い》った先の、姑や先妻の子と折合が悪い上に、思いがけなく三十の終り近くに妊《みごも》って出産した男の子を、お宮詣りも済まさぬうちに亡くしてしまい、その悲歎が家庭の不和に輪をかける事になり、離縁となって婚家を出て来た由で、お乳があり余っていて、もと子とのめぐり逢いは、双方の不幸中の幸運だった事をしみじみ思い知りました。自分のお腹を痛めた子のように、もと子を可愛がる気持ちが良く判りました。「ばあや」と呼びながら、もと子も母のように懐《なつ》いていました。

さて苫米地の留学の間のわたくしたちの落ちつき場所ですが、父はずっと神明町に預るつもりだったのですが、日曜に横浜から来た弟の提案で、横浜に家を一軒借りて、苫米地の留守を自分と同居しては如何《どう》かというのです。夫も賛成しましたし、わたくしも、横浜は海外の夫に一歩でも近くなるような気がしてむしろ喜びました。それで父も異議に及ばず、その場で、

「横浜」が決りました。弟が至急貸家を探す事になりました。

色々の準備で、夫は出立前の一週間を東京に過しました。洋服の新調やその他の買物で、わたくしも愉しい思いをしました。夫は常々理髪代のほか、殆どお金を遣わないくらいでしたが、出張などで上京の時は、文房具や髭剃、爪切など小物をよく買って来ました。それは皆高級品ばかりでした。夫はいつも「上等の品には当然愛着が生れて大切にするし、また良い品は永持ちするので損は無い」と言っていました。

買物で忘れられないのは、父が、嫁入りの時に買ってやれなかったからと、夫とわたくしを連れて、四ッ谷の箪笥町に行ったことです。留守の子供三人は、ばあやが引き受けてくれたので、わたくしも安心して出かけられました。箪笥町では、名のある老舗から、総桐の重ね箪笥で、その店自慢の逸品を買って一先《ひとま》ず神明町へ届けさせました。この有難い父の贈り物は長く小樽で愛用、小樽を引き上げる時は娘の昭子に譲って来ました。

四ッ谷の帰りは神田に出て、鰻料理で有名な「神田川」で蒲焼をご馳走してくれました。父が苦米地を歓送の意味だったと想います。

この「神田川」には娘の頃、お隣りの笹川の「おばあさま」(臨風氏の母堂)に連れて来て頂いた覚えがありました。たしか、亀井戸の天神様の藤の花と、本所の四ツ目の牡丹を観ての帰りだったと思います。蒲焼は勿論、香の物の浅漬(べったら)が、何とも言えずおいしかったほか、強く心を惹かれたのは、「おばあさま」の粋な江戸っ子振りでした。取りたててどうというのではないのですが如何にも態度が垢ぬけて見え、女中に心附けを渡される間《ま》の良さが、未だ若かったわたくしにも好もしく映ったのです。それで、父のご馳走になった時、笹川のおばあさまに倣って女中に心附けを渡して一寸良い気分になりました。

いよいよ夫の出立の日が来ました。横浜の埠頭に見送りの賑やかだった事のほか、わたくしの心はまたうつろになりました。

甲板に君悲しくもほほ笑むと見し刹那より
　われを覚へず

思ふこと胸に包みて物言はではかなく笑みて
　相別れけり

　夫が出立して一週間ほど経って、弟が探しあてた借家に移ることになりました。それは横浜の本牧で、字下里という所でした。本牧の電車の終点から三渓園の方へ行く大通りの、丁度中程位のところを、一寸横町に入った静かな邸町で、三渓園には十分、海へは五分位の近さでした。借家は大家さんの敷地にある小さな家二軒のその一軒でした。お隣りには大家さんのご親戚の老ご夫婦が住んで居られると言う理想的な家で、板敷の台所のほか、六畳、四畳半、三畳の三間ありました。

　弟とわたくしたち親子四人の生活が始まりました。弟は横浜の山下公園に近い三井物産に通うので、日曜のほか、家で食べるのは殆ど朝飯だけでした。

彼《か》の時の君のネクタイ今にしてまぶたに残る
　色もはかなき

幾十度《いくそたび》指折りかぞへかぞへても帰ります日の
　遠くもあるかな

颪吹けば父のみ船を気遣ひて如何に如何にと
　問ひ寄る子等よ

われは此処に君はハワイに今にして春と夏との
　けじめさへ憂し

　弟とわたくしたちの生活は、わたくしの心の空《うつろ》を除いては明るいものでした。良い隣人に恵まれて、子供達はのびのびとした毎日でした。大家さんの三堀さんには、東京帝大に通われる令息とその妹さんが二人居られました。上の妹さんは優しく、下の妹さんは朗らかでした。うちの子供三人が直ぐお馴染みになり、日が経つにつれ、さながら妹か弟のようにあしらって下さるようになりました。

お兄さんの三郎さんのお友達の須藤勇さんは、美術を専攻の学生さんで、三堀さんとは親戚関係にあられるらしく、家族同様に見えました。従ってうちの子供たちも良くなつき、三郎兄さん、勇兄さんと呼び、甘えるようにまでなりました。

わたくしは、夫にせっせと手紙を書き、一週に一度は投函しました。夫からも同じほどの割合で必ず来ました。浜辺に立つと沖をゆく船が見えるのです。

五月《さつき》風汽笛を持て来《く》わが文も載せてコレヤの
　船出するらし

八重汐の海渡り来《こ》し君が文紙の匂ひも
　なつかしきかな

昭子は四月に本牧小学校に入学しました。一月生れの数え年七歳でした。自分の名まえを書ける人は書いて出すようにと先生に言われて、昭子と書いて出したところ、先生は昭の下に点を四ツつけて照子にして返して下さったのです。そのくらい、昭と言う字はそのころ珍らしかったのです。その後、昭憲皇太后様から頂いたり、また昭和になってからの増えかたを思うと、正に隔世の感がします。

久保田夫人になられた次恵さんは早速訪ねて来られ、環境の良いのをとても喜んで下さいました。早速三渓園に案内しました。

横浜の豪商原氏の別邸を公開されたものと訊いたこの名園は、聞きしに勝る規模でした。先ず門を入った処に見事な蓮池があります。数寄を凝らしたお庭の此処彼処に、歴史的建物を移された幾棟かがあり、その中には秀吉の桃山御殿の一部や二宮尊徳翁の庵などがあって、昔を偲ぶのに貴重なものでした。そして庭園の奥は海に続いていていました。

次恵さんとはいくら話しても話が尽きませんでした。お光ちゃんはその頃ご主人が転勤されて神戸に居られました。

半年ほどして、姉が東京から移って来ました。原宿の本拠はそのままで、兄の都合で一年ほどのものでしたが、わたくしはどれほど助かったか知れません。長男の健男ちゃんが小学校の四年、妹の美枝ちゃんは、昭子より一つ上ながら遅生れなので、同級の一年に入りました。

姉の家は、わたくしたちの家と電車の終点の丁度中間で、その家の前をいくらも歩かず海岸の通りに出ます。その通りに並んだ家は、奥が海に面していて、大方二階建ての屋根は赤や青に塗ってありました。手軽な料理屋風の構えで、近所の人は「ちゃぶ屋」と称《よ》んでいると、姉から聞きました。それでわたくしは「支那料理屋かナ」と思っただけで聞き流しました。

後に読んだ谷崎潤一郎の「本牧夜話」で、それ等の店が、いかがわしい店だった事を知りました。そう言えば、洋装の派手な女の人も幾人か見ましたし、船員らしい外人の出入りを見た事もありましたが、横浜という土地柄、不思議にも思わなかったのです。

姉の家は近いので昼間は子供だけでも往き来出来ました。海岸通りではなく静かな邸町を行きますし、今のように自動車の心配など全然ない時代でした。

東京からは、「ばあや」がもと子を連れて時々来ました。夏になってからは海水浴が出来るので、もと子だけ泊ってゆきました。

三宅やす子さんが、ご主人を先だてられた傷心を抱いて訪ねて来られたのも、この頃です。

本牧の話が続きます。

弟は、日曜日には都合をつけては、時々、わたくしたちを伊勢崎町へ連れ出してご馳走してくれました。果物をあしらった豪華なアイスクリームに、初めてお目にかかったのもその時で、子供たちの溶けるような笑顔が今も目に浮びます。矢張り伊勢崎町に、お寿司とお汁粉だけの店があって、給仕の女の子が、お寿司をお皿、お汁粉をお椀と言って声を張りあげていたのも生々《なまなま》と思い出します。満員のお客の間を分けながら、調理場へ注文を通すのです。

それから弟がよく話していた「いんごうや」にも一度案内してくれました。それは「ビフテキ」専門の店で、相当に厚い「ビフテキ」の大きさが普通の二倍もあるのです。聞いてはいましたがびっくりしました。

味も良かったと思いますが、弟と二人で、子供たちに肉を切ってやるサービスに追われて夢中でした。「いんごう（因業）や」の謂《いわれ》は「かけ」に応じない現金売りのためと想像しましたが、値段が高くないのですから気の毒な気もしました。でもその悪名のために却って流行っているらしいので、一種の広告かも知れません。

　わたくしは、外出の時はいつも、末の英彦をおんぶして、右左に昭子と俊博の手をひいて出かけたのですが、弟と一緒の時は、弟が英彦を引き受けてくれたのでほんとうに助かりました。弟は無口で無愛想に見えましたが、心に優しいところがありました。

　その年の十一月十五日には、昭子の七五三の七ツのお祝に上京して、明治神宮にお詣りしました。昭子が三ツくらいの時、夫と相談して、女学校卒業までは銘仙以上のものは着せないという不文律を定めました。わが家の家計を慮ってのことでしたが、当人に奢侈を覚えさせない希いもあったのです。それで七ツの祝に新調したのは、黒地に紅で大きく菊の模様を図案化したモダンな柄の銘仙で、品質は最上のものでした。二反買って着物と羽織を対に、わたくしが仕立ててやりました。肩上げ、腰上げなどたっぷりとっても余り、余ったものは保存して置いて利用しました。

　お詣りの帰りに写真を撮りました。夫に送るためです。キャビネ型で、昭子は腰をかけ、わたくしと男の子二人は立っています。子供たちはとても可愛く撮れたのですが、昭子の着物が黒無地のように写ってしまったのです。白抜きの模様だったらはっきりしたでしょうのに、昭子に可哀想なことをしたと今も悔まれます。写真は直ぐ夫の許に送りました。

　　母と子の現《うつ》しごころも写し絵の中にこもりて
　　君にまみえん

手紙の端に書いたこの和歌を、夫は直ぐ写真の裏に書きとって、それから帰朝までの約二年間を机上に飾って置いたと言って、帰朝後わたくしに渡しました。夫の自筆は今も生き生きとして、写真と共に残っているのを、折々取り出しては懐しんでいます。

年が明けて大正十年の春に弟が結婚しました。また次恵さんのお世話になったのです。お香代さんのご主人土肥原賢二さんの事は前に書きましたが、新婦は、賢二さんの兄上陸軍少将土肥原鑑氏の長女の良子、雙葉女学校を卒業の才媛でした。すらすらと話がまとまり、わたくしの時のように慌しさは無く、二た月ほどの間を置いての結婚でした。ご媒酌は勿論、久保田吉律、次恵ご夫妻でした。そして東京の千駄ケ谷に新居を持ちました。わたくしたちの住居は親子四人だけになりました。

近くの姉に頼り、また、三堀さんご一家のご温情に浴して、子供たちにもそれほど寂しい思いもさせずに過ぎました。それでも、わたくしの海外への思いは募るばかりでした。

夫との手紙の往復は十日と途絶えたことはなく、夫からはこまごまと近況を報告してくれたので、その生活は手にとるように判りました。アメリカで伊藤先生をお迎えして小旅行をした事、またフランスで手塚さんのアパートを訪ねたことなど、そして夫婦だけにわかる深い意味の通うものでした。わたくしは、主に子供の様子を出来るだけ細《こまか》く知らせました。手紙の端には、出来不出来に限らず和歌を添えました。

電車待つと夕べの辻に佇みて心は遠く
君を思へり

ゆきずりの面影にふと君を見しそのたまゆらの
驚き悲し

ひとり居て物思ふ時娘《こ》の声の銀鈴をもて
呼び覚まされぬ

かじかみて箸持ち悩む吾子の為に手を添ふるまで
寒き朝かな

こうして月日が静かに流れてゆきました。
大正十一年を迎えました。この年がどんなに待ち遠かった事か、三月には夫が帰って来るのです。寝ても覚めてもその事ばかりが思われて、嬉しさの余り、その日が本当に来るのかしらという、理由《いわれ》の無い危惧さえ覚えました。

でもそれは矢張り危惧の予感だったのです。

夫から、帰朝が半ケ年延期になったことを知らせて来ました。夫は、イギリスではオックスフォード大学、アメリカではハーバード大学に学んだのですが、帰途、欧米視察のためさらに半ケ年延長の命令が出たのでした。

夫はあらためて欧米を視察の機会を与えられて、感謝すべき事だったのですが、わたくしは思わず憚《はばか》り（トイレ）に走りこんで、泣きたいだけ泣きました。子供に涙を見せたくなかったのです。

その冬、食事もあまり進まなくなり、風邪をこじらせてしまいました。

君の留守に病むてふ事の惧《おそろ》しさそのおそろしき
日は遂に来ぬ

此処の戸を開けても君の影射さば熱も悩みも
今か消ぬべき

母病めば部屋の隅にて絵本など読む娘の肩も
何かさびしき

エプロンの汚れてあるも子のその母のわが
病む故と涙落ちぬる

この幾日《いくひ》油も置かぬ黒髪に病むてふことの
すずろ悲しき

夫の帰朝延期に心は滅入るばかりでした。

夫の帰朝予定だった大正十一年四月には、佐久間の父が東京を離れる事になりました。新設の大阪外国語学校に、父が英語の主任教授として招聘されたのです。野《や》にある事の久しかった父には望外の待遇でした。父のためには喜ばしい事だったのですが、わたくしは夫の事もあり、言いようのない寂しさに捉われました。

父はもと子とばあやを連れて上機嫌で、東京駅を発って行きました。当日は、わたくしたち肉親のほか、古い知友や教え子、英文学界、出版業界の方々などお見送りは賑やかでした。

父が東京を去ってから間もなく、姉も、健男の中学進学準備のため、本牧を引きあげる事になりました。わたくしは、先頃の病気のこともあり、心細くなって色々考えた末、北海道からあさを呼び寄せる決心をしました。

わたくしたちが小樽を離れてからも、あさは忠実《まめ》に便りを寄越していました。そして上京したい熱望が、たどたどしい文言に溢れてみえました。旅費の為替を同封して、室蘭の近在のあさの家宛に送ったのですが、その返事を待つより早く、当人自身が上京して来たのにはびっくりでしたが、ほんとうに嬉しく、子供たちは飛び上って喜びました。その日お互いの話は尽きませんでした。翌日からあさは、まめまめしく働き出しました。わたくしは、百万の味方を得た気分になりました。

あさが来て間もなく、お隣りの老ご夫婦の令息が東京に転勤される事になり、一家をあげて上京されるのを、大家さんの三堀さんでは言い出し兼ねて居られたのですが、事情がわかると、わたくしは早速引越しを考えました。

ところが、これも幸運とより言いようの無いくらいに良い貸家が見つかったのです。しかも今の家から目と鼻の前《さき》の近さで、今度も大家さんの敷地内にある一戸建で、大家さんの広い見事なお庭の続きに、ちんまりと納まって見えます。八畳、六畳、三畳に板敷の台所、玄関には「たたき」もあり、戸口から五、六歩で小さな門もあります。大家さんの門とは反対の裏通りですが、門の前が畑になって居て、少し行くと海へ出る通りに続きます。

松の多い、石燈籠もある風雅なお庭のたたずまいは見惚れるほどでした。夢ではないかと自分をつねりたくなるくらいでした。

門の前の小路を隔てた畠の芋の葉に、雨上りの露が溜っていて微風でころころと落ちる風情になんとも言えず心が和みました。家賃はさすがに前よりは張って三十円だったかと記憶します。三堀さんの方は二十円に届かず、それも半分は弟の負担でした。夫の帰朝も近いので家賃には眼をつぶって拝借することにきめ、中二日置いて移りました。近い上にあさが居るので、人手を頼まず引越しました。もっともそれ程家具が少なかったのです。

本牧に居る中に昭子は九ツ、俊博は七ツ、英彦は五ツになりました。昭子は賢く、俊博は茶目さん、英彦はおっとりしていて、親馬鹿の眼にはかけがえの無い良い子でした。

中でも俊博のひょうきんぶりは忽ち近所の人気者になり、お隣りの新婚さんのお宅に朝がけしてお二人を悩ましたり、それが縁でよけいに可愛がられるようになったりという風でした。三堀さんにも前と同じようにおじゃましていましたし、友達も変らぬ仲良しのほかに、新しい仲間も出来て、夏になるとその仲間と、猿股《パンツ》一つで家から海へ出かけました。東京からはお姑《かあ》様も折々見えて泊って行かれました。子供の成長ぶりをとても喜んで下さいました。

松多く植ゑたる庭にちんまりとひそみてありぬわれと子の家

豆腐屋を呼び入るる門にとんぼ釣り遊びくらして帰り来《こ》し吾子

むらさめのあと夕映えて芋の葉に玉なす露のころころと落つ

陽焼けして眼ばかり光る子となりぬ浜育ちとも見れば見るべく

陽焼けして眼ばかり光る子の姿想ひたまへと君に文書く

賑やかだった海水浴場も、夏が終るとひっそりしてしまいました。

夏去りし海の泳ぎ場夕凪にはためく旗も
　うらぶれて見ゆ
泳ぎ場の色の褪せたる旗のぼりそぼ降る雨に
　濡れしほれたり

丁度、秋の扇を想うほど侘しく見えました。

こんどこそ間違いなく夫の帰る日が、一日一日近づくのです。有頂天になっていた訳ではないのですが、好事魔多しの譬えの通り、幼い英彦が想いも寄らぬ病魔に襲われたのです。それも、近所の医院で、初めジフテリヤと判らなかったため、手遅れ寸前で、野毛の十全病院に入院、血清注射のおかげで、危い命をとりとめる事が出来ました。十一月の夫の帰朝を控えて、もう十月に入っていたのです。発病の時は生きた心地はありませんでした。病院にはわたくしが付き添い、昭子と俊博はあさと留守番しました。あさを呼び寄せた事の有難さを、どれだけ思い知ったでしょう。ほんとうに拝みたいようでした。病院へあさと見舞に来て、夕方すごすごと帰ってゆく幼い俊博のさびしい後姿が、今も瞼に焼きついています。

東京から、姑上も来浜されて、何かとあさに力をつけて下さいました。

あはれ神は見離し賜はず文目《あやめ》もわかぬ吾子の命に
　光を賜《た》びたり

夫を神戸港に迎えるため、横浜を発つと定めた日の五日前に、英彦は退院出来ました。神戸への旅行も主治医から許しが出ました。感謝、感謝に日を送り、日を迎えました。

帰朝の夫のために夜具を新調しました。

此処で一寸エピソードがあります。夫が留学を終って欧州を廻った時は、第一次大戦後の荒涼とした時期だったのです。敗戦国の貨幣価値が極度に下り、そのため買物は日本のお金で驚くほど安く手に入った由で、子供たちへの洋服生地やわたくしへのコートの生地など、思いがけない土産が買えた事を夫の手紙で知りました。

これも夫の手紙に書かれた事ですが、ベルリンの或る小さな食堂で昼食を摂っていた時、俊博と同年位の男の子を連れた上品な夫人が隣りのテーブルに居て、その男の子が、もう肉の無くなった鶏の骨をいつまでもしゃぶりながら、羨しそうにこちらの食事の様子を見ていたそうです。眼を離さないその子もその母親も無残にやせ細って見えるのにたまらなくなり、苦米地は失礼とは思いながら、鶏の焼肉を注文して、隣りのテーブルに持たせたところ、その夫人はいんぎんに礼を述べながら、料理は頑《かたくな》に拒んで受けず、その上子供を烈しく叱って、その侭出て行ったので、茫然とする一方、要らぬ事をして、却って辱しめを与えた事への自分への呵責に、何とも言えぬ空しい思いを抱くと共に、敗戦国の国民にはなるものでないと、つくづく感じたとありました。夫の嘆息が聞えるような手紙でした。

また、夫はハーバード大学では同じ時期に留学していた山本五十六大将と親交を深めたことから、戦時中には数度にわたり手紙をやりとりをしていました。その一通が今でも手元にありますが、封書の差出人には〝連合艦隊司令部　山本五十六〟とあり、夫宛の表書きに〝検印済〟と赤い判が押してあるのが印象的でした。夫の山本さんの思い出としては〝山本は下宿でよくカードの占いをしていたな〟と言っておりました。

なお、山本五十六大将の無二の親友が前述の孝ちゃんのご主人の堀禎吉中将だったとは戦後知りました。

その頃、夫もわたくしも、二十余年後の日本を、どうして想像出来たでしょう。

夫より早く到着した土産の品々を、わたくしは涙なしには見られませんでした。

純毛の羅紗で作った子供の帽子の、しかも飾りの房まで附いたのが、邦貨でたった二銭で買えたのです。夫を迎えに行く時は、夫から送られた服地を、近くの子供服専門の店に頼んで、可愛く仕立て上ったのを子供たちに着せ、わたくしのは「野沢屋」で和服のコートに仕立てさせたのを着ました。その後そのコートは寿命が長く、着古して身につけなくなってからも秘蔵しています。

夫を出迎えの神戸には、姑上もご一緒しました。あさには留守を頼みました。

父は大阪の天王寺に居を構えていました。広い家でした。わたくしども一行は、父とばあやのいつも変らぬ温かさに迎えられました。苫米地を迎えるために夜具まで二組新調してありました。その一組は早速お姑様のお役に立ち、今更に父の心尽しに感謝した事ですが、ばあやの心添えもあったようで、一入身に沁みました。

神戸の埠頭には、父も、もと子を連れて同行しました。船が着いて、タラップを降りて来た夫の元気な顔を見た時は只涙でした。船中で親しくなった方々に紹介されたのですが、まともなご挨拶が出来ず、消え入りたいような羞しさでした。その後はまた例に依って、われを忘れたことでした。（注1）

妻と同じ土を踏みぬと船の階《はし》降るすなはち
君は宣《の》らすも

新妻《にいづま》の如《ごと》はにかみて物申すことさへにまた
羞しきかな

夫は、大阪の父の家で帰朝第一夜の夢を結びました。姑上や貢さんや父やもと子、その他への土産は港から運ばれた大きなトランクに入っていました。

翌日は皆揃って須磨、明石の浜に遊びました。須磨も明石もまだその頃は、白砂青松の海岸美が残っていました。見晴しの佳い須磨の料亭で、苫米地の帰朝を祝って盃を上げました。

あの十全病院の暗い病室で慄れ慄《おのの》いていたのが夢なのか、今こうして夫の傍に子供と一緒に侍《はべ》っているのが夢なのか、嬉しさを通り越して空恐しくさえあったのです。

そして病院で呻吟の羽鳥さんへ思いがゆくと、たまらない焦りを覚えました。夫も同じ思いだったのでしょう。父に名残りを惜しむ間もなく、早々と、翌日は大阪を発ちました。駅に見送る父の様子がとても寂しくいつまでも心に残りました。後に思えば、それが今生で父を見た最後だったのです。

東京へ着いて直ぐ、羽鳥さんの病院へ直行した事は前に書きました。姑上は迎えに出た貢さんと駒込林町へ、子供たちは国分の姉が原宿へ、それぞれ伴いました。

心を残して病院から夫とわたくしは、貢さんの新居へ行きました。俊ちゃんは、前年、水戸の高校（旧制）に入り、寄宿舎生活でしたが、兄に会うために上京していました。貢さんの花嫁操さんには、夫もわたくしも初対面でしたが、気を置かずに心安く応対出来ました。その夜は親子夫婦揃って楽しい歓談に夜を更かしました。

貢さんはその頃、ラジオの研究に夢中のようでした。アメリカで開発されて間もないこの無線の電波に好奇心をそそられ、アメリカのラジオの本を抱え込んで、その翻訳に取り組んでいました。

泊った翌日でした。貢さんが原書を持って来て、ページを開き、「お兄さん、これ何んと訳したらよいでしょうか」と訊くのです。夫は指された箇所のbroadcastingの字を見て暫く考えていましたが、「そうだね、『放送』としたらどうだろう」と、答えました。貢さんは「そうですね、それが一番ピタリの感じですね、『放送』にしておきましょう」

この問答は、わたくしが傍《かたえ》聴きしたものですが、貢さんはその翻訳に依って「無線集粋」と言う部厚い本を編みました。わたくしは今、毎日のように身近に聞く「放送」の言葉に、言いようのない懐しみを覚えます。貢さんは、日本放送協会発足のメンバーの一人でした。（注2）

林町に一泊、姑上と貢さんたちに別れを告げ、原宿に寄って、夫の帰朝の挨拶とあちらのお姑様にも、子供たちのご厄介になったお礼を申し上げ、その夕方に子供たちを連れて本牧へ帰りました。

本牧では、あさが首を長くして待っていました。留守は、お隣りの若ご夫婦のお世話になったり、お手伝いしたりで、心細くはなかったということで安心しました。夫にも本牧の家が気に入ったようですが、小樽への帰任に心急《せ》かれて、滞在は四、五日でした。

（注１）留学時代について父が祖父から聞いた話では、イタリーに旅行中、たまた欧州に出張されていた松下幸之助氏と知己になり、帰国後、松下電器に小樽高商の卒業生を採用していただく機会を得たとのことです。

戦時中、物の少ない時代、松下幸之助氏の名前で幾度かお砂糖をお贈りいただき、父はその頃お砂糖を商売にしている方だと思っていたそうです。

　また、祖父は大正十一年十一月に北野丸で帰国しましたが、全く偶然にもアインシュタインが日本訪問の目的で乗船しており、しかも十一月九日、船上でノーベル賞の受賞の報に接したため、祖父が日本の新聞社からの無線の依頼により一日特派員としてアインシュタインに受賞の感想をインタビューしたそうです。父が祖父から聞いた話では、アインシュタインは〝自分はたまたま氷山の水面の上にいただけで、水面下には無数の研究者がおられ、それらの支えによって受賞の光栄に預かった〟と述べたそうです。

　その時、食堂のメニューか何かに記念のサインをしてもらったそうですが、未だ見つかっておりません。

（注２）祖父の次弟の貢は、ラジオ放送技術の開発の先駆者の一人とされています。貢は大正の末期に、アメリカで盛んに行われていた個人が電波で音楽などを近隣の一般家庭に送り続け、それを聴くための受信機を売りつける商売（これをCitizen Radioと称した）に興味を持ち、これを日本語で「衆立無線」と名付け、日本国内での普及に奔走しました。また大正十三年五月に創刊された「無線と実験」の主幹となり無線技術の普及に努めました。（History of Citizens Band Radio（著者不明）より引用）その後、昭和元年七月に創立された現ＮＨＫの前身の東京放送局（ＪＯＡＫ）の創立メンバーの一人となり終戦直後まで日本放送協会に勤めました。また、貢の著書『ラジオ技術読本』は、戦前のラジオ受信機製作愛好者のバイブルとなっていたそうです。

父との別れ

いよいよ本牧と別れる日が来ました。

寂しかったとは言え、わたくしにも子供たちにも、忘れ難い思い出の土地になりました。三堀さん始め、お世話になり、お馴染みになった方々への名残り惜しさに加えて、本牧は本当に魅力のある土地でした。「左様なら本牧、ありがとう」と感謝でいっぱいでした。

大正十一年十二月、夫はわたくしたち家族とあさを連れて小樽へ帰任しました。

懐しい小樽ながら、学校では大きな変動が苫米地を待っていました。それは、夫も予め承知していた事ながら、帰校してあらためて直面すると、今更に大きな感動を受けたことでした。

大正十年十月、開校十周年を迎えて、盛大な記念式典を挙げた小樽高商は、同年の十一月には、新設名古屋高等商業学校の初代校長として緑丘を去られる、渡辺龍聖校長を送らねばなりませんでした。そして二代目の伴房次郎校長を頂き、幾多の功績を残して去られた前校長を愛惜しつつも、学園には、おのずからなる新風が吹いていたようです。

一方、学園にとって大きな不幸がありました。大西猪之介教授が、この年大正十一年二月に、腸チフスで急逝されていました。大西教授が専門の経済学者としてばかりでなく、文化人として大きな存在でいられた事は、わたくしなどが申すまでもないことですが、あまりに忽焉《こつえん》として逝かれた事に、学園挙《こぞ》っての失望と落胆は、夫の帰任の時も未だ悲しみの尾を引いていました。大西さんの小樽赴任は、苫米地より半年ほど早く、独身時代からのお仲間で、わたくしたちの結婚を、さんざんひやかされた事も、悲しい思い出になりました。

大西さんは、若い夫人と一粒種のお嬢さんを残されたのです。わたくしたちとのご縁は尽きず、長男の俊博が東京商大（一ッ橋大）に在学中、アメリカで開かれた日米学生会議に参加した時、同じ仲間で、今も続く親友村井七郎氏の夫人が、大西さんの忘れがたみのお嬢さんであったことの奇縁に驚き喜んだ事です。

さて夫は、帰朝後も、英語、商業英語の教授を続けましたが、寮監は免除されました。第二寮とも縁が切れて、さびしい気持になりましたが、馴染みの寮生はもう卒業されていました。

小樽にスキーの盛んになっていたのにはびっくりしました。小樽高商出身の讃岐梅二選手が、日本ジャンプ選手権を獲得したのもこの大正十二年です。そして競技だけでなく、冬のスポーツとして、小・中学校に洩れなくゆき渡っていました。公園のみならず、小樽の町が背負う低い丘には、雪の上に胡麻を蒔いたようにスキーの人影が見えました。帰樽したわたくしたちの住居は、新築の教員宿舎でした。学校へ登る地獄坂の途中を、一寸傍道《わきみち》に入った所で、角の校長官舎に並んで、一段ずつ低く舎宅が五軒並んでいて、通りへ出る角は玉の井寮（第四寄宿舎）でした。

わが家はその一軒の校長官舎に一番近い家でした。大小四間位だったと思いますが、其処は半年足らずで移ったのです。移った家は、渡辺前校長の居られた緑町の第一大通りの奥で、洗心橋という橋の手前の横町でした。緑町は洗心橋までで、橋を渡ると町名が変ります。

その家は学校の公舎として建ったものではなく、普通の借家を学校（文部省）が買い受けたものですが、十畳、八畳、六畳のほか広い台所もあり、一寸した庭もありました。それでも親子五人にあさですから、広くは感じませんでした。入った翌年に、二階八畳、階下十畳の一棟が廊下続きに建て増されました。階下が夫の書斎にと、校長の配慮に依るものでした。

移ったのは四月の末でした。夫のゼミナールの生徒さんや、お仲間の奥様方の応援もあって、夕方には一応片付きました。

そのあとしまつの最中に、一葉の電報が舞いこみました。「チチキトクノブミツ」とありました。弟の名で姉が打ったものと、後に知りました。

父は元気とばかり思っていたわたくしは、驚愕に打ちのめされました。夫に励まされ、直ぐ出立の支度にかかりました。留守は手伝いに来て下さった二人の学生さんにお頼みしました。始終出入りして子供たちともおなじみでしたので、帰樽まで夜は泊って下さる申し出でに、心から感謝、夫は学校に届けを出し、その夜のうちに小樽を発つことが出来ました。

大阪までの長い道中に、わたくしは只、父のために祈り続けました。道中、眼に映るものが何も心にとまりませんでした。

五月一日の夕方、たどり着いた大阪の父の家では、一歩入ると香の匂いを感じました。その朝、父は不帰の人となっていました。

父上よ千代はまゐりぬ英俊も此処《ここ》にと言へど
いらへ給はず

津軽灘荒波さわぐ汐路にも父安かれと
祈り来《こ》しものを

思ひ出づる浪速の駅のおん別れなみだ眼に溜め
送りたまひし

原宿の姉は父発病の知らせに飛んで来て、ずっと臨終までの看《み》り《と》と聞き、わたくしはおくれた申訳なさに只泣くばかりでした。信光夫婦は昨日、二才の長男浩ちゃんを連れて到着、一晩付き添う事が出来たのでした。いつもはしゃぎやのもと子が、しょんぼりして、ばあやにもたれているのが不憫でした。隣室には、急を聞いて駈けつけられた学校関係の親しい方が大勢詰めていられました。父は病苦を紛らすため、英語の問題を考えて最後までペンを離さなかったそうです。

大正十二年五月一日、父は数え六十三歳で学究としての一生を閉じました。

父の逸話として伝えられている左記を父の霊に捧げます。

昭和四年三月、駿河の竜華寺で、高山樗牛《ちよぎゆう》の銅像の除幕式に集った新城新蔵（東大総長）、姉崎嘲風（東大文学部教授）、土井晩翠（詩人二高名誉教授）など名士の間で、「驚くべき頭脳の持主」に佐久間の父が名指されて、その記憶力が話題になった由です。

五月四日、阿倍野の斉場で葬儀を行いました。何もかも学校（大阪外語）のお世話になり、学校葬に準ずるものでした。

　万巻の書《ふみ》にあかるきみ頭《つむり》を悲し阿倍野に
　　煙せんとは

　見さくれば阿倍野の煙一筋になびくもはかな
　　父のみ行方《ゆくへ》

五月十一日、東京四ッ谷舟町の全勝寺に、先に眠っている母の傍に埋骨しました。この葬儀には父が生前畏敬していた井上十吉氏を始め、旧くから親交のあった知友、教え子、出版界等二百余名の方々が参列を賜り、学究の父にふさわしいものでした。

父が専門外に二十余年間の精魂をこめた「素数表」と、有朋堂の依頼で執筆中の「熟語辞典」は、とうとう陽の目を見る事なく終りました。

数え九ツで父を喪ったもと子は、ほんとうに憐れでした。この後の養育のことで、姉や信光夫婦、わたくしたち夫婦で色々相談した結果、わたくしたちが預って北海道に連れて行くことになりました。これは苫米地が申し出てくれたもので、信光夫婦は手のかかる幼児を抱えているのに比べ、小樽にはもと子と馴染みの子供たちがいますし、一番気が紛れるのではないかということで、皆異議なくそう決りました。

只一番可哀想だったのは、ばあやと離れる事でした。一度は、或る時期までは、ばあやに預ってもらってはとの話も出たのですが、ばあやの家庭の事情もあり、もと子の教育という点でその話は流れました。大阪の駅で泣き濡れていたばあやの姿がいつまでも眼に残りました。

留守は皆無事でした。わたくしたちの帰ったのと、もと子を連れて来たことで子供たちには二重の喜びでした。

もと子は、子供たちの通学している緑小学校へ転校の手続きも済み、元気に通い始めました。父を喪い、ぱあやに別れたショックは大きなものでしたが、境遇の変化と周囲の賑やかなことで、追々悲しみも薄らいでゆくようでした。子供たちには叔母ですが、昭子より一歳下の遅生れで、昭子は早生れなので自然に昭子の妹のような関係になりました。「もと子ちゃん」「昭子ちゃん」と呼びあい、姉妹の睦みは昭子が一生を終るまで続きました。

わたくしに大きな悲しみをもたらした大正十二年には、また、どえらい衝撃を受けました。

九月一日の関東大震災です。東京には姑上、貢さん一家と国分の姉一家、また佐久間の弟一家が居ました。新聞でも初めは全然様子が判らず、そのうちに「東京全滅」と絶望的な報道ばかりでした。横浜は東京よりもっと烈震だったと書いてありました。弟の信光は、住所は東京ですが、勤務先は横浜のしかも海に近い場所です。夫とわたくしの焦躁は筆にも言葉にも尽せないものでした。

一番初めに貢さんから「一同無事」の電報が来ました。それに続いて姉からも同じ電報が入りましたが、信光からは何の音沙汰もなく、言いようもない危惧に捉われている時、良子（弟の妻）さんから「横浜全滅信光不明」の電報がありました。落胆と深い悲しみに初めは涙も出ませんでした。写真に香華を供え、掌を合わすうちに、万感が胸に迫って、こんどは涙のとめどがありませんでした。本牧時代の事が次々に思い出され懐しく、若妻と幼児を残して、まだ三十路そこそこの非業の死がいたましく、夫と共に還らぬ事をくりかえすばかりでした。

こうして地震の日から六日が過ぎました。その七日目に「タスカッタ　ブジ　ノブミツ」の電報が入りました。夢かとばかり驚喜、早速写真の黒リボンを外し、お供えは祝盃に代りました。後に聞いた話に依って、その「タスカッタ」の五文字には千鈞の重みがあったことがわかりました。

その日、会社の三階で執務していた信光は、最初の一揺れで眼鏡を飛ばされ、手さぐりで手近の大きい柱につかまったその一瞬に、床ごと一階まで落下、それから夢中で外へ出たところ、眼の前を火が走っていたそうです。その後は無我夢中、何処をどう歩いたかわからぬうちに、気がついたら本牧の海岸に居たそうです。

若しその時、本牧と反対の方角に向っていたら、恐らく自分の命は無かったろうと言っていました。本牧に暫くでも居たお蔭で、海岸伝いに知らず知らずその方へ足が向いたと思います。本牧では、わたくしたちの住んでいた家は勿論、確《しっか》りした建て前の三堀さんのお宅も、二階がずり落ちるようになって潰れていたそうです。ご家族の安否は判りようもなく、何処へ身を寄せる術《すべ》も無いまま、東京への連絡に焦りながら、野宿同様の二夜を明かし、とうとう歩いて東京へ帰ろうと決心して、不眠と空腹にフラフラしながら踏み出したのです。

そして四日を費し、地震から六日目にようやくわが家にたどりついたのですが、転んだ時の傷の血と泥にまみれた顔を見るなり、良子さんはワッと声をあげて泣き出したそうです。嬉し泣きより驚愕と大怪我の危惧が最初に来たのでした。

信光は飲まず食わずの困憊の行路の途中、一軒の農家の「おばあさん」に恵んでもらった「おむすび」の味は一生忘れられないと、しみじみ述懐していました。信光は、それまで割に端正な容貌だったのですが、地震以後、少し相好が変ったように思えるのです。九死に一生の苦痛の大きさが想像されます。

震災当時、わたくしのお腹に胎児がいました。そして翌大正十三年三月二十日に次女を儲けました。愛子と名づけました。次男英彦が生れてから六年目に誕生の女児で、吾々両親ばかりでなく、姉、兄たちの喜びは大変なものでした。みんな珠玉のように愛《め》でいつくしみました。親の贔負目に、それはほんとうに可愛い児でした。後に思いますと、命薄く生れた故だったかと哀れが弥《いや》まさります。

愛子の生れた年の秋に、大正五年以来、八年をわが家の一員として、陰日向なく忠実に働いてくれたあさは、縁談のために暇をとって郷里の室蘭に帰りました。お互いに名残りおしく、悲しい別れでしたが、あさのためには目出たいことでした。代りにわが家の一員となったのは、いとでした。郷里は北海道の礼文島で、十八歳の時わが家に来たのですが、これも二十四歳で嫁ぐまで居てくれました。島の娘は働き者と噂には聞いていましたが、噂以上の働きぶりは驚くばかりでした。朝はわたくしたちの起きぬ前に、もう子供たちのお弁当が出来ているのです。献立はわたくしの用意したのを忠実に守っていました。純真で明るく、性質は、あさそっくりでしたが、容貌は十人並み、むしろ器量良しの方でした。そして手順よく仕事が早いのです。続いて恵まれた女中運をどれだけ感謝したかわかりません。

その頃、小樽高商では専用のグラウンドが無く、文部省に請求したのですが、国家予算引締めの時でグラウンド新設費は認められず、そのため教職員、学生、同窓会が協力して、自力でグラウンドを新設することに踏み切ったのです。

以下の事は、わたくしの記憶を「緑丘五十年史」（昭和十六年七月発行）によってたしかめました。

学校の前の急な坂を登りつめた五助沢の山頂に、格好の土地が見つかって、地主の串田さんから、坪四十銭という破格の値段で、一万坪をゆずり受ける事が出来、同窓会の財政援助と、教職員、学生の献身的な労力奉仕に依って、大正十四年六月から整地作業に入ったのです。

伴校長初め各教宮が、自ら進んで馴れぬ手にスコップを握り、猫車を押した熱意と、夏休みを返上して奉仕を惜まなかった学生、特に当時の三年生の尽力が実を結んで、降雪を見る前に、四千坪の整地が完了したのでした。

この第一期工事完了を記念して、十一月一日に花園公園で、祝賀の運動会が催されました。一時中断していた高商の運動会は、開校当時から小樽の名物行事でした。各会社から豊かな寄附や応援があり、一般市民も参加、それは賑やかで和気溢るるものでした。それが今度は祝賀の意味もあって、昔に優る規模のものでした。学生に教官も交えての色々な競技のほか、思い思いに趣向を凝らした仮装行列などあって、参加者も見物人も日の暮れるのが惜しまれるほどの愉しい一日でした。

わが家では、わたくしの「お父さまのお出かけですよ」「お父さまのお帰りですよ」の声に子供たちは、聞える範囲の何処に居ても、直ぐ飛んで来て玄関に丸い膝を揃えるのでした。それは成長してからも続きました。

愛子は四ツくらいになると、父の帰宅の時間には外へ出て、横町のつきあたりに父の姿が見えるのを待っていました。待ちぼうけで、すごすご帰る事もありました。時々わたくしも門に立つことがあり、父の姿を見て駈けてゆく愛子のおかっぱの髪が、ふさふさとゆれるうしろ姿と、急ぎ足に寄って来て抱きあげた夫の笑顔が、まるで今見る映画のように浮ぶのです。ほんとうにわが家はこの世の楽園でした。

夕べ父を迎ふる玄関先を争ひおのおのまろき
　膝を揃へて
悠久に父母あり子ありその子あり満天の星
　墜つることなかれ

こうして愉しい日が続きましたが、月に叢雲は避けられません。前述の、夫の盲腸の手術は完璧だったのですが、矢張り多少の影響は残っていて折々胃腸の違和に苦しみました。あまり長く違和が続いたので、昭和二年の暑中休暇に上京して、日比谷の胃腸病院で受診、尚検診と治療のため入院することになりました。その時、昭子は数え十四歳、もと子は十三歳、俊博は十二歳、英彦は十歳、愛子は四ツでした。昭子は庁立小樽高女へ入学したばかりだったと思います。

東京へは夫に付き添って愛子を連れてゆきました。こんどは、あさに代っていとが留守番でしたが、任せても不安はありませんでした。それに始終わが家に見えて、夫よりむしろ子供たちと接触の多い梅村、内堀二人の学生さんが留守を監督して下さる事を承諾されたので、一入心強く思いました。

上京して親子三人が、好意に甘えて先ず身を寄せたのは、若松の斎藤家の別邸でした。それは上野駅に近い田端の高台で、自然の南下りの土地を利用した広い見事な庭を持つ豪邸と言ってよいものでした。元の持主が画家の由で、建築も造作も、数寄を凝らしたものでした。

姉の舅姑お二人の隠居所兼義兄の商用上京の時の控邸として設けたものでした。往年、若松を訪ねた時、柳津詣での人力車にわたくしの膝に乗せた二郎は、東京商大を出て社会人となり、結婚した許りでした。美しい花嫁さんでした。母屋から廊椽つづきの離室二間を新居にしていました。わたくしたちは母屋の二階の三間の中一間を拝借しました。もっとも夫は直ぐに入院したのですが。

わたくしたちの到着の四、五日前に、芥川竜之介氏の自殺という椿事があって、直ぐその話が出ました。同氏の家は道路を一つ隔てた近さだったのです。また近い処に、たしか「自笑軒」という料亭があって、門から玄関まで、うっそうとした樹の間の小路を、女中さんが雪洞《ぼんぼり》を持って案内するという話を聞いたのはずっと後でした。

夫は翌日入院しました。その時の院長は平山医学博士だったと記憶します。夫の胃腸疾患は悪性のものでは無く、腸の一部に狭まった処が出来て、そのため、時々食物が発酵して胃腸障害を起すのが原因だったようで、痛みは多分神経性のものも含まれているように説明され、一安心しましたが、尚精密検査と治療のために二十日余り入院しました。夫はこの胃腸病院を信頼、その後終世の患者になりました。上京すると出来るだけ時間を作って診察を受け、病院処方の粉薬は最期まで、四十年間を飲み続けたのです。小樽には、十日分位ずつ送って頂きました。院長さんは代られても、患者の夫は引き継がれました。

夫が初めて入院した日比谷の病院は、放送局の直ぐ近くでした。新築されたばかりで、とても病院とは見えずホテルのようでした。廊下には赤い絨毯が敷きつめてあり、病室も明るく設備が整っていました。入院費は個室で一日八円だったのを覚えています。

先きのことですが、昭和三十一年からわたくしたちは、殆ど東京に在住で、紀尾井町の参議院議員宿舎に居ましたが、胃腸病院ではその頃、東京駅の八重洲口近くのビルに、川島クリニックという分院を設けられて、院長は平山家一門の川島震一医博でした。夫は川島クリニックのご厄介になり、お薬もクリニックから頂くようになりました。これは後の話で、夫の日比谷入院へ戻ります。わたくしは田端から毎朝、愛子の手を引いたりおんぶしたりして病院に通い、夫の夕食の終るまで居ました。国電や市電の便があって便利でした。それに、退院前の一週間は、夫も外出を許され、銀ブラなどして一緒に食事した事もありました。

退院後は院長の勧めで予後の保養に、上州の四万《しま》温泉に行きました。上越線の渋川駅から鉄道馬車に揺られ、随分道中が長く、途中乗り替えがあったように記憶します。温泉は山峡にあって、四万川の流れに臨み、景色の佳い上に、静かで鄙びているのが却て魅力でした。

宿泊は二食付一泊いくらと定まったのと別に、素泊りの料金に、食事は好みの料理を注文出来るのとありましたので、後者を選びました。朝は殆ど定まっていましたが、昼食と夕食は二時間ほど前に、女中さんが品書きを持って注文をとりに来てくれるので好都合でした。活きのよい川魚や新鮮な山菜は珍らしい上に美味で、夫の胃腸のためにも埋想的でした。メキメキと回復してゆくのが目に見えるようでした。旅館は「積善館」だったと思います。大きな構えで自炊の泊り客のための棟も別にありました。

夫は足ならしに釣竿を持って近くの川辺に行くことがありました。

四万に来て葉月といふにセルの肌うすら寒かり
山の深きに

疲れ見えぬ夫を嬉しみ助けつつ山ふところの
釣橋をゆく

山の襞重なる峡を逃れ来て追はるる水の
瀬を速み見ゆ

魚の命助けにけりと釣の竿収めつつ夫は
ほがらかに笑む

君は竿われは魚籠《びく》持ち子を間《あひ》にぶらりぶらりと
川添ひの道

湯治の二週間は、夫とわたくしには愉しいものでしたが、愛子が退屈して可哀想なので、三週間の予定を早めて引きあげることにしました。もう半世紀以上前の、この温泉の起き臥しが苦しいまでに懐しく思い出されます。夫は未だ壮年、愛子は四ツの可愛い盛り、その面影はわたくしには永久のものです。

愛子悲し

昭和四年二月に三男の正昭が生れました。次男の英彦とは十一ちがいの弟です。愛子は赤ちゃんの誕生をどれほど喜んだか知れません。わが家の子宝は五人となり、恵まれた毎日が流れてゆきました。正昭は満一歳の誕生日を迎えた頃から中耳炎に罹り、毎日病院通いをしました。市の外れの小樽病院まで乗り物の無い道を、一時間近く正昭をおんぶして通院、一ケ月ほどで全治しました。

次男の英彦も三ツの時下痢が止まらず、おんぶしてお医者に通いましたが、その時は丘の上の舎宅から小樽駅に近い内科の医院までで、小樽病院とは反対の方角で、距離は病院ほどではなかったのですが、おんぶしての地獄坂の登りがこたえました。一週間ほど通っても思わしくなかったのが、その頃売出したビオフェルミンを飲ませたところ、下痢が止まり嬉しかった事を覚えています。わが家では、赤ン坊の時は宇津救命丸をよく飲ませましたが、この時から子供たちはビオフェルミンのお世話になりました。熱を出した時は直ぐ往診をお願いしましたが、先生がわが家に着かれるころはもう熱が下っていて、申訳ない思いをした事も度々でした。このような事で子供たちはスクスクと育ってゆきました。

昭和五年四月、愛子は緑小学校に入学しました。昭子は小樽高女の卒業を待たず、四年から東京の津田英学塾の予科一年の入試を受けてパス、上京して原宿の国分家（昭子の伯母）のお世話になって、その頃は未だ麹町にあった津田の予科に通学していました。もと子は小樽高女に在学中でした。

愛子は学校へ入った事が嬉しく、毎日勇んで登校していました。学校は子供の足でも十分はかからぬ距離でした。やがて暑中休暇、それも終って二学期が始まって約一ケ月になろうとする九月二十八日に、愛子の魂は突如、空に消えてしまったのです。

これからこの悲しい事実を書かねばならぬ今も、胸ふさがる思いでペンが進みません。わたくしの一生の中に心を抉る悲しみは、これで済んだのではないのです。どえらい不幸が後に控えていたのです。「未知」と「忘却」は神様から与えられた「お恵み」でしょうか。

小樽高商は開校当時から、北大予科と柔剣道のほか野球の対校試合も春秋の行事となり、北海道の早慶戦と称ばれていました。夫はずっと運動部に関係していましたので、試合には殆ど出席応援していました。その秋の野球の試合は小樽で催される番でした。

その九月二十八日の午後、わたくしは愛子を連れて花園公園の会場に出かけました。そして夫の姿の見える席で観戦しました。試合は半ばまで進んでいたと思います。一時間ほど経って、愛子は退屈して「先に帰りたい」と言い出しました。花園公園のグラウンドと緑小学校は、広い通りで繋がれていましたので、学校の前の通りへ出て帰宅するのに、何の危険も感じませんでした。

愛子を帰してからどれほどの時間が経っていたか覚えていません。試合が終りに近くなった頃、凶報が入ったのです。愛子が水に溺れて病院にかつぎこまれた、と皆まで聞かず、夫もわたくしも会場を走り出しました。何処をどう走ったかも覚えていません。

不祥事には色々な原因が重なるものですが、偶然の不幸な重なりを、愛子のためにどれだけ悲しんだかわかりません。

愛子はわたくしたちの知らぬ、公園のグラウンドから緑小学校の裏門への近道を知っていたのです。通学してから覚えたのでしょう。裏門の前には小さな川の流れがありました。おこばち川の支流で、ふだんは川底をチョロチョロと水が流れている程度ですが、折々上流の堰を外して放流される事があります。これが愛子に不幸を招びました。川には橋とも言えぬ板が渡してあるだけでした。渡った処にガラス工場があり、平日は数人の工人の出入りがあるのですが、その日は日曜でだれも居らず、愛子危難の発見が遅れたこと、前日の雨で道がすべった事（橋への道は下り勾配）、いつも愛子が履いているゴム底の靴に替えて、この日は皮底の靴を履かせた事。

　愛子は人に気づかれずに、二十分か三十分、川底に居たのです。川面に浮いた帽子が人目に触れて、その裏に縫いつけた名札が愛子を教えました。

　日曜日で大方の医院が休診のため、愛子を抱えた方が幾軒も廻られて、やっとかつぎこまれたのは、婦人科の病院でした。駈けつけた夫が腕のしびれるほど人工呼吸を施しましたが、愛子は甦りませんでした。せめてもの救いは殆ど水を飲んでいなかった事です。足をすべらせた瞬間に、胸を打って失神したまま水に落ちたものと思われます。左の胸の痣を見てまた哭きました。

　緑町の正法寺での葬儀に参列して下さった同級生を見た時の悲しさ、たどたどしい文字や、絵画の成績を返して頂いて眺めた時の辛さ、胸を裂かれる思いでした。


わたくしは狂ったように和歌を詠みました。やむにやまれぬ心の叫びでした。

愛子　愛子　斯く呼ぶさへに大いなる喜びをもて
母は呼びしを

あまりにもはかなき別れ白日のもとにボールは
飛びて消へにき

おそろしき淵の手前の数歩にも否一歩にも
笑みてありけん（この和歌を遭難碑に彫みました）

泣き泣きて涙の淵にこの母も溺れて共に
逝かんと思ふ

愛ちゃんただ口ぬち言ふさへに熱きなみだの
ほとばしり出づ

忽焉とただ忽焉と逝きしみ魂空のいづくに
母を恋ふらん

はらわたのひきちぎるると言ふことを
身に思ひ知る今の今今

悲しみと言ひ苦しみといふはなまぬるし
いまこの思ひ何に譬へん

鉄槌をもてこの頭《かしら》打ち砕きこの苦しみを
救はせたまへ

悲しみをわれに集めてあまりにもまぶしき秋の
陽の光かな

愛子地蔵開眼の日はさむざむと落葉を誘ふ
しぐれ降りにき

台石に愛子地蔵とわが夫のみづから筆を
とりたまひにき

遭難のしるしの碑石《いし》にいとせめて母の涙を
和歌に彫まん

払へども払へども地蔵菩薩のおん肩に病葉《わくらば》落ちて
袖の露けく

吾子と同じあやまち再びあらすなと橋をし架けぬ
まがつみの淵に

夫は悲しみのはてに、信仰に心の救いを求めました。正法寺の方丈荻野一山師を求道の師と仰ぎ、敬虔な祈りの道に入りました。正法寺の大象会と言う信仰の集いや、座禅提唱のある毎に、雨の日も深い雪の中も、早朝から必ずお袈裟とお数珠とお経本を離さず、仏前に礼拝しました。

昭和七年には夫の主唱が認められて、小樽高商仏教青年会が発足の運びになりました。この後、学生ばかりでなく、教官も入会され、正法寺の本堂に合宿して、毎年座禅弁道にいそしみ、会員は百数十名を越えた事もありました。時々、一週間、二週間を早朝から看経《かんきん》、お粥をすすり、お寺から登校した学生もあったほどです。また昭和十年前後に、夫は伊豆の修禅寺禅堂へ出張参禅に参加したこともありました。正法寺の年末行事、門内の広場で炊き出しの振舞には、お坊さんは襷がけ、学生は腕まくりで労を惜しまず、給仕に大童だった光景が懐しく眼にうかびます。

わたくしは夫のように、仏の道に悟りを求める事も出来ず、只泣くばかりでした。

愛子の急逝に東京から帰省していた昭子が、「おかあさま、そんなに愛ちゃんの事ばかり歎いていらっしゃると、昭子やペピちゃんやデデちゃんが悪い子みたいで悲しい」と言ったので、わたくしはハッと目が覚めました。いつまでも子供の前でメソメソしてはいられない、とやっと気をとり直したのです。

愛子の不幸が機縁となって、初めてお逢いした時、荻野一山師は未だ三十そこそこであられましたが、苦米地とは年齢の相違にも係らず、以後三十余年胸襟を開いての交りでした。

一山師はわたくしたちが小樽在住の終りまで、毎月、母と愛子の命日にはわが家の仏前で心を籠めて読経を賜りました。夫もわたくしも正座して般若心経を唱和しました。方丈さんのお声の澄んだ美しさは今も耳に残っています。

昭和七年二月、四男の和夫が生れました。わたくしは、愛子の生れ代りに、女児の誕生を祈りました。けれども生れたのを見れば可愛さは変りません。愛子が男の児になったのだと思いました。夫と二人で「和夫」と名づけました。姉や上の兄二人とはずい分年齢が違います。和夫は忽ちみんなの「愛童《めんこ》」になり、「かあ坊」と呼ばれました。今でも「かあ坊」です。両親、姉、兄たちにいつくしまれ、のびのびと育ちました。

昭和九年三月、昭子は津田英学塾本科を卒業して父母の許に帰って来ました。在学中の冬、春、夏の休暇には必ず帰省していました。帰るという日には、前日用意した荷物を教室の隅に持ちこんで、授業が終るやまっしぐらに駅へ駈けつけたと言っていました。在学中、津軽海峡を二十何回の往復でした。

「津田」の予科の時は、原宿の伯母の家から、麹町の英国大使館に近い学校まで通いましたが、本科になって校舎が武蔵野の国分寺に移り、寮舎も附属して建設されたので、昭子はその東寮に入り、寮生活を続けました。休日には国分の家にあたたかく迎えられていたようです。

その頃、従妹の美枝ちゃんは、女学校を出て、専ら三味線の稽古に励んでいました。お師匠さんは長唄の名門杵家栄蔵師と聞きました。同門に現在の松緑丈が居て、よく「豊《ゆたか》ちゃん」「豊ちゃん」と美枝ちゃんの口から話が出た由です。

美枝ちゃんも三越劇場の演奏会に出演、お揃いの紋付を着て雛段に並んだ事もあったのです。姉は一人娘の美枝ちゃんを着飾らせるのが唯一の楽しみだったので、美枝ちゃんは衣裳持ちでした。昭子はわが家の主義で、銘仙が一番の晴着だったのですが、美枝ちゃんを羨やむでもなく、美枝ちゃんの華やかな生活をむしろ喜んでわたくしに伝えたくらいです。自分は英語の勉強のほか、ほんとに余念がなかったのです。

昭子は「津田」では英語一辺倒の修業だったので、小樽に帰ってから稽古事を始めました。

昭子はわたくしの希望を素直に聞いてくれました。和裁には本職の仕立屋さんを選びました。紹介していただいた先生は、腕利きの上に性格の穏かな方で、昭子はその男のお師匠さんから、懇切丁寧な指導を受けました。週五日、朝九時から昼の一時間を除いて午後三時まで、正味五時間を座りづめの仕事に、昭子は不平も言わず、満一ケ年学びました。飲みこみの早い方で、わたくしと違い、手も器用なので、この一ケ年で一通りの修業が終りました。お花とお茶の稽古には週二回、同じ女の先生に通いました。

昭和十年四月、夫は小樽高等商業学校校長に任命されました。伴校長に次ぎ三代目です。緑町四丁目の家から、緑町二丁目の校長官舎に移りました。官舎は洋風の応接間、和室の十畳とも、六間ほどでゆったりした感じでしたが、緑丘会（小樽高商同窓会）の有志の方が、母屋に続く一棟を新築して寄贈して下さいました。苫米地の書斎にとのご配慮だったのですが、官舎なので個人への寄贈は許されず、文部省へ寄附という事になったので、夫も喜んでご好意をお受けしました。その一棟は、階下は洋風の十二畳、二階は八畳の和室でした。夫にりっぱな書斎が出来て、わたくしは嬉しさ有難さに胸がいっぱいでした。夫は教育者として報いられる事の余りに大きい自分に、いつも眼をしばたいて感謝を口にしていました。明るく静かな書斎で、夫の校長兼学究としての多忙なそして心に張りのある毎日でした。家庭は和気謁々でした。

「津田」を了えて帰って来た昭子が、一層花を添えました。これで愛子さえ居たならばの思いは去りませんが、あれから歳月は六年を数えます。

歳月が救ひとなりて悲しみの薄るる寂しおもかげを追ふ

この年の秋、わたくしたち夫婦は、銘酒「北の誉」の醸造元として業界に重きをなしていられた、野口喜一郎氏の令息、誠一郎氏の華燭の典に媒酌をつとめました。

誠一郎氏は、昭和九年に小樽高商を卒業され、夫にとっては教え子であり、父君の喜一郎氏は深く仏教に帰依、名士の聞え高い方で、苫米地も兼々、敬服していましたので、ご依頼を喜んでお引受けしました。

花嫁の美津枝さんは、旭川市に令名ある実業家の令嬢で、花のように美しくしとやかな方でした。

野口家は小樽市真栄町に広大な庭に囲まれた豪邸で、母屋から廊下伝いに新築された仏殿がありました。婚礼の儀は、その仏殿で行われました。敬虔に行われたその式には、導師の高僧のほか、新郎新婦と媒酌夫婦だけでした。仏殿の木の香がさわやかに、心を洗われる思いでした。

披露の宴は、小樽の北海ホテルで華やかに催され、尚、東京でも重ねて披露宴を設けられるため、わたくしたち夫婦もご一緒に上京することになりました。四歳の和夫を連れて行きました。野口家で、赤坂の山王ホテルに宿を取って下さいました。その頃の山王ホテルは洋風の瀟洒な建築に見えました。庭つづきに純和風の星ケ岡茶寮があり、田舎の旧屋を模して造られた一室で、凝った料理のお昼食をいただいた時、和夫がうたた寝をしたのを思い出します。壁にかけられた蓑、笠、囲炉裏に吊された自在鉤など懐しく浮んで来ます。

披露宴は帝劇の隣りの東京会館でした。愉しい思い出の山王ホテル界隈が、半年後にあの恐しい二・二六事件の本拠になったのです、ラジオで事件の重大さにおののき乍ら、ありし日の穏かに美しい情景が瞼を去りませんでした。

昭和十一年十月、小樽高等商業学校は、天皇陛下をお迎えするという栄誉と大任を担いました。

その年十月二日から六日まで、北海道の島松で行われた陸軍の大演習を、ご統監の帰途を小樽にお立ち寄りになったのでした。行幸が確定してからの学校の緊張は大変なものでした。八月頃から準備にかかったのです。十月に入ってからは校内の清掃のくりかえし、警備の万全を期する予習に、教職員、学生挙って、昼夜をわかたぬ奉仕でした。

十月九日朝、陛下は、小樽へお着きになりました。小樽高商へのお成りは、午前中の一時間足らずでしたが、わたくしは、夫の大任が無事果されるよう只祈り続けました。

わたくしども教職員の家族は、校庭の隅に整列して、学生の剣道野試合をご覧のため、バルコニーにお立ちのお姿を拝し上げる事が出来ました。長い長い緊張の後の数分でした。

身じろぎの衣ずれさへも謹みゐてこころは大任の
夫に添ひゆく

おん召車見送りまつりおほけなやへなへなとわが
　姿勢くづれぬ

　その夜夫は、陛下が分刻みのご日程にお疲れの色もなく、校内のご巡覧には一つ一つみ心を留められ、また商業実践の授業には著しく興味を持たれて、ご質問を賜った事など、眉を開いて語ってくれました。

　行幸の光栄を記念して、遙かに小樽の海を望む校庭に行幸記念碑が建てられました。碑の表面に彫まれた「聖徳無邊」の四文字は、苫米地が真剣な手習を重ね、心魂を籠めて謹書したもので、その後の幾星霜を北海道の風雪の中に、今も変らぬ記念碑は、何かを語りかけていると思われます。

　昭和十二年、昭子は縁あって毛利孝氏の長男悌雄《やすお》と結婚しました。

　毛利孝氏は小樽市稲穂町に毛利肛門病院を経営、専門の手術で名医の聞え高く、道外からも名声に頼って入院がある程でした。行子《ゆきこ》夫人は六十代にかかられるとは思えぬふくよかな美人で、昔はさこそと偲ばれるほどでした。内助の功ばかりでなく、出でては愛国、国防両婦人会の副会長として活動されていました。わたくしは愛国婦人会の会合などで時々お会いしていました。

　昭和十一年十一月頃、思いがけなく毛利家から長男悌雄氏の妻として、昭子に結婚の申し込みがあったのです。

　どうして昭子を選ばれたのか、毛利夫人の昭子への執心は驚くほどで、幾度もわが家に足を運ばれました。昭子は結婚について、貧しい生活の第一歩から希望を持って踏み出したいと、自分の父母の歩んだ苦難の道をむしろお手本に思っているようでした。悌雄氏はその頃北大の医学部に、山崎春雄教授の指導を受けて、その研究室で、解剖学の研究、実験に取り組んでいました。親がかりという事で、昭子の気持は進みませんでした。毛利の母上の熱意に負けたというよりは、本人悌雄のあまりにも純真な性格に触れて、昭子が自分の意思を言い出し兼ねた事が承諾のかたちとなり、結局、昭子は毛利昭子となりました。昭和十二年二月、深い雪の中に、小樽住吉神社の神前で式を挙げました。

式服の白無垢一揃は毛利家で用意されました。一点の曇りも見えぬ清らかな花嫁でした。披露宴の振袖はわたくしが昭子と共に選んだもので、染も模様も刺繍も申し分なく、帯は西陣の「たつむら」の逸品、母の心を籠めたものでした。

昭和十一年十月の陛下の行幸に先だち、その九月、小樽高商に、朝香宮殿下をお迎えした時、昭子は薄茶のお点前を奉仕しました。その予告があったので、初めて昭子のために中振袖の晴着を誂えたのでした。それは昭子によく似合いましたが、婚礼衣裳はそれにも増して美しく花が咲いたように見えました。

匂ふとほどの娘の晴姿昨夜《よべ》泣きし頬に化粧《けはひ》の
　厚きが悲し

新夫婦は、札幌の郊外円山に新居を持って、悌雄は研究生活を続け、学位を得てからもそれは続きました。小樽へ帰って、副院長として父院長を助けるようになったのは、昭和十七年以後と思います。結婚の翌年、長男昌史を儲け、昭子は母となりました。優しく賢い妻であり、母でありまた嫁であり、また多忙なハウスキーパーの毎日でした。

逢へば咲く花の明るさ母の知らぬ苦《にが》き涙も
　噛みわけて娘《こ》は

昭子は札幌に居た間、ご両親に生活費を仰いでいたのが、本当に辛かったと言っていました。

長男の俊博は、小樽市立中学校を了えて、名古屋高商に入学しました。その在学中、月々の送金は十五円だったと思います。昭和十年前後の事です。俊博は普通のお宅の一部屋をお借りしました。俊博はつつましい生活によく堪えました。その名古屋時代に、肺門リンパ腺を侵されて入院した事がありましたが、大事に至らず、思ったより早く退院出来ました。名古屋高商を卒業して直ぐ、東京一ツ橋の東京商大へ入学する事が出来ました。

アメリカと日本の友好のための日米学生会議は、昭和九年（一九三四年）に始まり、日本とアメリカで交互に行われました。その第六回は、昭和十四年八月に南カリフォルニヤ大学で開かれることになり、俊博も選に入って、その会議に参加する事が出来ました。鎌倉丸で横浜を出航したのは七月だったと思います。その会議に参加の学生は男女四十八名と聞きました。長い船旅の間に意気投合する仲間が出来、その後の会議を通じて、それは生涯の親友にまで発展したのです。

東大の宮沢喜一（注1）、相浦忠雄、千田図南男、村井七郎、東京商大の奈良靖彦、苫米地俊博、第三高等学校の岸本謹之助等で、学校の異なることなど何の障りにもなりませんでした。

この年の五月にはノモンハン事件が起って居り、学生会議の最中に、ヒトラーのドイツ軍が、ポーランドに進駐したのです。この二日後、暗雲を孕んでいた欧州大戦が勃発しました。日本まで巻きこまれる第二次世界大戦を暗示した事件ではなかったでしょうか。いつも世界の情勢に眼を注いでいる夫の心に、暗い不安が兆《きざ》したのをわたくしは聞いていました。

この暗雲に係りなく、日米学生会議は、両国の学生の理解に役立ち、また一方では良い友を得る機縁になりました。それのみか、会議への参加が縁結びの神の役まで果したのです。一行に東京女子大二年生の伊地知庸子さんが居られましたが、卒業後、宮沢喜一氏と結婚され、苫米地俊博は相浦忠雄氏の妹正子を妻に迎えました。

昭和十六年の十二月末、入営を間近かに控えた俊博を見送り方々宮沢さんが小樽のわが家に来て下さいました。二人で一緒にニセコに行き、スキーを楽しみ、また温泉につかりながら、今生の別れとばかり、心ゆくまで話し合った様です。紅顔とも言って良いその頃の面影が、わたくしの瞼に残って居て、還暦前後の現在と思い比べ、無量の思いに捉われます。（注2）

（注1）俊博叔父と宮沢喜一氏の関係は城山三郎著『友情力あり』にも書かれていますが、日米学生会議で親交

が始まり、さらに、宮沢氏と幼少の頃から無二の親友であった相浦忠雄氏の妹を娶ったことでますます深まったようです。

叔父と宮沢氏とのエピソードとしては、叔父の話では空襲で宮沢氏の家が焼失したらしいとのことで永福町の家に見舞に行ったところ、焼けた家屋の前の庭の芝生で土中に埋めておいたウイスキーの瓶を掘り出し、その瓶を抱えて胡座をかいて飲んでいたそうです。夜寝るところも無いとのことで、とりあえず吉祥寺の叔父の妻の実家に来てもらうこととし、永福町の駅前で大八車を借りて焼け残った家財道具を積んで、水道道路を大八車を大汗をかきながら二人で引いたり押したり吉祥寺の家まで運んだとのことです。

(注2) 父の話では父が小学生の頃、宮沢さんにスキーを教えた記憶があったので、あるとき宮沢さんに〝戦時中なぜ冬の北海道に来られたのですか?〟と聞いたところ〝そりゃ俊博に赤紙が来たのでこれ今生の別れと思い俊博を見送りに行ったのさ〟と答えが返ってきたそうです。

戦争の色濃く

昭和十四年の春、俊博は盲腸手術の後が思わしくなく、長い入院が続きました。病院は新宿の花園神社に近い専門病院でした。微熱がどうしても除《と》れなかったのです。腹膜炎をおこしたのですが、ペニシリン等も入手出来なかった頃で、唯、薄荷の湿布をして恢復を待つほかありませんでした。わたくしは上京して四十日余り付き添いました。とげぬき地蔵様にお詣りしたのはそれが初めてでした。

クラスのお友達や殊に日米会議のお仲間は、毎日のように見舞って力をつけて下さいました。なかなか退院が許されませんでしたが、国分の義兄《あに》の弟で、内科の医博になっていた信雄さんがしばしば見舞って下さってその計らいで退院を許されました。昭和十五年秋、肋膜炎のためこんどは慶応病院に移りました。経過は良く恢復は早かったのですが、主治医の先生の勧めで、退院後、静岡の江の浦海岸に宿をとり、予後の保養をさせる事にしました。入院中の派出看護婦が、年配で至極親切な女《ひと》だったので、そのまま付添いを頼みました。

江の浦は風光に恵まれ、宿は海添いで部屋の椽から釣が出来ると、俊博から元気な便りが来たほどでした。この江の浦の一月足らずが、その後の俊博の健康にどれだけ効果をもたらしたか計り知れません。

俊博が盲腸で新宿の病院に入院中に、英彦は、小樽高商を卒えて神戸商大に入学しました。

紀元二千六百年記念の祝典が東京で催された秋、夫も文官として参列のため上京したのを機会に、わたくしも共に、初めて伊勢神宮参拝の念願を果しました。伊勢から紀州の白浜に廻り、往復三日の旅だったと思います。

俊博は昭和十六年四月三菱商事に入社後、直に上海支店勤務になりましたが、同地で肋膜炎再発三週間ばかり入院しました。退院後三日目で現地で徴兵検査を受けた処合格、翌十七年一月十四日月寒に入隊とのことで、十一月末帰樽、入営まで名残りを惜しみました。わたくしはその朝、札幌の連隊の営門まで送り、無量の思いで別れました。当時昭子は、国防訓練の無理が響いたのか、折角宿った胎児を流産、北大の病院に入院していました。

わたくしは俊博と別れてから、心も身も重く引きずるようにして病院に昭子を見舞い、夕方まで付き添っていました。其処にひょっこり今朝別れた俊博が顔を見せたのです。夢かとばかりの驚きより嬉しさが先でした。当時としては不名誉な即日帰郷になったのは、胸の病の痕跡が残っていたらしいのです。後に思うと本当に病気に救われたのでした。病気に救われたのは俊博ばかりではなく、英彦も同じ運命でした。神戸商大在学中の次男英彦は、昭和十八年三月の卒業が半ケ年くりあがり、十七年九月卒業予定のその春、小樽で徴兵検査を受けたところ、甲種合格しかも最優秀の成績でした。

意気揚々と神戸に帰校したのですが、九月の卒業を控え、あろう事か腸チフスに罹ったのです。その報にわたくしは、直ぐ小樽から飛んでゆきました。神戸に着いた時、英彦はもう友達の手で病院の隔離室に運ばれていました。主に柔道部の仲間の方ですが、その友情の厚さには、有難さにお礼の言葉も只涙でした。蒲団の事まで気を配られて、何から何まで母のわたくしが為す事が無いまでに行き届いたお世話でした。そして毎日入れ替りたち替り見舞って下さいました。峠を越すまでわたくしは日夜付き添いました。

快方のメドがついてから近くに宿をとったのですが、「緑丘」に在学して居られた時、留守をお願いしたり、いろいろご厄介をかけた上に、小樽市立中学では俊博、英彦の恩師でもあり、近所にお住いの時、奥さんともご懇意にしていた梅村さんが、その頃神戸に勤務され、お住居が明石に近い垂水で、もう小学校のお嬢さんが二人居られたのですが、わたくしに「神戸へ来て他《ほか》に宿をとる事はない」と奥さんともども熱心に勧めて下さるご好意に甘え、それから、垂水のお宅から病院通いをして、鉄道の沿線から毎日、須磨、明石の景色を眺めました。

八月二十日今朝の朝けに降るばかり露しづくして
　空は秋なり

夢覚めて薄着の肌にしむばかり露のしづくの
　音に出でぬる

熱ばめる吾子の瞳にひかれゆく母の思ひか
　霧たちわたる

海峡の波すれずれに飛ぶ鳥にわがゆく船の
　煙もつるる

病む吾子に斯くばかりなる友情の篤きにむせばゆ
　旅を馳せ来て

きりぎりす籠《こ》に飼はれつつ声澄みて昼を啼くなり
　松風の窓

訪《と》めて来《こ》し敦盛塚は蝉しぐれ松吹く風も
　濡るる思ひに

幸いにして、英彦はメキメキと快方に向いました。このチフスのために英彦は九月に卒業出来ず、回復後に追試験を受けて卒業免状を頂きました。陸軍入営は延期を許可され、三菱電機に入社しました。そして海軍経理学校第十期補修学生の募集に応募、入学試験を受けて合格、あきらめつつも万一を願っていた僥倖に恵まれたのです。海軍主計補修学生として、陸軍へ入隊の義務は消滅しました。

海軍経理学校で烈しい訓練に堪え、昭和十九年三月、修了免状を頂くことが出来たのです。

そして直ぐに、大湊海軍経理部附海軍主計中尉として赴任しました。大湊は海軍警備府の所在する軍港で、日本の防衛及び攻撃の重要な基地でした。

左に英彦の話を取り次ぎます。

海軍経理学校修了前、島田海軍大臣より訓示あり、「米国と日本との大体の海軍戦力の比率は十対六で、この態勢の下に一対一で戦うのでは、日本が零の時に米国に四が残る。これはこの戦争が容易なものでなく、これを償うのは諸君の血と努力のみ」とこの訓示に拠って自分は、この戦争の重大な意義を改めて痛感し、滅私の覚悟を新たにした。今になって当時の実戦指導者の心中の苦悩が解るような気がする。心中では絶望的だったと思う。海軍経理学校補修終了前の或る夜、人格、識見共に衆目を集めていた相浦分隊士が、品川湾頭の上に浮ぶ月を見て、「ああこの月は美しい」とわれわれ補修学生には極めて感傷的に受け取れる事を言われた覚えがある。当時の海軍士官として女性的な発言に思えたが、相浦分隊士は自分の死を覚悟し、勝敗を別にして、自然の運行するものを透徹して考えていられたのではなかろうか。

これは、俊博の親友、そして妻の兄、英彦にも義兄に当る相浦忠雄さんのありし日の美しい一こまです。英彦が品川湾の月の夜に受けた予感は、悲しい事実となりました。愛惜に胸塞がるこの事実には、後に触れます。


「緑丘」の夫の事に戻ります。日本がやがて突入する無謀な世界大戦を孕んでいた、昭和十二年の日華事変の頃から、教官や学生の応召が始まっていました。文部省の命令と言うより軍の後押しで、いろいろ無理な学制改革が始まりました。それが課目の変更にも及んで、夫の苦悩がわたくしにも響いて胸が痛むばかりでした。英語の時間も減らされる羽目になりましたが、夫は頑として屈しませんでした。「戦争の勝敗に係らず英語の重要さは益々増大する」というのが夫の主張でした。これには学生ばかりでなく、父兄の反感を買い「売国奴」とまで言われたのです。戦争が進むにつれ軍の圧力は加わる一方でした。

昭和十七年から授業の短縮、卒業を半ケ年繰りあげて、十八年三月卒業は十七年九月卒業になりました。

昭和十八年には、小樽高等商業学校は、小樽経済専門学校と改名を余儀なくされました。それでも他校のように、工業専門学校に合併されるよりはまだ救いがありました。

学徒出陣が始まったのはこの年です。夫は、日の丸の旗の寄せ書きに「飛潜有事唯従自然」と墨痕に心を籠めて餞別《はなむけ》としました。出陣の学生を送る度に夫の眼に涙が光って見えました。

学半ば皇国《みくに》の急に馳せ参ず丘を染めたる
一色《ひといろ》の秋

出でて行くみ艦《ふね》は北を指すらしき如何なる冬に
向ふとすらん

学生は授業を放棄、工場、農村に狩り出されました。わが家でも三男正昭は室蘭製鋼所に、四男和夫は仁木《にき》の農家に学徒として勤労に奉仕しました。わたくしは、愛国婦人会の一員として出来るだけの奉仕を惜しみませんでした。

国の要請に応じ、貴金属、宝石等の献納には、夫の青春を記念する対校試合その他の優勝メタル（注１）、佐久間の父の唯一の形見ネクタイピンのダイヤ、昔の寮生の心の籠った時計の金側まで、その中に入れたのです。今では父にも夫にも寮生にも申訳ない思いが拭えません。殊に夫のメタルは、わたくしの意見に異を唱えなかったその時の夫の心中を想うと、たまらない気がします。

俊博は昭和十六年、東京商大を卒業、三菱商事に入社。直ぐ上海に赴任しました。その頃の上海は既に不穏の空気が伝えられていました。わたくしは俊博と長崎港まで同行、夫は出張の大阪から駈けつけて、俊博の船出を見送りました。或は今生の別れになるやも、との思いが胸をしめつけましたが、お互いに笑顔で別れました。一ケ年足らずで俊博は本社に帰任しました。

昭和十六年の春、わが家に一人の青年が加わりました。小樽高商の二年生黒川俊典さんです。その父君の日本銀行小樽支店長黒川清雄氏が本社へ栄転されるにつき、そのご長男を卒業まで苫米地に委託されたのです。

その頃わが家では、長男も次男も家を出ていて寂しかったのが賑やかになり、みんな喜びました。俊典さんは性質の明るい好青年でした。直ぐにわが家の一員として溶けこまれました。殊に三男の正昭はすっかり懐いて、毎日のようにお部屋に入りこんでいました。俊典さんの母君が東京からその令息へのお心入れの深さは感に堪えぬものがありました。俊典さんは十七年の秋卒業され、父母君の許に帰られました。戦時中と言い、名残りの借しまれるお別れでした。黒川さんは三菱石油に就職、良縁を得て結婚、芝白金に新居を持たれました。

ご両親の黒川清雄氏ご夫妻が、元から荻窪に住まわれた処へ、昭和三十一年に、わたくしたちがご近所に一戸を持つことになり、ご縁が尽きない事になりました。

昭和十八年の春、俊博は兼ねて婚約の相浦正子と結婚しました。媒酌は、夫が長野中学時代からの親友宮原信英氏で、同氏と正子の父君相浦鼎五氏とは、奇しくも一高、帝大とも同窓という二重の縁からでした。

やがて宮沢さん、庸子さんも華燭の典を挙げられ、以来両家庭の睦みは今日まで続き、近年は、年越からの幾日かは、熱海の宮沢別邸に、夏休みにも軽井沢の別荘にお招ばれするようになりました。

昭和十八年の冬の休暇に、夫は母上を迎えに横浜に赴きました。その頃、貢さんは神奈川の鶴見に居を構えて、ずっと放送関係の仕事をしていました。母上は続いて貢さんの処に居られました。家政万端、操さんの良き相談相手で、元気《まめ》に家事の手伝いもしていられたのですが、最近身体が弱られたようで、夫もわたくしもお案じしていましたが、北海道が冬に向う季節でお迎えも逡巡していたところ、脳軟化症の徴候が出られて、母上が小樽の事ばかり言われると、操さんから申し越されたので、夫は矢も楯もたまらず、冬休みに入ると、直ぐ小樽を立って鶴見に赴き、一泊もそこそこに母上をお連れして帰樽の途につきました。青森、函館の連絡船の乗り替えホームも、母上をおんぶして歩き通したそうです。偶然函館のホームでその光景を目撃された、小樽高商出身の西田弘さんの母上が深く感動された事を、後日わたくしにその感動をそのままに話して下さいました。

母上は小樽に着かれてから、ほのぼのとした日々を送られました。

身に近く時世の波を感じつつ明らさまなる
言を謹しむ

配給の時代の相をうべなひて老ほのぼのと
います母なり

母上の脳のご病気は徐々に進みました。年が明ける頃には、殆ど自分を弁えなくなられました。床に就かれる事もなく、命の灯は細って、十九年二月九日、遂に亡き父上のお傍にゆかれました。夫の悲歎は身をしぼるように、「お母さまをこんな容《かたち》で死なせてしまった」と、慟哭の言葉に察しられます。どう仕様もない時局への恨みも籠っていたと思います。わたくしはお姑さまのきりりとした長野時代のご様子が浮んで来て、言いようもない思いに只ご冥福を祈り、合掌するばかりでした。お寺の本堂もこの時期、軍に提供されていたと思います。通夜も葬儀も自宅で行いました。雪の深い道を歩いて、天狗山の麓の火葬場までお送りした時の、寒む寒むとした光景が瞼に甦ります。時局にも係らず葬儀に参列して下さった方々が意外に多く、感激しました。常々それほど親しいお交際もなかったお菓子問屋さんが、通夜のお菓子に融通して下さった乾し芋のお煎餅は、甘味は薄いものながら、思いがけぬ有難いご厚意は心に沁みて今も忘れられません。

近親は葬儀にかつがつ間に合ったり、遅れたり、戦時色の濃い直中《ただなか》でした。

この年の九月初めに夫とわたくしは大湊に英彦を訪れました。英彦の日常に触れたいなど、だいそれた希いでなく、一目でも逢いたかったのです。青森の浅虫温泉の「東奥館」に宿をとりました。その夜、英彦は逢いに来てくれましたが、泊らずに帰隊しました。翌日訪問を許されて夫とわたくしは大湊に向いました。

野辺地から大湊まで陸奥湾に添う線路の列車の窓の海側は、全部板で目隠しされてありました。ヒシヒシと戦時を感じました。

大湊海軍経理部に訪ねて感じた英彦の勤務の雰囲気は、和気に満ちていました。それは部隊全部の友情に依るものでした。命を捧げて向き合っている戦争の直中に、おのずから湧き出てほとばしる友情が、心に沁みて感じられました。特に親しいお仲間が英彦について いろいろ話して下さいました。

「この年の五月二十五日の海軍記念日に、警備府と第五艦隊士官合同の武道大会が催され、その柔道の部で、英彦は個人優勝の栄誉を得て、英彦が日頃尊敬している、当時の警備府長官井上成美中将からご褒美を頂いた事。英彦が真面目で勤勉で、トラックの運転にも腕をあげた事」

など、お話を聴いていて、わたくしの眼は潤みぱなしでした。夫とわたくしは心を満たして大湊を後にしました。

軍装の白手袋の晴れ晴れと吾子があげたる
眉のなほ見ゆ

俊博も、父母の後を追うように、大湊に弟を訪ね、久々の邂逅に貴重な酒を酌み交して、心ゆくまで語りあった事を後で知りました。

当時、俊博は軍需省の命令で、三菱商事松根油生産隊の一員として、福島県近津で、航空用燃料の代替品松根油の生産に従事して居り、八月十五日も夕方トラックで下山するまで終戦を知らなかった様です。

英彦は大湊で終戦を迎えました。宿舎が爆撃に遇って、荷物は焼失しましたが、生命は別状なく、最後まで勤めを果す事が出来た事に感謝でいっぱいでした。

俊博、英彦の病いが招いた幸運とは反対に、国分の姉の長男健男ちゃんは、東京商大卒業後朝鮮銀行に就職、大阪支店に勤務中召集を受け、青山の連隊に入隊したのですが、風邪をこじらせたのが命とりとなり、恢復する事なくそのまま息を引きとりました。隠れていた胸の病が発見されず、軍隊の烈しい訓練に堪えられなかったための「死」だったのです。余りにも苛酷な悲運に晒された健男ちゃんが、只憐れで、姉や義兄を慰さめようもありませんでした。

妹の美枝ちゃんは、三味線一筋に打ちこんでいましたが、その母の跡見時代からの親友の仲だちで、その頃はまだ爵位のあった子爵錦織《にしごり》保親氏に嫁ぎました。保親氏は中山家の五男、その曽祖父は中山一位の局の兄君、中山公爵で、畏きあたりにもご縁のある家柄でした。美枝ちゃんが嫁いだ時保親氏は、九州の鉱山に勤務、東北大学出の工学士と聞きました。結婚して美枝ちゃんは夫の任地に行きました。やがてその新婚の夢は戦争に依って無残に破られ、どんでん返しの運命に弄されたのです。戦後は山形の上の山で、乏しい中に暖い家庭を持って一男二女を儲け、傷心の国分の両親を迎えて、お互いにいたわり寄り添う生活を、わたくしは小樽に居て、只いたましく、この後の幸福を祈るばかりでした。

国分では、戦争で資産の大部分を失いながら、生活に困らぬほどは残っていたようですが、かけがえのない健男ちゃんを失った心の痛手は癒しようもないもので、残された老いの寿命を縮めた恨みは今も残ります。義兄が先に逝き、姉もその七回忌を待たず、昭和二十八年に夫の後を追って不帰の人となりました。

わたくしが上の山の病院に見舞ったのが最後の別れになりました。そして、保親さんまで老年に至らず上の山で逝かれたのです。美枝ちゃんの寂しく長い生活が上の山で続きましたが、理枝ちゃん、千枝ちゃんの二女は良縁を得て嫁ぎ、美枝ちゃんは今、長男輝親ちゃんの営む新家庭に、新夫婦のかしずきを受けて安らかに幸福な生活を送っています。

昭和十九年九月、俊博の義兄、相浦忠雄さんの壮烈な戦死が伝えられました。(注2)

当時相浦主計少佐は空母雲鷹の主計長でした。台湾沖で海上勤務中爆撃を受けて海上に漂いつつ、命の綱の浮き袋を、傍に泳ぎ喘いでいた部下に投げ与え、自分は従容として死に赴いた事が伝えられています。最近、土田防衛大学学長がこの事に触れてテレビでも話されたので、人々はまた新たに大きな感動に心を打たれた事でした。忠雄さんは帝大を卒業、選ばれて商工省に入り将来を嘱望された秀才で、学生時代から宰相に擬せられた事もあり、秀才というには惜しい心の美しい人でした。日本の大きな損失と、痛惜の言葉は今も絶えません。

昭和十九年は、二月に母上を冥府に送り、九月には忠雄さんの戦死を悼み、暗い思いに沈むのみでしたが、追討ちのように満州の新京から弟の信光の訃報が来たのです。

信光は三井物産を退社後、しばらく浪人を続けましたが、昭和六年、妻の叔父土肥原賢二氏に招かれて渡満、一時満州国の立法府に勤めましたが、間もなく満州炭鉱に移りました。ソ満国境に近い老虎山に鉱山長の職にありましたが、後に重役となって新京の本社に帰ったことを聞き、喜んでいた甲斐もなく、胸の病のため昭和十九年十二月、初春を待たずに五十路半ばに至らず異境に果てた弟のために悲しむのみでした。

悲運を歎く一方では、若しソ連が越境した時期に国境に近い勤務だったらと想うと、肌に粟を生ずるばかり、おそらく、弟は拉致を免れなかったにちがいありません。家族離散の悲惨な方々の話を聴くにつけ、弟の臨終が、妻子の愛のみとりと、同僚、部下の方々の、心からの厚いいたわりに囲まれた、安らかなものであった事を、後日妻の良子さんからしみじみと伝えられ、信光が感謝の瞑目であった事がわかり、心から「よかった」と思いました。

信光の遺した三人の男児は、良子さんの献身的な養育が実を結び、長男徹さんは電気学界に、次男保さんは炭鉱会社に、何れも重きを為し、三男修さんは故郷の千葉で園芸に従事、良子さんは長男徹さん夫婦や二人の孫に囲まれて幸福な余生を送っています。

息づまる戦争の中のオアシス、わたくしの和歌の師恩、歌誌入門について触れます。

昭和十六、七年の頃、夫の長野時代の旧友有賀篠夫氏が来道、小樽に在住された事があります。夫は喜んで旧交を暖め、愉しいご交際が続きました。或る日わたくしは夫に伴われ、水天宮に近い丘のお宅をお訪ねしました。

そのみぎりのお話の中で歌誌「潮音」の四賀光子先生が、有賀氏の妹君であられる事を伺いました。そしてご夫君の太田水穂先生が、苫米地の長野師範附属小学校の恩師というご縁に、わたくしは只嬉しく、おこがましくも、両先生へ入門のご紹介を有賀氏にお願いしました。

昭和十七年の年末、夫と共に上京、北鎌倉の杳々《ようよう》山荘に太田先生ご夫妻をお訪ねしました。水穂先生は旧い旧い教え子の来訪を喜ばれ、懐旧談に花が咲き、わたくしの和歌入門は暫くそっちのけでした。四賀先生は傍でほほ笑ましく耳を傾けていられましたが、やがてわたくしのために助け舟を出して下さいました。そして両先生は、わたくしの希いの歌誌「潮音」への入社をご快諾下さいました。

この後ずっと誌上でのご指導を頂き、戦時中の一時期を除き、両先生ご他界後も今日まで、潮音誌へ毎月の出詠を続けています。

昭和三十三年の年末だったと思います。夫と一緒に鎌倉東慶寺に水穂先生のみ墓に額ずき、帰途、杳々山荘に光子先生をお訪ねした時は、生憎お留守でしたが、ご令息の青丘先生ご夫妻にお目にかかる事が出来ました。両先生とも誌上でご指導頂いて居り、尚、奥様の絢子先生は小樽とご縁の深い方なのでお懐しくお話も弾みました。四賀先生のお元気な日常のご様子をあらためて承りお慶び申し上げてお暇しました。

昭和二十年の初めでしたか、北海道新聞が和歌の戦時詠を募集した事があり、わたくしも応募しましたが、思いがけなくその一首が入選しました。それは、

おほけなくわれ等も同じ名こそ負へこの軍神に
　母おはします

というものでした。

これはこの前年の十九年の秋、レイテ湾攻撃の特攻隊に参加、壮烈な自爆戦死を遂げられて軍神と讃えられた、道場《どうば》七郎氏に心を動かされて詠んだ一首でし

た。

道場氏は、小樽高商を昭和十五年卒業の、未だ春秋に富んだ若鷲でした。郷里の小樽の人々の愛惜は一入でした。わたくしは愛国婦人会のお仲間に加わって、道場氏の母君をそのお宅にお訪ねしました。その時の感動は今も甦ります。母君は少しも気負われたご様子は無く、深い悲しみをそのままに、幾度か眼を拭われました。入れ替り立ち替り訪れる人々は、母君に対し、新たな悲歎を掘り起す心ない業ではなかったかと、自らの弔問が悔まれました。

わたくしが入選した和歌の選者は、小田観螢先生であられました。観螢先生は旧くから太田水穂先生に師事され、潮音誌創刊以来の重鎮に在すことは承っていました。道新への入選歌がご縁となり、先生の主宰される北海道の歌誌「新墾」に入門をお願いしました。その後の十年は観螢先生、重子先生おん共々、親しくご指導を賜り、社ケ丘の静かなお住居に伺わせて頂いた事も度々でした。そしてわたくしのみか、苫米地まで深いご恩誼を頂いたのでした。

昭和三十一年からわたくしたちは東京に常住が主になりましたが、「潮音」「新墾」両誌上でのお導きは変らず頂いて居りました。

昭和三十五年、おこがましくも刊行の歌集、「籠る命」に、観螢先生は冥加に余る「命名」と「序文」を賜りました。この感激と感謝は今も深く心に彫まれています。

昭和四十八年元旦、観螢先生のみ魂は忽焉と昇天されました。わたくしは東京に居て「潮音」同人小田島紀多子さんから電話でそのお知らせを受けました。

その時先生の御歌集、「隠り沼」「忍冬」を、初めて拝読した時の言いようのない感動が再びこみあげて来て、胸苦しい思いに涙も出ませんでした。その後に深い深い悲しみが潮のように寄せて来ました。

重子先生のご悲歎は、申すも愚か、同じ和歌の道を進まれてご理解も深く、ほんとうにお睦じいおん語らいを美しく拝していましたので、思いもよらぬ突然のご永別に、お寂しさはひとしおと今も推し上げて居ります。

太田水穂先生、四賀光子先生、小田観螢先生、今は御面影を偲びあげるばかりで、わたくしは、御後姿を見失わじと、その道をかつがつ歩み続けています。

昭和十九年、二十年と学園への軍の圧力は加わる一方でした。夫は疾くに命を捧げる覚悟でいました。終戦の前日でした。一人の若い士官が、校長官舎のわが家を訪ねて、「学生寮を明日中に全部明け渡せ」と言うのです。夫は頑として拒みました。

夫「学生は全部勤労奉仕のために留守、残っているのは病弱者だけで、全学生の荷物を二日や三日で運び出せるものではない。さっきから、必勝の信念と度々繰りかえされるが、信念にはなっていない。それは希望に過ぎない。最後の一兵までという言葉は勝ち戦には用いない、敗戦にだけ使われるものだ」

士官「では日本は敗けるというのか」

夫「自分は敗けだと考えさせられている。国民には何も知らされていないので、それをいう根拠は自分にはないが、世界は皆、日本の敗けを想っている。でなければ、同盟国イタリアがどうして日本に宣戦布告したのか、日本に縁が遠く利害関係に乏しい南米やアフリカの国々が、何故日本に宣戦するのか」

わたくしは襖越しに息づまる思いで、この問答を聴きました。士官の声は嵩にかかって甲高《かん》く夫の声は沈んでいましたが、はっきりしていました。士官は去って行きましたが、わたくしは、夫の生命の危機が来た事を感じました。(注3)

その翌日終戦の詔勅を拝しました。

い征く学徒に涙ありし夫は横車の軍に向ひて
一歩も退《の》かず

学園を守りて軍にあらがひし夫いのちの瀬戸の
終戦なりき

(注1) 祖父は学生時代数々の柔道大会で優勝を重ねており、戦後第一回の総選挙に当選し初登院した際、緒方竹虎氏(後の自由党総裁)が真っ先に祖父のところに駆

け寄り「あの時の苫米地さんですか、私は中野正剛（政治家。戦時中、東條英樹首相に反抗し割腹自殺）が決勝で貴方と戦った時、早稲田大学の応援席で観戦していたので、貴方のことはよく覚えています」と言われたそうです。

（注2）父の義兄にあたる相浦忠雄の戦死の模様は、友人の元国税庁長官、元博報堂社長の近藤道生氏が日経新聞に掲載された「私の履歴書」にも詳しく書かれています。また、土田氏の思い出として、横須賀海軍基地からの出航にあたり相浦が艦上で傍の土田氏に向かって「土田君、僕は数年後にあの横須賀基地に星条旗がひるがえっているのが見えるよ」と話したそうです。なお、「忠雄」の名前は、御尊父の相浦鼎五氏が矢内原忠雄元東大総長と一高、東大時代から無二の親友であったことから、矢内原氏の名前を拝借したそうです。

また、宮沢喜一氏が〝相浦が生きていたら相浦が総理になっていたろう〟と話したことがあるそうです。

（注3）父の話では、祖父は米英との戦争には最初から反対の姿勢をとっており、あの昭和十六年十二月八日早朝の開戦の臨時ニュースを聴いた直後、祖父が〝馬鹿だ、馬鹿だ、軍部の連中はアメリカに勝てると思っているのか〟と怒り狂っていたのを見て、愛国少年の教育を受けていた父はなんと変な親父だろうと大変戸惑ったそうです。

また、戦時中、旭川師団長が北海道内の大学、高専の学・校長を集め軍への協力を指示した席上で、参謀長が〝これから師団長が諸氏に訓示をする〟と言った時、祖父がスックと立ち〝師団長の位階勲等を述べよ〟と訊し、師団長がぼそぼそと自分の位階勲等を答えたところ、すかさず〝ここにいる北大総長始め自分も位階勲等はそなたより上である（当時、従三位勲二等）、下の者が訓示するとは何事だ〟と言い放ち、軍部の横暴さを咎めたそうです。

夫は政界へ

悪夢のような戦争が終り、国民はしばらく虚脱状態に置かれました。幸いに小樽経専の校舎はそのまま残っていました。戦場から、工場から、援農先から、教官も学生もつぎつぎと学園に戻り、復員学生や、陸海軍の諸学校に転じていた学徒の受入れが始められましたが、学校制度や教育方針については手探りの状態でした。

其処に、小樽にも占領軍の進駐が始まりました。そして、本校の一部と寄宿舎、学生会館など、短期ながら接収されました。学校の乗用車も召し上げられました。英語の教官は全部、通訳に引っぱり出され、殊に苫米地は常傭いのような形で、学校の制度についての交渉のほか、市の行政についての折衝、その他多岐にわたり心身とも休まる暇の無い毎日でした。文部省関係ばかりでなく、日本国全体が混乱状態にあったのです。そしてアメリカの方針に依り、威圧の軍国主義に代って、民主主義の嵐が吹き捲くる世相になりました。学生の動揺は避けられませんでしたが、教官会議や、学生との集会が度々持たれました。終戦の年の秋は深まってゆきました。

同じ人の言ふ
焦土吹く秋風寒し反対《うらはら》の最極端を

あさり求むる
青空市ただに恃みてわが夫の血肉の糧《かて》を

その頃苫米地は、米軍の港湾司令部司令官から、司令官の秘書兼通訳として適当な日本婦人の周旋を依頼されました。夫は人にも頼み、自分も心当りを探しましたが、なかなか適当な人が見出せませんでした。結局白羽の矢が昭子に立ったのです。独身で居たら直ぐ思いついたのですが、現在は人妻、それに二児の母なのです。昭子はその頃、小樽市に近い余市のりんご園に疎開かたがた、園の手入れに従事していました。そのりんご園は、戦前に毛利の父上が手に入れられたもので相当な広さでした。

昭子は乳離れしたばかりの長女彩子をおんぶして、早朝五時からりんご園に出て働いたのですが、手伝いに来ていた近所の農家の主婦から、五時では遅い、明日から四時に来なさいと言われた由、そしてその農家の主婦の白銀のように見えたお弁当のご飯がとても羨しかったと、ずっと後に話したことです。

昭子の「米軍小樽港湾司令部」勤務は、その夫やご両親の同意に依って結局決りました。それは、司令部の本部が毛利の家と大通りを隔てただけの、歩いて五分とかからぬ近さだった事で、いつでも子供の様子を見に帰れたことにあります。それに毛利に人手の多かった事もありました。

昭子は司令官に気に入られました。秘書、通訳としてばかりでなく、重要な事務にも携ることになり、昭子の三面六臂の活動が始まりました。大は市政への注文から小はバーに遊ぶ兵士のいざこざまで、昼ばかりでなく、真夜中まで起されて飛んで行った事もあると聞きました。昭子はいつも、小樽市民の側に立っていました。少しでも市民のために有利にと、そのための献身だったのです。時の市長から心からの感謝の言葉を頂いた事も聞きました。そしてこの昭子の勤務は長く、進駐軍が引きあげて、日本が日本を取り戻す日まで続きました。(注)

昭和二十一年の春、戦後第一回の総選挙が行われる事になりました。

その事を前にして、夫の心に政治への意欲がひそかに動き始めていました。

世界情勢に眼を離す事の無かった夫は、敗戦国としての祖国に言いようの無い不安を感じていました。全国を風靡していた民主主義の行き過ぎにも眉をひそめていました。

其処に、夫の以前からの知己で、常々尊敬していた平塚常次郎氏から、思いも寄らぬお誘いを受けました。平塚氏は、日魯漁業の社長としてよりも、日本の漁場を遠く北の海にまで拡げられた快男子として聞えた方でした。その傘下の会社には、小樽高商の卒業生も幾人か就職、重きを為していました。

平塚氏は、苫米地に対し、来春の総選挙に相携えての出馬を提言されたのです。選挙資金のみならず、事務一さいの手配には自分が責任を持って当るからと、苫米地には身一つでの立候補を真剣に奨めて下さったのです。

身に余る平塚氏の信頼に感激しつつも、夫はいざとなると踏み切れませんでした。創立以来三十五年、揺籃から成年期まで見守り育《はぐ》くんで来た「緑丘」に別れるのは、身を切るような辛さだったのです。夫の苦悩の日が続きました。夫の悩みの一つに住居の問題もありました。学校を退職すれば校長官舎を出なければなりません。直ぐには適当な貸家も見当りません。この困却を察しられて、小樽高商の第一回卒業の宮崎省三氏が、ご自分が最近まで住まわれた邸宅の提供を申し出でられました。宮崎氏は当時、日魯漁業と同系の北海製缶の社長の任にあられたと思います。東京に栄転、小樽を引きあげられる事を伺いました。あまりにも過分なご厚意に夫は恐縮するばかりでした。殊に教育界を離れてゆく自分を省みたこともあります。わたくしは、夫への度重なる好意の恩恵に懼れさえ感じました。

平塚氏の熱心なご助言があって、遂に有り難くお受けすることになりました、しかもそれは無償の贈与でした。恩恵の家はこの後長くわたくしどもの住居の本拠となりました。地主は小樽の或る会社でしたが、快く借地の引き継ぎを承知されました。小樽高商校庭の石垣に接した敷地は、四百坪に余りました。その広い敷地に七十坪の平家が、のびのびと、東と南に裕《ひろや》かな庭を廻らして建っていました。木口の良い建て前は古びたなりにどっしりと重みがありました。何より嬉しかったのは庭に樹木の多いことで殆ど古木なのです。今も深く印象に残るのは。房々とした門の柳、真紅に燃えたつ楓、ななかまど、咲き重《おも》る白萩、群れてなびく穂すすき、それから三十一本のおんこ（いちい）です。右左に並んだおんこに導かれてゆく玄関の前に、少し離れて一本立つその老木は、丈高く枝を張って、さながらの王者に見えました。山荘とも言えるこの住居によって、その後のわたくしどもの何年かの春秋を嬉しいにつけ、悲しいにつけ、どれだけ慰められたかわかりません。

つい其処に郭公啼きて朝霧のほがらほがらと
霽れてゆく庭

この丘の青葉幾重の青嵐むせぶか鳥の
声もくぐもる

青嵐もみにもみぬく梢々《うれうれ》を影絵に見せて
月の明るさ

街は視野の底に沈みて庭松の梢に海の
藍のすずしさ

霧折々流るる日なりななかまどかそけき花の
しきりにこぼるる

白萩を横目に見つつ唐きびを籐椅子に喰む
わが天下泰平

照り曇り去来の雲のいづべにかわが雑念の
落ちつきを見ん

庭もみぢ焔と燃ゆれ下燃ゆるくすぶり一度に
吐きても見たき

わが吐息吹きちぎる風の行方見ゆ海は暗緑に
白き牙を剥きて

門の柳につづくおんこを右左眼に撫で歩む
やっぱりわが家

わが庭のおんこ三十一本が夢にも見えて
　われの愛着

前に戻ります。夫は平塚氏、宮崎氏の熱意に励まされて、遂に政界へ踏み出す決意を固めました。昭和二十年十二月、学校に辞意を表明しました。教官や学生に及ぼした衝撃、その熱烈な引きとめを振り切らねばならぬ苦しみに堪えながら、夫は翌二十一年三月、正式に辞任が発令になるまで、新しい世界に踏み出す準備をしなければなりませんでした。

発令を待って車輪が廻り出しましたが、何もかも平塚氏におんぶの形で、選挙事務所も、小樽駅に近い目抜きの場所に平塚氏と同居でした。事務の方々も共同でした。

昭和二十一年四月、戦後第一回の総選挙が行われました。五人連記投票だったと思います。平塚氏と共に夫は当選しました。平塚氏の援助と「緑丘」の同窓の熱烈な応援の賜物でした。一方では市の実業家、また街の顔役とも言われる方々の共鳴も得ました。思いがけず浮動票も多く入ったようです。わたくしの出る幕は無く、全くの無手勝流だったのです。

この選挙以来昭和三十一年までに、夫は、衆議院に四回、参議院に一回当選、議席を持ちましたが、衆議院選の三回頃からは、お金が物を言うようになりました。わたくしまで選挙運動の埃にまみれねばなりませんでした。資金の乏しい夫のために、心からのご尽力を頂いた方々のご苦労は大変なものでした。わたくしなど物の数ではなく、夫のために自分の無能をどれほど悔んだかわかりません。夫のために、美しい才能のある奥さんを持たせたかったと心から思いつめたくらいです。最後の参議院選挙まで、「緑丘」同窓会有志に依る熱意の後援は名実ともに変りませんでした。

わが眼塵《まなこ》にまみるるあがきして今年の花の
　美しさ見ず

候補みづから理想選挙を言ふ事をおとしめらるる
　悲しき現実

灰色に乱れ降る雪賜はりし助言を胸に
あたためて出づ

金と術の乏しき事を責められて仰ぎ見る空
雲もあそばず

喜憂こもごも降り積る雪幾襞のわが山脈《やまなみ》に
春はまだ遠く

群肝《むらぎも》を締め木にかけてしぼらるゝ苦しみと言はば
言ふに過ぎんか

わが心乾きはてたる幾日にひび割るる土
今日も降らぬか

わが前に遮断機下りぬ直観はひらめき消えて
夕冷ゆる雲

三旬の苦行黒々と惜しみなく陽にさらされて
帰り来《こ》し夫

韓信の股くぐりにも堪へて来し夫《つま》なり妻に
帰り来ませり

人の肩の蔭より見上ぐる掲示板当選に夫あり
涙とめどなく

行きずりに一会《いちえ》の会釈だになきも書きて給びたり
わが夫の名を

有為《うゐ》の世の流転の旅路孤ならずとみ空の星が
呼びかけてゐる

感謝もて振り仰ぐみ空一つ一つ呼びかくるみ星の
数読みあまる

（注）叔母の毛利昭子と祖父の英俊の、北海道での戦後の活躍のエピソードがあります。

終戦後、北海道の主要空港を札幌市郊外の旧陸軍航空基地の「丘珠」にするか旧海軍航空基地の「千歳」にするかの論争があった時、祖父は降雪が少なく土地の拡張余力のある千歳を極力推しました。千歳反対派は千歳と札幌の距離の長さを問題にしましたが、祖父はアメリカのような高速道路を造れば良いと主張しました。

そこで、叔母の毛利昭子が米軍の首席通訳として札幌在住の米軍司令官の了解のもと、米軍将校とジープで札幌～千歳間を結ぶ最短距離と思われる荒野を走り道路予定地を決めました。完成後この道路は当時「弾丸道路」と呼ばれましたが、軍事道路として批判を浴びたこともありました。

今日の千歳空港の盛況ぶりを見ると感無量です。

紀尾井町に住む

昭和二十二年の秋、前述しましたが、次男の英彦は結婚しました。夫が初めて持った衆議院の議席が隣り同士だった苫米地義三氏は、苫米地の父祖と同郷、しかも四、五代前は同族と言うよしみで、親しくお話を交す機会も多くなりました。義三氏は当時も郷里の青森に住まわれ、選挙区も三戸に近いその辺一帯が中心のようでした。その義三氏のお世話で、郷里で同氏と親交の深い、三本木の石川健氏の孫節子と縁談がまとまり、やがて義三氏ご夫妻の媒酌に依り、東京で結婚式を挙げました。婚約成立前に、夫とわたくしは、英彦を伴って三本木に石川家を訪問しました。そのみぎり、十和田湖にご案内を受け、あこがれの十和田湖の景勝に親しむことが出来ました。

わが踏むは陸奥《むつ》の細道わが前にたぎち溢れて
岩を噛む水

喬木の繁みを縫ひてたぎつ瀬の川ありて滝ありて
湖《こ》へ誘ふ道

巨木の根ざし巨巌に深く喰ひ入りて生に執せる
息吹きにむせばゆ

眉にせまる絶壁盛り上り緑なり瑠璃紺青《こんじょう》の
湖《うみ》をわがゆく

みちのくの奥入瀬《おいらせ》の川十和田の湖《みづうみ》桂月の詩魂
脈々といまも

幾度かの選挙にわが子たちは、父の為に出来る限りの力を尽してくれました。

殊に昭子は、夫やご両親の理解があったとはいえ、涙ぐましい健闘でした。トラックにも度々乗りました。父の先乗りをして行った僻地で、吹雪のために帰途の道が不通となり、一日の遅延も許されない状態のため、舟を傭って命の危険を冒して帰樽したこともありました。

選挙期間、一時の住居に、毛利の家の一部を借りた事もあります。提供されたのは、奥の二間続きの広い日本間と、表玄関の脇の洋室でした。入院や受診の患者さんたちに迷惑の及ばないよう心を配りましたが、人の出入りは多く、内玄関脇の一室に居られたご両親は眉をひそめられた事と、申訳ない思いに責められていました。

母上は進んであれこれ世話をやかれ、またご両親とも票の獲得には大きな力になって下さいましたが、何かと迷惑をかけた事が多く、昭子も辛い思いをした事と、選挙戦の事に思い至ると、今でも身のすくむ思いがします。

四回目の衆院選の時でしたか、小樽随一の富豪板谷順助氏の邸宅を二ケ月ほどご好意に甘えてお借りしました。実業界にも政界にも名をなしていられた板谷氏が、その頃東京に常住され、小樽のお留守宅は、樺太を引き上げて来られた中年のご夫婦が守って居られたのを、そっくり拝借する事になりました。

それは、花園公園にも繁華街にも近い台地に、広い庭を廻らした大邸宅でした。数寄を凝らしたお宅に住みながら、殆ど夢中の二ケ月でした。只お留守居のご夫婦に大変ご迷惑をかけ、またご親切なお手伝を頂いた事はいまも忘れず感謝しています。板谷氏のご芳志に対しては無論です。

千天の慈雨

はげましのみ言葉露の白玉のしむばかりなり

夫の最後の議席となったのは、昭和三十一年から三十七年まで六年間の参議院でした。

夫とわたくしともと子の三人は、紀尾井町の参議院宿舎に東京の住居を持ちました。ほんとうの食べて寝るだけの塒《ねぐら》でしたが、別に参議院会館に、夫の議員として要務を執る部屋がありました。

紀尾井町の宿舎は、赤坂見附から弁慶橋を渡って五分ほどで、歩みの環境は幽雅とも言える場所でした。お向いが旧伏見宮邸、そのお隣りが松田とし子、続いて水谷八重子、三軒ほど隔てて尾上松緑氏等、芸能界に名だたる方々の趣味を活かされた邸宅が並んでいました。宿舎の奥隣りは赤坂プリンスホテル、また玄関に向って左隣りは清水谷公園に接していました。清水谷公園には明治の元勲大久保利通公の遭難碑が、在りし日を語っていますが、今は子供の遊び場になっているようでした。

元李王邸プリンスホテルに隣して住むも世に経《ふ》る
えにしと言ふべき

呉越同舟プライベートの生活に立ち入らず
各の窓の灯明るく

行きずりに佇むえにし清水谷の名に負ふ湧く井の
古き由縁識る

駕籠も自動車《くるま》も歴史の一齣《ひとこま》か道の辺の湧く井に
悠久の自覚はなくて

枯松葉浮べしままに青空を沈めてこの堀
水ぬるみゐん

無名戦士のみ墓に詣づ花曇りの千鳥ケ淵
今朝の風つめたく

無名戦士のはかなき称《よ》び名一掬のわれの涙も
受けさせたまへ

三男の正昭は、小樽高商から東京商大に進み卒業、三井船舶に入社しました。
四男の和夫は小樽商大を卒えて、興業銀行に就職、初めは札幌支店勤務でした。小樽経専となった小樽高商は、三代校長大野純一氏、「緑丘」同窓の一通りならぬ努力が実を結び、昭和二十四年五月に商科大学に昇格、大野氏が初代学長に就任されました。昇格運動には、苦米地の側面からの尽力を聞きました。

母の及ぶ心の限度白菊のほぐるる際《きは》の
　露を危く

雨空に弾む電話は本店に転勤命令を
告ぐる末の子

針葉樹朝をさわやかにわが青年ネクタイの好み
母を頷かす

受験就職一人一人によみがへる思ひ出東京に
四人が揃ふ

商事・電機・船舶・銀行男児《おのこ》四人母わが乳房の
萎《な》えに悔なく

児らに母の祈り一筋人生の表街道
翳りなき道

昭和五年の初秋に幼い命を失った愛子の二十七回忌が近づきました。それまで小樽の正法寺の納骨堂にお預けしておいた遺骨を、東京の雑司ケ谷墓地の祖父母の傍に納める事にしました。

骨瓶《こつがめ》はかそかに応《いら》ふいつまでも七つの吾子を
抱いてゆく旅

昭和十九年二月に、小樽で逝去された母上のご遺骨は、疾くに父上のみ傍にお運びしてありました。その十三回忌は東京で営みました。

夫を施主にその姉弟《あねおとと》うち揃ひ十三回忌のみ仏
嘉《よみ》しゐまさん

一つ違ひの姉をいたはり手をとりて歩むわが夫《つま》
老いは美し

昭子の長男昌史は、東京の戸山高校から東大の予科を受けて合格、すらすらと本科の医学部に進みました。高校時代から祖父母の家にはよく顔を見せていました。

少年期を過ぎにし孫か青い果実噛めばさくりと
　良き音のせん

二分咲きの桜莞爾と皓き歯に笑まふ
　新しき角帽の孫は

学部進学は当然と涼しく言ふ孫アルバイトもして
　尚アメリカン・フットボールの主将

昭和三十一年、それまで長いニューヨーク勤務の長男が、東京本店へ転動の朗報が来ました。吉祥寺の長男の家には留守番を兼ねて、夫とわたくしと三男の正昭夫婦と一誕生を迎えたばかりの由美子がいました。わたくしたちは議員宿舎に入ることになっていましたが、取り敢えず正昭夫婦を移すために大急ぎで物色、幸運にも手に入れた土地附きの荻窪の家が、夫とわたくしの終《つい》の住処《すみか》となりました。便利で環境に恵まれたこの家が、今からは驚くほどの安価でした。その時より十年前に、俊博の新居に求めた吉祥寺の土地は、坪百円で百坪一万円だったのです。現在からは到底考えられない事です。家屋の方は新夫婦のために、相浦家の懇志だったので、土地は当方で地主から買いとりました。終戦直後のことです。

杉並の此処も武蔵野古木の常磐木艶めく土に
　竹も生ふ庭

春秋五年長男《あこ》の帰朝が現実の飛行となりて
　今朝の青空

待つ倖せに今あり国際空港の雲の去来に
　眼を遊ばせて

ピンクの服は未だ見ぬ孫か機を降りて
　人をまねびて手を振りてゐる

人形を持たぬ片手を祖母にとられ戸惑ひて
英語も日本語も出でず

女学校を出て五十年を記念のクラス会を持ったのは、昭和三十一年の秋だったと思います。小谷さんも茅ケ崎から出て来られました。わたくしは大正元年以来、小樽の住居が長かったので、卒業以来初めての懐しい顔もありました。既に呼び戻しようもない彼《あ》の世の友も十指に余りましたが、現在の生き残り六人に比べれば二十三年前のあの時は十五人集まったのです。地方に居て不参の人も加えれば、二十人は健やかだったのです。この後のクラス会は一年に一度が二年に一度になり、だんだん間が遠のき、集まる人数も欠けてゆき、この五、六年間は年賀状にのみ、お互いの無事を喜ぶようになりました。瞼に浮ぶのは皆若い面影なのです。

愛称に呼べば半世紀のダークチェンジ長い袂と
袴と徽章と

遊芸の話おいしい物の話時事には山葵ほど
にも触れて

お互の皺も白髪も孫の自慢もあけすけのクラス
明治は杳《とほ》く

夫の暫時の暇を待って、旧婚旅行を思いたったのはこの翌年でした。

少女老いて汽笛一声の思ひ出を「つばめ」に乗せて
旧婚旅行す

京阪から安芸の宮島へ廻りました。

清盛の息吹きまざまざと朱《あけ》に燃ゆる廻廊社殿に
夕べ汐満つ

味もなく厳島合戦の絵解きする案内《あない》の女《ひと》の
老を佗びしむ

如何にも生活に疲れた感じの老女がいつまでも心に

残りました。

長男が帰朝の時に乗用車を持ち帰り、それを父に提供してくれました。五十六年のオールヅモビールの大型で、白と空色の染分け、優雅な容姿でした。夫は満悦でした。早速運転手を傭いました。この乗用車は夫の議員生活にどれほど役だったか知れません。またわたくしにも、子供たちとの箱根のドライブその他楽しい思い出が数々あります。この車は夫が議員生活に終止符を打ってから北海道へ渡り、自動車短大の乗用車となり、学長や来客用を務めました。夫も札幌へ行く度に、愛車に乗るのを楽しみにしていました。

自動車が東京を離れる前に、夫とわたくしともと子の三人で、日光、箱根、伊豆などにドライブの小旅行をしたのも忘れ難い思い出です。

日光はわたくしにももと子にもその時が初めてでした。東照宮の華麗さは想像した通りでしたが、それより日光街道の杉並木に強く心を惹かれました。中禅寺湖ホテルに一泊、奥日光も究め、戦場ケ原に昔を偲び、帰途は川治温泉に泊りました。

昭和三十三年には、四男の和夫が結婚して興銀の社宅に新居を営みました。

今日よりの戸籍は老夫婦吾等のみ思ひ複雑に
　み星のまたたく

泣き笑ひの人生双六振り出しに戻りてまたも
同行《どうぎやう》二人に

次々に子等は巣だちて夫《つま》とわが水に味はひ
　ある如くゐる

わが胸に来触れて燃ゆる落日によろこびのあり
　吾の妻の座

小樽高商二代校長伴房次郎氏は、令息素彦氏のお宅に、悠々自適のご生活でした。お宅は田園調布に近い雪ケ谷だったと記憶します。ご夫妻の金婚をお祝いする会が、緑丘会有志の方々によって催されました。会場は椿山荘でした。お二方お揃いでお健やかにお睦まじいご様子がほほ笑ましく、わたくしも久々に色々お話が出来ました。宴席は庭園でした。美しい庭のたたずまいを眺めながらのそぞろ歩きは、一入愉しいものでした。

愉しかったその日から一年も経たずに、悲しいお別れが来ようとは夢にも思いませんでした。

奥様が、かりそめのお風邪が原因《もと》で、急性肺炎のためご急逝と伺った時は信じられませんでした。誠之小学校でのご縁も懐しく、小樽では長くこまやかなお世話を頂きました。あれやこれやの思い出に、お葬儀のお焼香にもただ胸せまる思いでした。その時の伴先生の何とも言えぬお寂しげな御姿態が眼に残って長く消えませんでした。その後のご憔悴のご様子を耳にするにつけ、明日はわれ等の身にと想い至ると心も凍るばかりでした。

骨冷ゆる老の鰥夫《やもを》に夫を置かじ夫より一日は
　後れて死にたし

初代校長渡辺龍聖氏は、終戦直後の混乱時に、名古屋でのご他界を傷ましく伺っていました。ご生前、名古屋のご新築成ったばかりのお宅で、おもてなしをいただいたのがお別れになりました。

奥さまにはその後もご縁が尽きず、わたくしたちがこの荻窪住居になる以前から、渡辺夫人は世田ケ谷松原町のご次男のお宅に居られたため、この荻窪の家にもいち早く訪ねて下さいました。わたくしも井の頭線の東松原駅に近いお宅をお訪ねしました。それに度々の縁《えにし》の不思議は、渡辺夫人と、わたくしの誠之小学校の級友福富さんを結びました。福富さんについてはこの覚え帖の初めに一寸触れましたが、その福富さんは、ご主人に後れられてから、松原町に住んで居られたので、旧交を暖め合っていました。

或る日、福富さんのお誘いを受けて歌舞伎座にご一緒した折、偶然と言うのも惜しい廻り合わせに、渡辺夫人が直ぐ近くの席に居られたのです。そして福富さんを紹介した処、忽ちに意気投合され、而もお二人の住居が、井の頭線の東松原駅を挟んで右と左に、どちらも駅から五分位の近さとわかり、その後のお二人のご親交は、わたくしが「おいてきぼり」になるほどでした。

思い出は鮮かなのに、お二人とも数年前に前後して彼の世に旅立たれました。福富さんのお宅の前が郵便局で、其処に渡辺夫人は三ケ月毎に、恩給の扶助料を受けに行かれ、それを何よりの楽しみにしていられました。

わたくしも夫のお蔭で、扶助料の恩恵に浴していますので、それを受ける度に、渡辺夫人の笑顔が懐しく浮びます。

明治に栄えた今村銀行頭取の令嬢が、老後の扶助料をいそいそと受けに行かれる姿を想って無量の思いに捉われました。

小樽高商を出られ、小樽商大の初代学長を勤められた大野純一ご夫妻は、この荻窪と同じ中央線国分寺駅に近いお住居で、一粒種の令嬢ご一家に囲まれてのご幸福なご起居が窺われます。折々にこの隠宅もお訪ねいただき、懐しい小樽の思い出を繰り返してはご好意に感謝しています。苫米地亡き現在も「緑丘」に連なる方々のお心尽しは絶えず、「緑丘」即感謝にほかなりません。

国会議員としての夫の党籍は、初め自由党、合併して自由民主党と続きました。終戦後初めての議会には、その活動に色々制限があり、夫の苦しみも多かったようです。夫は衆・参を通じて予算委員会、大蔵委員会の委員、理事、その他懲罰委員長、党の役員としては外交部長を務めました。

枠ありて越ゆべからざる国策に身も痩せにつつ
夫は取り組む

むさぼらず媚びず誇らず信念の一筋痩軀の
鶴未だ老ひず

国を憂ふる血汐たぎれば感覚はつね甦り
あらたなるべし

風雪に堪へ来《こ》し年輪世界観の正しき故に
悲しみは深く

予算編成大詰めの今日生みの悩みに霜凍る夜を
夫は戻らず

空耳《そらみみ》の幾度廊に出でて見る午前三時の
常夜燈の霜

霜冴ゆるあかとき論議の余燼踏みコツコツと
夫の歩調乱れず

国の大き予算に夫はたづさはりわれの家計は
単純に明るく

昭和三十四年、皇太子殿下のご成婚は国民挙げての慶びでした。そのご披露にお召しを受けた国民代表の数に加わった夫に従って、わたくしも皇居に参殿の光栄に浴しました。

皇太子　妃の宮を宜《よろ》しくと宣《の》らす天皇陛下
父に在しぬご慈愛に満ちて

御幸福に輝く両殿下胸熱く仰ぎわが乾盃に
心を籠むる

皇居の園遊会に、議員として衆・参を通じてご招待の光栄に浴した夫のお相伴に、わたくしも数度預りました。春秋二回、主に秋は皇居、春は新宿御苑でした。参列した数回のうち、雨は一回だけでした。

天皇みづから傘をかかげて歩ませ給ふ君と民とに
美しき雨

奏するは古代の舞楽天皇の園遊会の空を
飛機翔ぶ

夫人等《ら》の帯絢爛の菊の園論議の外に
今日の陽は注ぐ

皇后陛下笑まひこぼれて御会釈の咫尺《しせき》かしこし
馥郁の園

謹しみは懼れとならず踏む芝生銀盆のグラス
わが選み受く

議員生活の間にも小樽の山荘には折々帰りました。
朝靄の海渡り来て列車《くるま》の窓に燃えたつ若葉
道産子《どさんこ》の意気

地獄坂あへぎ登りつつ一年《ひととせ》の思ひ出アカシアの
花こぼれ咲く

わが庭のみどりは斯くも新鮮にありけり海が
光りて見ゆる

損得の埒《らち》のほかなる老骨の夏をいたはらず
南へ飛ぶ夫

胆冷えし思ひ出尾鷲《おわせ》の矢の川峠幾曲りゆく
夫の自動車《くるま》か

紀伊やまと夫が行く旅電源開発の視察のコース
わが指にたどる

三十四度の炎暑如何ならん十日ほどあるじ憩ひし
籐椅子は冷えて

わが体重を椅子に凭《よ》らせ見る萩尾花野菊コスモス
楚々として秋

外交の危機低迷の日を継ぎてわが庭萩の
花咲き重《おも》る

駈け足に秋となる丘明日は都心の余熱の渦に
　身を置かんとす

萩よすすきよ左様ならわが門の見返り柳
　猫が追ふて来る

大正三年に第一回の卒業生を出した小樽高商の同窓会は、五年、十年、十五年と区切り毎のクラス会も、古い方はもう六十年を数えられます。夫が生前お招きを受けた数も数え余ります。わたしのお相伴も何回かで、東京、伊豆、箱根が主でした。

夫の教へ子の卒業四十年に招かれて伊豆の温泉《いでゆ》に
　命を洗ふ

寮生の紅顔次々に浮び出づ春風秋雨今
　びん髪の霜

校門を出でて幾星霜の哀楽を同じたんぜんに包み
　旧師を囲む

コレポン音頭苦さん踊りも出でてシャンデリア
　映《まばゆ》き宴席に時は逆流す

愛の鞭は人の子を損はず報はれて身に余りぬる
　倖せに夫は

昭和三十五年の晩春、夫は前立腺の故障を起し、その手術のため慶応病院に入院しました。結婚以来、夫の入院は五指に余りました。いつも入院の時の危惧は言いようもないものでしたが、退院の時は笑顔で看護婦さんたちに送られました。結局、夫の入院はこれが最後になりました。

吐息ほども動かぬ春の夕光《ゆうかげ》につぶての波紋
　胸を圧し来る

ピリピリと心震へて佇つ窓に鳩の舞ひ来て
　首かしげゐる

手術を終へし安堵を言へば静かなる微笑をわれに
投げて瞼《め》を閉づ

わが胸もほぐれて白きつつじ咲く肩に凭らせて
夫にも見する

老木《ろうぼく》に芽ぶきのみどり瑞々し白き壁の窓
いっぱいに開く

よろこびに理《わり》なき涙凭りなれし鳩来る窓に
名残りを惜しむ

わたくしの終世の恩人次恵さんのお墓は、四国の久保田さんのご郷里にあります。明治時代の宛名は、香川県三豊郡粟井村でした。わたくしの息のあるうちに一度はとの念願、次恵さんのお墓詣でが叶えられる日が来ました。夫と一緒にとの希いなので、なかなか機会が得られなかったのです。

山陽線の岡山から宇野へ、宇野から宇高航路を高松に渡りました。その夜は市内に一泊しました。わたくしともと子は四国には初めてでしたが、何か心急かれて翌日の栗林公園、屋島浦の観光もほどほどにしました。そして琴平の金毘羅様にお詣りしました。金毘羅様は聞いたり読んだりでお馴染みでした。ご縁あってお詣り出来た事に、心から感謝の掌を合せました。

琴平から自動車で目差す観音寺に向いました。久保田さんの弟君《ぎみ》がその観音寺市で写真館を営んで居られる由を、お光さんの令嬢愛子さんから伺っていましたが、お訪ねしたそのお宅にはそんなご様子は見えませんでした。お眼にかかれた弟君は久保田さんそっくりとも言える、然し白髪の老人でいられるのは当然なのに、目頭が熱くなりました。不意にお伺いしたのに、ご不快の様子も見せられず、しかもお墓への案内までご自身で引き受けて下さって恐縮するばかりでした。自動車でどの位走ったか覚えていません。街を外れた畑の中の小高い丘に墓域がありました。久保田家ご先祖代々の一区画の中に、久保田さん、次恵さんご夫妻は二基仲良く並んでいられました。晩春なのに何か秋のような感じに捉われました。わたくしがお寺の境内の墓碑を想像して来たからかも知れません。

小樽で次恵さんの突然の訃に接したのは、昭和十二年八月、それは盛夏の雷でした。驚愕と悲しみに、「ウソ、ウソ」と心に叫びました。遠隔の悲しさ、お知らせを受けた時は、もうお葬儀も済んでいました。後に「ホーカシキ炎」と病名を伺ったのも上の空でした。日に日に募る悲しみに堪えられず、わたくしは、次恵さんの急逝を抹殺する事にしました。今までも何年に一度しかお逢い出来ないのをがまんしたのだから、これからも遠くに生きて居られると思えばよいと、はかない決心をしたのです。

それからは毎日一度は「次恵さん」と口に出して呼びかけました。あれから二十余年の歳月が流れて、今やっとお墓に額ずく二人です。

　雨露に冷えてみ墓はありぬありし日の温《ぬく》く優しき
　　み手をわが哭く

　み墓の前に額づくはやもせぐりくる千々の思ひを
　　風がさらひゆく

帰途は、多度津から船で鞆の浦に渡りました。鞆の浦の事は小樽時代、福山ご出身の卜部教授夫人から伺っていて、その景勝や、鯛網、鯛の活作りなどにあこがれていました。旅館も名指された仙酔島の「錦水」に予約しておきました。二階でしたか三階でしたか、豪華な室に通されました。夕食の鯛の姿づくりに息をのみました。その眼がまだ活きているのに心を傷めながら結構舌鼓を打ったのです。次恵さんのお墓参りの帰りなのに、人間とは勝手な者、と自分を責めましたが、お墓参りを果したと言う安堵があったからかも知れません。

翌朝、鯛網舟に乗合いを勧められましたが、辞退して海に臨む椽の欄干に凭《よ》って、その賑かな舟出を見物しました。笛や太鼓で囃したて、沢山な大漁幟が風に靡いて、見る方も浮き浮きするような豪勢さでした。

この旅の翌年、矢張り三人で、京都の観光に二日逗留の後、丹後に廻り、天の橋立の景勝、鳥取砂丘の壮観に眼を愉しませ、三朝《みささ》温泉の湯治とのびやかな旅行でしたが、京都にも丹後にもその後行く機会が重なったので、この旅行の印象は割に薄いのです。

永遠の別れ

昭子は進駐軍に召し出されて働いたのがきっかけとなり、外の仕事が多くなりました。北海道のいろいろの役員を引き受ける羽目になりました。主なのは北海道社会教育委員、大学婦人協会小樽支部長、北海道婦人団体連絡協議会初代会長など十指に余りました。欧米その他海外に渡ったのも六回を数えました。昭和十三年に二十四歳で長男昌史、十九年に長女彩子、二十一年には次女晴子と三児の母になっていました。

末の晴子が五ツになった昭和二十五年、昭子が三十六歳の時、大学婦人協会代表として渡米、各地で講演したのが皮切りになり、二十六年九月から翌二十七年六月までカリフォルニア大学に留学、社会心理学を研究、三十五年にはハーバード大学の夏期ゼミナールに参加、三十六年には汎太平洋東南アジア婦人会議に出席のためオーストラリア、ニュージーランドに赴き、帰途は東南アジア諸国を視察という風でした。そして得たものは総べて、講演や新聞への寄稿の随筆に依って自分の使命の上に活かしていたと思います。

長男の昌史が十歳の頃から、自分で英語を教えていましたが、一人だけよりはとお友達を一緒に教えたのが初めで、その後希望者が増すばかりで、小学生から大学受験生にまで及び、遂には土蔵の内部を改造して教室に当てるまでになりました。対手は入れ替わり立ち替わりなのに教える方は自分一人、しかも外出の用事の無い限り、毎日午後四時から六時まで休みなしでした。年齢による組分けや時間の割当て、机の配置、照明や暖房まで自分で細かく気を配ったようです。

一人で十人分の働きには、母の私も舌を巻くほどでしたが、いつ逢っても花の咲くような笑顔なのです。自然の夫やご両親の理解があればこその事でしたが、自然の寿命を突然に断ち切られねばならぬ運命を思い合せると、今でも哀れでなりません。

夫の悌雄が小唄をたしなみ、その渋い喉は素人ばなれと言われるほどでしたが、昭子は「唄の方は自分は落第だから」と日本舞踊を習い始めました。東京から出稽古に来られる、藤間流の師匠にお願いして、週二回ほどの稽古ではなかったかと思います。二人の娘にも習わせました。奥の座敷に取外しの出来る舞台も設けました。わたくしは、いつも緊張している心身をほぐすのに何よりの趣味と喜びました。

趣味と言えば、昭子は日常の生活に自分の趣味を上手に取り入れていました。好んで着た和服にも、手回りの調度にも食器にも、殊にご両親のお部屋には気を遣っていたようですが「お姑《かあ》さまが勿体ないと仰しゃって使って下さらないのよ」と、がっかりして言ったことがあります。患者さんの食器も良い品を選んで、また病院臭くないようにと、病院の正面玄関にはいつも活花を絶やさず、娘の頃お習いした先生にご足労願って、部屋部屋の花にも心を配っていました。

昭子が趣味の舞踊に和んだのも、限られた運命の終りの三年ほどだったのです。それでも「さま」になったその姿のスナップが、今は涙の種になりました。

世界をつなぐ虹のかけ橋徒歩《かち》ならず
パンアメリカン機にて渡るか吾娘《あこ》は

舞扇買ひ忘れしと再びを雨の銀座に
出でてゆく吾娘

長距離電話にてその夫《つま》に「只今」を言ふ吾娘
海の彼方の遙けき旅より今帰り来て

いつとても笑顔さわやか張りつめし娘《こ》の生き方を
逢へばうべなふ

忙がしい昭子の上京に、一日の機会を作って、夫とわたくしを中心に、男児四組の家族が集まった事があります。会場は、三菱電機の芝白金のクラブでした。ほんとうに和やかで、いつまでも思い出に残る会合でした。

其処にも此処にも咲き薫るばら幼きは幼どち手を
繋ぎ跳ねゐる

愛称のペピちゃんデデちゃん四十路なほ
ねいちゃまと呼ばれ盃めぐる

乾盃に加わる孫の東大生に隣りてその母
姉の如《ごと》若く

十二人の孫此処に集るその父母とわれ等を加へ
十五対九にて女が優勢

夫にも子供たちにも多忙な充実した日が続きました。夫は昭和二十八年から、北海道自動車短期大学の学長をしていましたので、北海道へ翔ぶのも屢々でした。昭和三十四年でしたか、日本航空から百回搭乗記念の優待券を贈られました。前に書きました慶応病院入院はこの後かと思いますが、矢張り記憶が前後する不安は避けられません。

多忙な父を憂ふる兄とむしろ良き健康法と
割り切る弟と

禍福あざなひこの年はゆく除夜の鐘聴くに変らぬ
わが座はありて

元旦のあかとき廊を踏む足に数への年齢《とし》は
重荷とならず

平凡な妻母故のわが倖せか泉はひそやかに
愛を奏でゐて

昭和三十五年五月、夫は外相顧問として、藤山外相と共にベトナムへ出張、カンボジア、ラオス、タイを視察しました。半年後の十一月には、特派大使としてリベリアに出張、アフリカ全土を視察して帰りました。そしてその翌三十六年二月には、米国へ出張と、海外への空の旅が続きました。（夫は小樽高商在職中シベリア（注）へ一回、支那、満州、朝鮮へ四回出張、

議員になって昭和二十八年九月〜十月欧米視察）

ベトナム　カンボジア　ラオス　国毎に
異なる礼装を夫のスーツケースへ

タキシードは上着黒ズボンは白炎熱に
妻の手は無く装ふ夫か

白髪の外相に隣りて帽子振る夫此方には
見送りならぬ赤旗の群

昨日かも夫を迎へし空港に今日は吾子を送る
明日はその姉を送る

社命の旅に姉との会ひを弟は楽しみに言ふ
広きアメリカにて

発つ前夜母を拉して自《じ》が家に泊め少年の日の如く
ありし次男よ

尾燈は闇に呑まれて行きぬ雨もよひの国際空港
吾子また旅だちて

その頃秋はさはやかならん三人の吾子つぎつぎに
帰り来ん空

空の旅幾万キロを行く任《まけ》の使に
行っていらっしゃいと言ってしまひし

父の任《まけ》を喜ぶ子等は七十路の旅へ の懸念
母ほどにはあらぬらし

師走《しはす》二十七日今日を使すと地球の裏側に
老夫を送る

この時刻如何なる空を翔りゐん夫か今年を
去年《こぞ》に鐘鳴る

大西洋に真向ふ窓に元旦の鶏鳴聴きしと
夫のリベリア便り

祖国を遠くわが日章旗ひるがへる常夏の国を
想ひまぶしむ

民族独立の息吹き燃え熾《さか》る第三大陸を己が耳目に
確と止めゐん

香港よりコメット機にて二時《ふたとき》半旅の終りは
疾風《はやて》の如くに

未だ記憶に生々しい安保闘争から、もう二十年の歳月が流れたのでしょうか。国会の周辺には闘争の嵐が吹き荒み、宿舎の前はデモ行進の列《つらな》りでした。清水谷公園は毎日激烈な演説会場になりました。

ストップの自動車《くるま》長蛇の列を為す天下の公道を
ジグザグに阻むは何

攻撃に鳴らす鼓は入り易く静かなる解明には
聾《しい》せる耳か

先頭はプラカード掲げ叫《おら》びゆく蒸れし貌々に
憂色は見えず

デモ隊を呑吐《どんど》の公園黙《もだ》す碑に夕陽薄れて
紙屑の舞ふ

大衆の名を借る声の嵐過ぎ今宵のみ星
無縁にまたたく

国辱の斯くばかりなる暴力を憎むに弱き
文化人映る（テレビ）

魂をゆすりて深き悲しみの闇をつんざき
サイレン走る

筆舌の荒《すさ》ぶ嵐にたじろがずわが老夫《おいづま》は
世界を見つむる

昭和三十七年、夫の議員活動は終り、この荻窪の家で静かな生活が始まりました。

夫は議員の務めのほかに、昭和二十二年から講道館の理事も列り、二十四年から二十八年まで札幌短期大学学長を務め、辞した後、続いて北海道自動車短期大学学長に就任しました。

講道館最後の役職は理事長兼総務部長でした。嘉納履正館長の信任を得て、夫は、故嘉納治五郎先生へ万分の一のご恩報じを念願に、荻窪から、もと子の介添えで、水道橋の講道館への通勤を愉しんでいました。柔道は長く現役を退いたまま八段を頂いていました。

自動車短大への帰道の間隔が開くのを苦にしつつも、夫は心から学園を愛していました。そして学園の理事長にもご厚遇を受け、感謝していました。

閑居のブザー折々鳴りて老夫を寂しがらせず
秋深みゆく

小さな家に光と自由と静けさのありリプトンと
玉露の調和

夫の趣味について、また晩年について、私の書き落した事を書いた、昭子の随筆が残って居りますので次に掲げます。

「前略」さて父の紅茶のいれ方は全くお点前よろしくで、ポットをお湯で暖めてお茶の葉をいれるところから、家族の人数だけならんだ紅茶ぢゃわんに、はしから少しずつ、注いでいって、今度はついだ順序の反対にまた少しずつ、つぎたして、どの分も同じ熱さと濃さになるように気を配るところまで、その度に寸分の狂いもなくくり返されるのである。こうして父が手間をかけていれた紅茶は、香りがあって、こくがあって、私たちがいそいで、心なしに入れたのとは全然ちがうのです。うちの息子も娘たちも「おじいちゃまの紅茶」の大の崇拝者で、祖父母のうちへ行くと、まず紅茶のおねだりをするらしく、父はそのたびにめんどうがらず「お点前」をくり返しているという。

父のすきやきの方は、叱られるかも知れないが、ちょっと、いただけない。ひどく、ひどく、甘いのである。でも、柔らかくなりかけたお葱と、薄く色のかわった肉の間に白いお砂糖が溶けていくのを、息をつめて見ていたことをなつかしく思いだす。あの頃幼かった弟たちのまるいひざが、今も見えるような気がする。

父は猟が好きで、母の心配をよそに、あけ方まだ暗いうちに足音をしのばせて出かけて行ったものだった。夜、父らしい玄関の開け方に、うち中がとび出すと、父は二〇羽近い青くび（鴨）に埋まって立っていることがよくあった。こういう時はよく鴨なべが続いたが、そのころたしか七つか八つだった二番目の弟の英彦が、鴨の一切を口にはこんで、まだ食べない中に「お父ちゃま、おいしい」と叫んで、大笑になった。実は、私たちみんな鴨のあの匂いが苦手だったのである。

この間久しぶりに、ほんとうに久しぶりに地獄坂を登って緑丘の門をくぐった。校舎は、あの正面の階段も廊下も父のいたころそのままで、ふり返ると図書館の赤いれんがが幾十年の風雪を経て、緑の中に古い大学のキャンパスの建物らしい落ちつきを見せていた。

この緑丘の歴史の中に三十六年、父はその壮年時代をすごした。人間として心魂をかたむける対象をもった父は幸せであった。しかし、それよりももっと大きい父の幸せは、この三十六年の父の努力以上に、卒業生の方々から、また学校の関係の方々からご厚情をいただいていることである。そして病気がちな父をささえて、この長い一生をともにあるいてきた母と、おだやかな晩年をすごしていることである。私は私の結婚の披露の夜、父親としての挨拶を涙で絶句させた父に、娘として限りない思慕のおもいをこめて、この一文をおくる。

東京の荻窪の国電の駅の前にぽかっと地下鉄の入り口ができた。池袋、東京間の線がのびた終点である。この地下鉄から首を出すと、たいていそこにバスがとまっている。そのひとつにのって五、六分ゆられて荻窪一丁目で降りると、すぐその左角に食料品店がある。大きな看板に「雪印バター」と出ている。そこを折れ一分歩くと右手にブロックべいがあって、それに添って右に折れた奥に、まいまいつぶろほどの小さい家がある。実家の両親が最近落ち着いた家である。すべて薄手にできていて、中にはいると、まるで芝居のかきわりの中にいるような気がする。北海道の家のつもりでふすまに手をかけると、力が余ってはねかえる。

玄関をはいってすぐ左手の八畳が座敷兼父のへやで、窓ぎわの机の上には、ペン、ナイフ、めがね、辞典など、父の七つ道具がならんで、父は大方の時間をそこにすわって勉強に余念がない。そしておりおりたずねてくださる方々と、楽しそうに経済を語り、外交を論じている。このごろは迎えの自動車もなく、時おりの会合に例の地下鉄で出掛ける父を、私たち姉弟はいいようのない気持で見ているが、当の父は北海道から出て来た私に、地下鉄の乗り方を「おとうさまは地下鉄がとてもお好きなのよ」と母が横から冷やかすくらい懇切ていねいに説明するのである。ほんとうに父は地下鉄をたのしんでいるらしい。さてこの間二、三日東京が急に涼しくなった時「うちはいいけどお年よりのあるところはたいへんね」と母がいった。その母はなんと七十三歳である。あとで大笑いになったけど、とにかく七十三になっても年をとったと思わず、野球が好きで、おすもうに夢中で、そして和歌を詠み耽っている母と、いまも辞書を引き、地下鉄によろこんで乗る父と、秋の日の中で両親はまことに楽しそうである。そしてほんとうに幸せそうである。

昭和四十一年の四月も終りに近い頃、夫は、北海道自動車短大の新講堂落成祝賀式に、祝詞をのべるために帰道しました。

この頃何となく体調に衰えを見せていましたが、講道館は往復自動車《くるま》なので、それに妹のもと子が付き添っている事でもあり、不安ながら夫の心に任せていました。それで帰道の時にはわたくしと妹が羽田空港まで送りました。千歳空港には、自動車短大から迎えがあるので安心でした。それに、小樽高商時代の教え子で、次男英彦には同級生の、札幌ではいつも夫の手足となって下さる伴野教授が居られるのです。

午後、その伴野さんからの電話で、夫が無事に着いたこと、「式の祝詞がしっかりして立派だった」事を伝えて下さったのです。それで喜んでいたその夜遅く夫がホテルから自分で電話をよこしました。「今まで昭子が来ていて色々世話をして呉れた上、自分を寝台に寝かしてから小樽へ帰ったところだよ」と、如何にも嬉しそうな声でしたが、何故かその声と言葉がわたくしの胸に沁みました。

夫は札幌から無事に帰宅しました。中一日を休んで講道館に出勤しました。その夕方から何となく疲れが見え、咳が苦しく響きました。翌日は講道館に電話して休ませて頂きました。

夫は、気に入りの籐の寝椅子に仰臥して、計算器を玩具のように一日中弄っていました。食事は茶の間に出て一緒に摂りました。もともと小食でご飯は一膳なのですが、その夕食は好きなお菜にもあまり手をつけませんでした。でもいつものようにお風呂へ入りましたが、足もとが心許なく、わたくしの肩を貸しました。そして「明日は伊井先生に来て頂かねば」と思いました。

どうしてその時直ぐ来ていただかなかったのか、夫に言ったのを夫が拒んだのか、それが今でも不可解なのです。兎に角わたくしは臍を噛んでも足りぬ一生の悔いを残しました。

その夜中の二時頃ふと眼を覚まして隣の臥床の夫を見ると、仰臥して静かに眠って居るようです。部屋の灯火は消しますが、庭の常夜燈のあかりで、部屋の文目《あやめ》はうっすらながら判ります。わたくしは暫く夫の様子を見ていたのですが、あまりひっそりと何か異常を感じました。スタンドを点けました。夫は胸の上で両掌を組み合せ、仰臥のまま、そよとも動きません。そっと額に手を触れて見ました。その時の「驚愕」などという言葉では現わせぬ驚き。息を吸う事も吐く事も出来ず、声の出しようもありませんでした。

気がついた時はもと子の寝室に佇《た》っていました。その時からわたくしは魂の無い脱け殻になってしまいました。何もかも、もと子の手で事が運ばれました。

一番初めに駈けつけて下さったのは、中野にお住いの伊井先生でした。参議院の時からの主治医としていつもご厄介になっていました。

夫は心臓の急変だったのです。わたくしは傍に眠って居て、夫の臨終を知らなかった申訳なさに責められて、その事ばかり思い続け、夫の傍を寸時も離れられませんでした。子供たちは皆息絶えた父に逢わなければなりませんでした。その歎きを見るにつけ、わたくしは身を切られるようなせつなさでした。

小樽からは昭子と前後して、正法寺の荻野一山師が空を翔んで来られました。昭子の悲痛は母にも劣らなかったと思います。

方丈さんは仏事万端、親身になって取りしきって下さいました。曹洞宗の総本山永平寺の東京別院長谷寺に葬儀を委ねて下さいました。わたくしは何の役にも立たず、方丈さんと長男の俊博の采配で総て運びました。俊博の勤めている三菱商事の若い社員の方が数人手伝いに見え、その後の事務を取りしきって下さいました。

通夜は自宅で近親のみで行いましたが、緑丘の旧い馴染みの方々、俊博の親友宮沢喜一氏のお姿など、空《うつろ》の心にも有難く映りました。

夫の死を皆様は大往生と言って慰めて下さいました。出棺の最後の別れにわたくしは涙ながら、「有難うございました」と声に出して繰りかえしました。「有難うございました、済みませんでした」これが、わたくしの夫へ言える総てなのです。

申訳ない事ながら荼毘の送りには従いて行けませんでした。帰って来た昭子から、玄関の前でお骨の瓶《かめ》を手渡された時の感触は、今もわたくしの手に灼きついています。

夫は、「昭徳院殿禅丘英俊大居士」の戒名を頂きました。

麻布長谷寺の葬儀には、思いがけず多数の方のご会葬お焼香を頂き、悲しみの中に有難さが身にしみました。お寺の門を入った玄関の前に、懐しい緑丘の方々が大勢並んで居られるのが眼に映り、熱い涙がこみあげました。本堂に溢れた供花の生花にも、夫の在りし日へのご厚誼が偲ばれてまた感涙にむせびました。

次男の英彦は当時韓国の京城に勤務していましたが、長谷寺の葬儀場にかつがつ駈けつける事が出来ました。釜山から蔚山への乗用車の中で何げなくラジオのスイッチを入れたところ、父の訃を告げるニュースが入ったというのです。今でも英彦は、父の霊魂の知らせと固く信じています。

正法寺の一山師は初七日の仏事を済ませて帰樽されました。昭子の夫の悌雄は葬儀の後に帰樽、昭子は残りました。昭子は先年相継いで毛利のご両親の老衰のご逝去をお見送りしていました。「これからはお母さまだけよ」と強くわたくしの手を握って言いました。

初七日の後、わたくしと子供たち夫婦は、遺骨を奉じて、空路札幌に向いました。北海道自動車短大で学校葬が営まれるためでした。理事長始め学校関係の皆様のご厚志ご高配に依るもので、札幌の葬儀も厳かな中に暖く賑やかなものでした。また小樽でも、緑丘関係の方や旧知の方々のご要請もあり、正法寺の方丈さんのご配慮もあって、札幌の翌々日正法寺で告別式を行い、懐しい方々多数がご参加下さいました。本当に夫は死後までも冥加に余る芳情に浴しました。誠実一筋の生き方が報われたのだとわたくしは信じます。

雑司ケ谷の墓域の整備が終り、父上、母上、愛子の傍に夫の遺骨を納めたのは百日忌でした。黒御影石の横型の墓碑の傍に、夫の揮毫に依る座右銘の「飛潜有時唯従自然」を彫《きざ》んだ、これも黒御影石の碑を建てました。周囲には白御影石の外柵を構え、柵内には常緑樹のほか、つつじ、沈丁花、雪柳を植えました。

納骨の際には、荻野一山師が再びご上京、懇ろな読経を賜りました。

同師には、幼い愛子の悲しい死が仏縁となり、夫は死後までも、言葉に尽せぬ深いご友誼に預りました。その方丈さんも、先年入寂されました。お迎えした夫と愉しい法話が交わされている事と、悲しく想像しています。

夫亡き後、講道館の嘉納館長、北海道の自動車学園の増永理事長の賜りました御情誼、ご高配は只々有難く、今も心に沁みて居ります。夫の余慶に今も浴している自分の倖せを、有難いと思うよりは、申訳ない思いが先に立ちます。

微恙の夫にかしづく今日の雛の日に春の淡雪
降り出でて消ゆ

夫の胸に枯葉をわたる風鳴りて咳あへぐ音
われをさいなむ

負ふ如く背《せな》に支へて廊を踏むほのかに愛《かな》し
夫の体温

想ひ夫想《づま》はれ妻とあり経にし五十五年の
終《つい》の日か今日

後れたしと願ひしわれは後れたりこの悲しみを
如何に告ぐべき

ほのかなる温《ぬく》みを伝ふ骨瓶は烈火の如く
わが胸を灼く

この広き世界に一人の君ありきありきと言はじ
永久なり夫は

幾十億人ある中にめぐり逢ひて契りしえにし
終《つい》を思はず

梅雨《つゆ》曇り椎のわくら葉ほろほろと落つるに
鋭き痛みが走る

お相伴に含む玉露はまろやかに悲しく甘しみ仏の味

共に越えにし山河澄み見ゆ虚空に描くわが相聞歌鈴を振る虫

細る命を露にまみれて忍び音に何を恋ふとやあはれこほろぎ

びゃくだんの香の煙のゆらゆらと流るる末のわが窓の秋

昭和四十二年の元旦に、昭子から電話が来ました。昭子の電話はいつも朗らかで、「おかあさま」と呼びかける初めの一言に、何とも言えぬ情が含まれているのです。この時もそれは変りませんでした。

父の喪中なので、年始の挨拶は言いませんでした。「おかあさまお変りない？」の次に「昭子そちらへ行きたいけどけなくなったの」と言う声が何か哀れに聞えましたが、その時は気にもとめませんでした。それが、わたくしがこの世で聞いた昭子の最後の声になりました。

二月二日、わたくしと、もと子がお昼の食事をしている時に、「凶報」が入ったのです。電話のそれは、小樽の新聞社からだったのです。

受けたのはもと子でした。「昭子が凶刃に刺されて斃れた」と言うのです。「昭子は助かったのですか」と二度、三度、叫んだ覚えがあります。わたくしも受話器を取ったのでしょう。先方の電話は、冷たく切れました。

わが病院の事務長の惑乱の凶刃に、昭子の五十三才の生命は消えてしまいました。

俊博が直ぐ小樽へ飛びました。わたくしは、自分を失ってしまったのです。

昭子の死にせめてもの救いは、北海道の、殊に小樽の皆様に心から哀惜されたことです。昭子は生前常に自分は「道産子」だと言っていました。小樽から帰った俊博の話に依りますと、昭子の遺骸の床を、号泣の教え子たちが幾重にも取り巻いて近寄れなかったとか。死に顔の美しかったことは、自分だけでなく、別れを告げて下さった方々が一様に言われたというのです。

英彦は異境で父に続いて、また姉の凶報を受けました。崇拝に近いまで敬愛していた姉を、突如無残に奪われた衝撃と悲嘆ははかり難く、その心の痛みは現在も尾をひいています。

昭子の長男の昌史は東大を卒業後、アメリカに渡り、ミネアポリスのミネソタの大学で研修中でした。悲報と共に飛び帰った昌史は、母の葬儀に間に合いました。心臓内科を専攻の昌史は、その母の心臓を医療の及ばぬ災禍に奪われたのです。

わたくしは昭子の最期についてこれ以上書く勇気はありません。

昭子の一周忌に、昭子の遺稿集「てつせん花」が生れました。これは、岡村北海道教育長や高杉道婦人連合会長のご発意に依るもので、数十人の方々のご賛同となみなみならぬご協力の結集で、昭子にとって何よりの追福と今も感激いたして居ります。此処に、発刊についての高杉田鶴子様のお言葉、町村金五北海道知事から寄せられた序文、並びに愛妻を失った悌雄の悲しい思い出の記一部を転載させて頂きます。町村、高杉お二方の昭子への冥加に余るご愛惜の忝けなさに、また新たな感謝の涙にくれて居ります。

序

北海道知事　町村金五

毛利昭子さんが不慮の禍のため急逝されたと告げられたとき、全くかけがえのない婦人指導者を失ったと、私は深い悲歎の淵に沈んだのでありました。

私は日ごろから、才媛ということばは、毛利さんのために作られたように思っていたのですが、才気煥発で、しかもいたって女らしく、明朗快活で、誰からも敬愛される方でありました。

昭和三十九年の秋、私は毛利さんに道の教育委員に就任してくださるようにお願いいいたしたのです。

本道の教育界は今日なお、困難な問題が累積しており、教育行政の衝にあたる教育委員は、高い見識と、強い責任感と、豊かな情愛をかねそなえた方を選任しなければならないので、女性委員として毛利さんをおいて、他に適材は得がたいと考えて、無理にご承諾を願ったのです。

　教育委員は、非常に心労の多い全く骨のおれる難職でありますが、毛利さんは本道教育界進展のため精魂をかたむけて、献身的な努力をつづけられ、よくその職責を全うせられたことを、私は常々、深く尊敬と感謝を申しあげていたのです。

　全道婦人団体連絡協議会の会長を、衆望をになって二度もつとめられた毛利さん。消費者物価のやかましい折に、消費者協会の会長として、道内はもちろん、海外まではなばなしく活躍された毛利さん。病院長夫人として、三人のお子様のおかあさんとして見事にそのつとめを果してこられた毛利さん。そしてこれから、本道婦人界の輝ける明星として、いよいよ円熟したご活躍が期待されていた毛利さんを失ったことは、本道にとっては取りかえしのつかぬ損失であり、なんとしても残念でたまらないことです。

　このたび毛利さんの親友の方々のおほねおりで、遺稿集が刊行されることは、なによりもうれしいことです。

　毛利さんが本道の教育に、婦人の向上などに注がれた情熱と活躍は、読む者にあらためて深い感動を与えずにおかないと存じます。

　ありし日の毛利さんの数々の思い出をしのび、ご遺族のご多幸をお祈りしつつ刊行によせることばといたします。

はじめに

毛利昭子遺稿集刊行会会長　高杉田鶴子

　毛利昭子さんが、昭和四十一年八月全道婦人大会の十周年記念式典でお話しされた一節に「十年の昔、小さい流れであった私たちの集まりが、今日このような大きな流れになりました。その流れの中の一滴の水であったことに、私は限りない誇りをもっております」

このことばの中に、私は毛利さんが北海道の婦人とともに苦しみ、ともによろこび、全国でもまれに見る進んだ組織の道婦連協を結成し、そのひとりひとりが頼りになる妻であり、賢くあたたかい母であり、健康で良識ある社会人になれかしと、情熱をかたむけて育てられたいちずな信念をうかがい知ることができるのでございます。

毛利さんは常に前進したお考えをもって、高い角度から青少年問題、教育、社会問題に真剣に取りくまれて、あの聡明さと的確な判断力、心にしみ入るような説得力でいつも正しく方向づけをし、多くの業績をあげられました。

また一方では日本の古いもののよさ、美しさをこよなく愛されて、日本語の乱れや情ちょのうすれゆくのをなげき、あるいはたび重なる外遊で幅広い視野から世界の中の日本の姿、あり方を熱をこめて話された、真に国を愛したかたでした。

ご家庭と病院と、夜は若い人に英語教室、そのうえ数えきれない公職をみごとにさばきながら、なお細かいところにも女らしい思いやりがあふれていた昭子さん。ときには安易な妥協を許さない強さ、なにものに向かっても恐れない正直さ、はげしさのそのかげに、少女のような純粋さを失わず、しみじみとしたかなしいまでの女ごころを持った毛利さん。そのお話は、人の世の誠と愛がにじみ出て聞く人の心に深い感動と励ましを与えたのでございます。

昭和四十二年二月二日。輝やく光源が一瞬に消えたような呆然たる思いを私どもに残して、毛利さんはお別れのことばもかわさずに逝《ゆ》かれました。

静かに思い見ますと、ご在世中残されたおことばは、今もなお多くの人びとの心を打ちます。ここに意を同じくするかたがたによりまして、毛利さんの遺徳をしのぶとともに、広く皆さまがたの心の糧となることを願い、遺稿集を刊行いたしました。

この発刊にあたり、随筆、紀行文、講演記録を全道各地より集め、選択された編集委員各位のご尽力に深く感謝いたすとともに終始ご協力を賜わった道教育委員会の諸先生に、心からお礼申しあげるしだいでございます。

この遺稿集により、毛利昭子さんの思想と願いが、婦人活動の中に、皆さまの心の中にいつまでも生かされ、はぐくまれ、灯をかかげるものであらんことを祈りつつ。

てっせん花と思い出

毛利悌雄

うすよごれた庭の雪のかたまりの――それは新雪などというような、きれいなひびきを、とうに失ってしまっている――ところどころから、まだ冬囲いの莚をそのままに、庭木は静かに春の光と風を待っている。

いかにも春の訪れを感じさせるような三月頃のある日であった。

わたしは、てっせんの冬囲いの莚をそっと開けてのぞいてみた。

枯れはててしまったと思われる黒褐色の細い鋼鉄のような蔓が不規則に支柱にからみついている。その蔓は、わたくしの指先にからまれると、かすかな音をたてて折れ去る。わたしはこれ以上、蔓をいためることをやめた。そうすることが、このてっせんにやがて来るだろう春の芽吹きを、すこしでもおくらせるのではないかとの恐れから……

しかし春が次第に深まるにつれて枯れ果てた蔓の間をくぐりぬけるように、薄い褐色の蔓が、少しずつのびはじめ、やがてあちこちに、ちょうど細い筆を真直ぐに立てて、その穂先をいくぶん開いたようなうす緑の芽が、うぶ毛につつまれて、愛らしい姿を出しはじめる。

てっせんはきびしい冬を越して、いま、わたしに新芽のかおりを聞かせてくれる。

昭子がこよなく愛していたてっせんは、こうして暗紫色の大柄な花弁を、初夏の明るい陽の光にほほえみかけ、軽やかな風の動きに身をまかせる。

てっせん花―それは古い頃から名づけられたものであろう。でも、その呼び名は、何か新らしいひびきを持っているように思われる。

初夏の空の明るさを一層あかるくするような清楚な花輪。昭子はとてもこの花を愛した。そして昭子は、この花の散り去るさまをそのままに、忽然この世を去っていった。

散りぎはの色おとろえず鉄線花
仰向くままに崩れはてにけり

植松寿樹氏が、この花の楚々としたおもむきと、その生涯を閉じるまでのさまを、このように詠まれたと聞く。

てっせんはこれからも清明な花を咲かしつづけてくれるだろう。でも、昭子はもういない……悲しいかぎりである。

昭子が呼びならわしていた「てっせん」が、正しくいえば「風車」と呼ばれるところのものであっても、わが庭に、この花が咲きつづける限りそれは、わたしにとって、永遠に「てっせん」であろう。

「昭子、てっせんって大好きよ」昭子の声が今なお耳に残っている。五輪、六輪と咲きそうようにも見えるこの花には、どことなくさびしい風情がある。多くの仲間をもちながら、この花には孤独を感じさせる趣がある。

昭子がそうだった。昭子は淋しがりやだった。

そして昭子は子供のように甘えやだった。

よくわたしは昭子にいった。

「昭子は純金、ぼくは合金」と。

だれも知らない昭子の愛すべき一面である。昭子を「きつい女だ」と人はいう。たしかにそういうところもあったが、昭子は自分自身にとてもきつかった。

こうして生前の昭子を信じ、かつ愛してくださった方々のあつい友情により、昭子が日頃、そこはかとなく書き綴っていた、いわば雑文のようなものが、いま遺稿集として出版されることになった。

昭子のよろこびようが目に浮ぶ。ありがたいことと思っている。

殆ど一年間の長い期間を、じっくりこの仕事に費してくださった方々に対し、「昭子は本当に倖わせです」という言葉以外に感謝の表わしようがない。

この遺稿集の題名が「てっせん花」とつけられたことにも、これらの方々の昭子を偲んでくださる様子がうかがわれる。

昭子、本当に有難いことではないか。昭子が生きていたら、昭子は底抜けによろこぶことだろう。

編集委員のみなさまと、原稿の整理にお手伝いをいただいた二人の娘の友だち、それから北書房の入江さんに、深く深く心からお礼を申上げて、筆を擱くとしよう。

昭子、今年のてっせんの挿し花を昭子にあげよう。そして来年も再来年も……わたしが昭子のところにかえるまで。


（四二、一二、六）

小田観螢先生がお詠み下さった、昭子のための哀悼のみ歌の中四首を、感謝を籠めてここに写させて頂きます。（小田観螢全歌集続篇）

霹靂のおどろき国の矜《ほこ》りなる語学者の才媛
　凶刃に死しぬ

海外に六たびの代表国のため尽しゐし才媛
　凶刃の惨禍

血圧高き老事務長の心理的誤算
　一世の才媛を刺殺しぬ

大臣　領事らの弔電千余　道知事ら八百の会葬者
　痛恨を哭きぬ

玉章、玉詠を書き写しつつ、昭子の感謝を想い、熱い涙がこみあげます。

きさらぎ真昼の霹靂　こなごなにわれを砕きし
　そのベルの音

余りにも鮮かなりし命の灯はフッとかき消えぬ
吾娘《あこ》よ昭子よ

魂きはむ命の際《きは》を声もなく逝きにし吾娘か
雪凝《こご》る夜を

「おかあさま」と呼びかけて優しさ溢れゐぬ
韻《ひび》きは今も愛《かな》し昭子よ

美しき死に顔を誰も誰も言ふいつを名残りの
笑顔なりしか

明日は散るいのちと知らで母のために
ハンドバッグを選みしか吾娘

昭子は亡くなる前の日に、私のためにハンドバッグを選んで買ったそうです。この前の上京の時、母の常用の古びたそれを見たためでしょう。柔らかい革の昭子好みの優雅なハンドバッグを、俊博から渡された時の悲しさ、嬉しさ、やるせなさ、今も心が疼きます。わたくしは、もう何十年か前に、夫がヨーロッパ土産に買って来てくれた鰐革の小型のハンドバッグを持っていますが、わたくしには勿体なく、稀な晴の外出の時だけ用いて常には使っていなかったのです。価は三十八円と聞いたそのハンドバッグは、夫の形見と思い大切に秘蔵しています。それだけに昭子の心尽しが一入身にしみました。

昭子は決して美人でないのにそんな風に言われ、大宅壮一氏も、その事に頷《うなず》かれたとか。昭和三十八年九月の、文学ルポ「北海道の女―小樽に生きた女性たち」の一人に取りあげられ、また昭和四十年六月の婦人公論「戦後二十年の婦人指導者十一人」の中の一人に択《えら》ばれたことに昭子自身は鼻白んでいました。

中谷宇吉郎博士には一方ならぬご寵愛を頂き、昭子も心から敬慕申し上げていました。

昭子のために描かれた一輪の花に「世界の花」と賛を賜ったその色紙を、昭子の机上に飽かず眺めて、嬉しかったことも、今は悲しい思い出になりました。

情あつき妻なりき母なりき人の言ふその才よりも
その眉目《みめ》よりも

吾娘の分骨を父の傍《かたへ》に葬りてせめて慰むと
言ひてまた哭く

雪柳咲き沈丁花香にたちて攻め寄る春に
よろぼひ堪ふる

絢爛とつつじ咲き燿る庭に佇ちてわがさびしさは
骨にしみ入る

亡娘《あこ》の贈り物ハンドバッグをかい抱き
撫でつさすりつわが旅をゆく

西国巡礼二番の札所紀三井寺に今詣る
わが七十路に二百の石段

ひらひらと舞ひ来て閼伽《あか》の水に浮くいてふの一葉《ひとは》
悲しき一葉

さゆらぎてこぼるる際《きは》のあやふさになほ光あり
萩の白露

わが家は、夫をはじめ昭子も入れて子供たちは皆、外国関係の仕事に縁があります。昭子亡き後も伜たちは、それぞれの会社、銀行から外国勤務を経験しました。一人が帰るとまた一人が行くと言う風でした。

地球儀にわがゆび繋ぐ吾子三人　ジャカルタ
ニューヨーク　モントリオール

それが今年、やっと四人が東京に揃うことになりました。

誕生日に自ら母を迎へに来て家に帰れば
孫を抱く長男《あこ》

次男の新屋成る日も近し母を囲みて兄弟《おとどひ》揃ふは

二十年ぶり

武蔵野のグリーンタウン三男《あこ》のマンション

名に負ひにつつ比処も都《と》の内

末の倅《こ》の新屋を明日は行きて見んそのドライブを

夢見つつい寝ん

愛深くむらさき冴えてあり経にし面影いまも

てっせんの花

咲き初めしその一輪の紫をながめて飽かず

てっせんの花

ここまで書いて来て夫が一時没頭した銃猟についても、愛犬についても、脱かした事に気がつきました。昭子の遺稿が、一寸それに触れています。猟場は、真狩別の方面やまた沼ノ端の近辺にも及んだようです。帰りの遅い時は、ほんとうに胆冷ゆる思いを度々しました。愛犬「ベル」を連れて行った時は、ベルが主人の靴を一晩中抱いて居たということも聞きました。そのベルを、少年だった英彦は夢中で可愛がっていたので、ベルが病で斃れた時の英彦の悲歎は見ていられませんでした。夫が再び猟をはじめた頃の校長官舎には二匹か三匹いたと思います。愛子の死で夫はピタリと猟をやめました。そして十年近く経って、不眠症克服のため、また始めましたが、こんどは長くありませんでした。

この手記の稿を終る頃、お光さんの令嬢加賀山夫人愛子さんが訪ねて下さいました。いつまでも若く瑞々しく美しい愛子さんにお逢いして、嬉しいと共に昭子を想ってたまらない羨しさを覚えました。ほんとうに生きている事は素晴しい事です。愛子さんは、わたくしの昔の昔の話に優しく対手になって下さいました。

鵠沼の令息忠一郎さんのお宅に安らかな老後を過していられたお光さんは、上京される度に、愛子さんのお宅からわたくしに電話を下さったのです。お互に「逢いたい、懐しい」と繰りかえすだけでしたが、声を交すだけでもどんなに嬉しかったかわかりません。そのお光さんは五十年二月に逝ってしまわれました。

次恵さんお光ちゃん香代ちゃん今はお星様
をとめの夢の残骸わたくし

この「覚え帖」は、結局、夫と昭子の鎮魂の記になりました。男の児四人の家庭や、その長い年月の悲喜について殆ど触れなかった事に、心が残ります。でも伜や孫たちは、現代に息吹いて居るのです。これからも自分たちめいめいの永い人生のドラマを綴ってゆくでしょう。

憂はしきけふを昨日にかへりみてほほ笑まん日の
あらざらめやも

あるがままに今日の運命《さだめ》は受け入れて
明日の望みに生きんとぞ思ふ

わたくしが自分で詠んで、生きてゆくおまじないに口誦んだ二首を、伜、孫への贈り物にしてこの長い「手記」のペンを擱きます。

この「覚え帖」が陽の目を見ますに就いて、ご高配を賜りました方々に心からの感謝を捧げ、お読みいただいた方々のご辛抱に厚くお礼申しあげます。

昭和五十四年七月二十三日

（注）この時のシベリア出張は学生を引き連れての修学旅行だったと思われます。実は、数年前、ロシアの柔道の歴史の研究者から〝ロシアの柔道の創設の父と呼ばれるオシチエブコフ氏に柔道を教えたのは貴方の祖父ではないか〟との問い合わせがありました。先方の話では、祖父が講道館でオシチエブコフ氏に柔道を教え、それが機縁で大正五年に父が小樽高商の学生を引率してウラジオストックを訪れた時、同氏の斡旋でロシアで初めて日本人とロシア人の柔道国際大会が開かれたとのことでした。

その後、私がロシアの極東連邦大学の客員教授としてウラジオストックを訪れた際、地元の人の案内で、旧ロシア海軍体育館の屋内運動場にロシア初の柔道国際大会を記念して嘉納治五郎先生と祖父の写真が飾られているのを見ました。また昨年はこれを記念して、嘉納先生が祖父の立会の下にオシチエブコフ氏に柔道の免許を渡している銅像がウラジオストックの目抜き通りに建てられました。そこで、この銅像の建立を契機に平成二十九年九月七日にウラジオストックで安倍首相とプーチン大統領の観戦の下、「嘉納治五郎記念ウラジオストック日露ジュニア柔道交流大会」が開催されました。

なお、父は、祖父がウラジオストックで柔道国際大会を開いたことは、祖父からも祖母からも一度も聞いたことがないとのことです。

人物相関図1

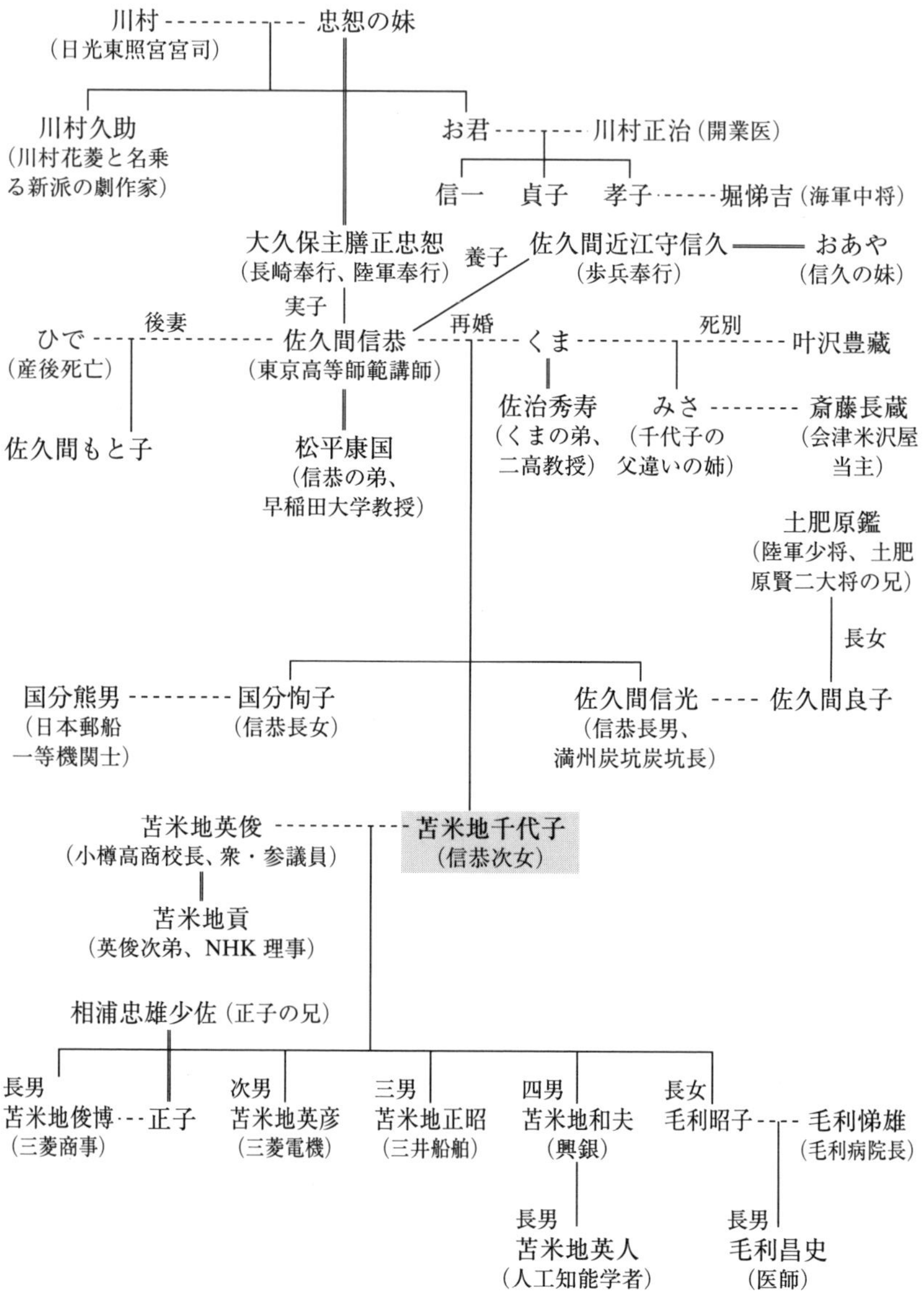

川村（日光東照宮宮司）
忠恕の妹
川村久助（川村花菱と名乗る新派の劇作家）
お君
川村正治（開業医）
信一
貞子
孝子
堀悌吉（海軍中将）
大久保主膳正忠恕（長崎奉行、陸軍奉行）
養子
佐久間近江守信久（歩兵奉行）
おあや（信久の妹）
実子
後妻
再婚
死別
ひで（産後死亡）
佐久間信恭（東京高等師範講師）
くま
叶沢豊藏
佐久間もと子
松平康国（信恭の弟、早稲田大学教授）
佐治秀寿（くまの弟、二高教授）
みさ（千代子の父違いの姉）
斎藤長蔵（会津米沢屋当主）
土肥原鑑（陸軍少将、土肥原賢二大将の兄）
長女
国分熊男（日本郵船一等機関士）
国分恂子（信恭長女）
佐久間信光（信恭長男、満州炭坑炭坑長）
佐久間良子
苫米地英俊（小樽高商校長、衆・参議員）
苫米地千代子（信恭次女）
苫米地貢（英俊次弟、NHK 理事）
相浦忠雄少佐（正子の兄）
長男
苫米地俊博（三菱商事）
正子
次男
苫米地英彦（三菱電機）
三男
苫米地正昭（三井船舶）
四男
苫米地和夫（興銀）
長女
毛利昭子
毛利悌雄（毛利病院長）
長男
苫米地英人（人工知能学者）
長男
毛利昌史（医師）

人物相関図 2（千代子の友人）

誠之小学校時代

市原盛宏（横浜市長、朝鮮銀行総裁）

久保田吉律（第百銀行）--------次恵

お光--------森忠雄（三井銀行）

お香代（市原夫人の姪）---------土肥原賢二（陸軍大将）

女高師附属高女（お茶の水）時代

小谷文子
（三越女店員第一号）

永田（旧姓：尾高）あや子
（母堂が渋沢栄一氏の令嬢）

三宅（旧姓：加藤）やす子
（作家）

森律子
（姉　恂子の親友、帝劇女優）

尾竹紅吉（富本憲吉夫人）————〈友人〉————月岡とき

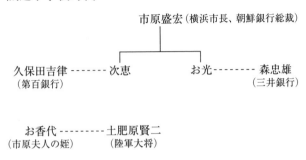

千代子の歩み

文久元年（一八六一）　千代子の父　佐久間信恭　生まれる
明治十年（一八七七）七月　父　信恭　札幌農学校入学
明治十六年（一八八三）十二月　父　内務省地理局気象台警報係
明治十七年（一八八四）九月　父　福島県立若松小学校教諭
明治十九年（一八八六）二月　父　佐治為秀の長女　くま　と結婚
明治十九年（一八八六）三月　父　福岡県立福岡中学教諭
明治二十年（一八八七）　姉　恂子　出生
明治二十一年（一八八八）　父　京都　同志社、西本願寺大教校　講師
明治二十二年（一八八九）十一月　京都で私が生まれる
明治二十四年（一八九一）三月　父　熊本第五高等中学校英語科教授
明治二十四年（一八九一）　弟　信光　出生
明治二十九年（一八九六）四月　熊本市立硯台小学校入学
明治三十年（一八九七）九月　東京市本郷区西片町十番地に転居
明治三十年（一八九七）九月　東京市立誠之小学校二年に編入
明治三十年（一八九七）　父　東京専門学校（早稲田大学の前身）、陸軍砲工学校、正則英語学校　各講師

明治三十五年（一九〇二）四月　父　東京高等師範学校英語科講師、国学院大学講師
明治三十七年（一九〇四）三月　女子高等師範附属高等女学校（お茶の水）に入学
明治四十年（一九〇七）三月　附属高女（お茶の水）を卒業
明治四十一年（一九〇八）十月　母　くま　四十五歳で死亡
明治四十二年（一九〇九）四月　弟　信光　第一高等学校入学
大正元年（一九一二）十二月　苫米地英俊（小樽高等商業学校講師）と結婚
大正元年（一九一二）十二月　主人の任地　小樽市に
大正三年（一九一四）一月　長女　昭子　誕生
大正五年（一九一六）六月　長男　俊博　誕生
大正七年（一九一八）九月　次男　英彦　誕生
大正九年（一九二〇）二月　主人　欧米留学
大正十年（一九二一）春　弟　信光　結婚
大正十一年（一九二二）四月　父　大阪外国語学校　英語主任教授
大正十一年（一九二二）十一月　主人　帰国
大正十二年（一九二三）五月　父　死亡
大正十三年（一九二四）三月　次女　愛子　誕生
昭和四年（一九二九）二月　三男　正昭　誕生
昭和五年（一九三〇）九月　次女　愛子　死亡
昭和六年（一九三一）四月　長女　昭子　津田英学塾　入学

昭和七年（一九三二）二月　四男　和夫　誕生
昭和九年（一九三四）三月　長女　昭子　津田英学塾卒業
昭和十年（一九三五）四月　夫　小樽高等商業学校校長に
昭和十一年（一九三六）十月　天皇陛下　小樽高等商業学校に行幸
昭和十二年（一九三七）二月　長女　昭子　毛利悌雄と結婚
昭和十三年（一九三八）四月　長男　俊博　東京商科大学　入学
昭和十四年（一九三九）七月　長男　俊博　日米学生会議に参加のため渡米
昭和十五年（一九四〇）四月　次男　英彦　神戸商科大学　入学
昭和十六年（一九四一）四月　長男　俊博　三菱商事（株）に入社
昭和十八年（一九四三）三月　長男　俊博　相浦正子と結婚
昭和十八年（一九四三）四月　次男　英彦　三菱電機（株）　入社　海軍経理学校　入学
昭和十九年（一九四四）三月　次男　英彦　海軍経理学校　修了　海軍主計中尉に任官
昭和二十一年（一九四六）四月　夫　衆議院選挙に当選
昭和二十二年（一九四七）四月　夫　衆議院選挙に当選
昭和二十二年（一九四七）十月　次男　英彦　石川節子と結婚
昭和二十三年（一九四八）四月　三男　正昭　東京商科大学　入学
昭和二十四年（一九四九）一月　夫　衆議院選挙に当選
昭和二十五年（一九五〇）四月　四男　和夫　小樽商科大学　入学
昭和二十六年（一九五一）四月　三男　正昭　三井船舶（株）　入社

昭和二十八年（一九五三）四月　夫　衆議院選挙に当選
昭和二十九年（一九五四）四月　四男　和夫　（株）日本興業銀行　入行
昭和三十一年（一九五六）七月　夫　参議院選挙に当選
昭和四十一年（一九六六）五月　夫　死亡
昭和四十二年（一九六七）二月　長女　昭子　死亡

千代女覚え帖

発行日　二〇一八年（平成三十年）三月十日　第一版第一刷
（私家版　一九八〇年（昭和五十五年）六月一日／増刷　一九八四年（昭和五十九年）二月二十六日）

監　修――苫米地英人
著　者――苫米地千代子
発行者――武村哲司
発行所――株式会社　開拓社
〒一一三-〇〇二三　東京都文京区向丘一丁目五番二号
電話〈営業〉〇三-五八四二-八九〇〇　〈編集〉〇三-五八四二-八九〇二
振替　〇〇一六〇-八-三九五八七
http://www.kaitakusha.co.jp

印刷・製本――萩原印刷株式会社

ISBN978-4-7589-7021-1　C0095